王子の取巻きAは
悪役令嬢の味方です
1
佐崎一路
Illustration 吉田依世

エレナ
アドリエンヌ

クリステル
ルネ

マクシミリアン
ストル
エドワード王子
アドルフ
ドミニク
フィルマン

王子の取巻きAは悪役令嬢の味方です

1

佐崎一路
Illustration　吉田依世

新紀元社

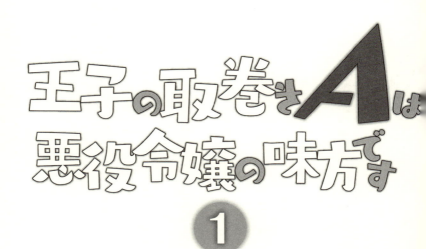

王子の取巻きAは悪役令嬢の味方です1

CONTENTS

side：？？？

酔っ払った足取りでエレベーターを降り、アパートの三階にある自室の鍵を開け電気を点けると、1DKの我が家――朝出たときと変わらない、洗濯もしていない服や読みかけの雑誌、空になったペットボトル、積み重なった通販のダンボールなどが手当たり次第に床に投げ出され、ついでに賞味期限の怪しい開封済みの袋菓子や食玩付きのお菓子の本体（もっとも彼女の視点としてはおまけのほうが重要で、お菓子のほうはおまけだったが）が転がる、汚部屋《おへや》があらわになる。

およそ独身女の部屋とは思えない――俗に『男やもめに蛆がわき、女やもめに花が咲く』ともいうが――花どころか謎のキノコが生えていそうな、腐海に沈んだ我が家の惨状にも慣れたもので、

「ただいま～っ……ったく、たまの休みに結婚式とか最悪だわ。座りっぱなしで軽く死ねるっつーの」

短大を出て十年近くひとり暮らしをしているせいか、すっかり癖になった独り言でもって、ぶつぶつと不満を口にしながら、乱雑な足取りでパンプスを放り投げ、着替えもせずに荷物をソファという名の物置に置いて、いの一番にリビングにあるパソコンの電源を立ち上げた。

ボーナスを貯めて買ったハーマンミラーのデスクに椅子、三年ごとに買い換えている高スペックのパソコンにデュアルモニター、プロ用の大型ペンタブレットに各種ペイントソフトなど……どこのクリエイターの仕事場か⁉　と思えるほど充実した装備だが、彼女は単なるOLであり、これら

は趣味の範疇でしかない。

　こと、お酒落や旅行、グルメなどに興味のない彼女が唯一、お金と情熱をかけて作り上げた場であり、興味のない人間が聞けば、たかがオタク趣味に無駄金を使って馬鹿じゃないかと呆れるだろうが、

「自分の好きな趣味にお金をかけてなにが悪い⁉　無意味に世間に迎合して散財する連中こそ、ただの馬鹿じゃない‼」

　と、その場合は目を三角にして反論すること請け合いである。そんなわけで、その一角だけは、まあほかよりは多少なりとも夾雑物《きょうざつぶつ》のない、彼女の主観としてはすっきりとした空間になっていた。

　セットアップが完了するまでの間に、着ていたワンピースを脱いで適当にハンガーにかけ、朝脱ぎっ放しにしていた毛玉だらけのスウェットの上下に着替えて、ほろ酔い加減のまま化粧も落とさずにパソコンに向き直る彼女。

　ちょいちょいとパスワードを入力しながら、酒臭い息でぼやくぼやく。

「――ったく。いくら同期だからって会社の同僚なんざ結婚式に呼ぶなってーの。お陰で先々週に続いて今週も三万吹っ飛んだわ。どいつもこいつも三十路《みそじ》前に焦って駆け込みやがって」

　とはいえ今回はまだマシだったとも、僅かに残っていた理性が告げる。

　なにしろ前回招待された故郷の幼馴染みの結婚式では、周りの同級生がほぼ人妻か人妻プラスオプション（子供もしくは、離婚経験あり《アウエー》）というのがデフォルトと化しており、年齢イコール彼氏いない歴の彼女にとっては敵地そのものであったのだから。

そのため実家には帰らず（嫌みを言われるのが目に見えていたし、二年前に結婚した弟の嫁が自分の容姿や趣味を毛嫌いしているのもわかっていたため）、速攻でアパートに帰ったほどであった。

今回も出会いの場として気を利かせた……つもりであるらしい周囲の勧めで、行きたくもない披露宴後の二次会に召喚されそうになったのを、酔い潰れてヘロヘロになった風を装って（実際、かなりのハイペースでワインや日本酒をパカパカ飲んだ）どうにか回避したのだ。

「つーか、理解してもらおうとは思わないけど、せめて干渉はするなっつーの！　あたしは三次元の男には興味ないんだって何人かは知ってるだろうに……。なにが異常だってーの、あの小娘連中が！」

憤懣やるかたない表情で、マウスをカチカチと連打する彼女。

パソコンに来ているDMやネットの掲示板を適当に斜め読みしながら、コンパクトディスクプレーヤーに入れっぱなしになっていたお気に入りの乙女ゲームを起動する。

「まあいいんだけどさ。あたしにはエドワード殿下を筆頭《はじめ》とした、七人のイケメン貴族の御曹司という心のオアシスがあるんだからさー」

そういう彼女の視線の先にあるのは、金髪イケメンを中心に据え、取り取りの色彩と中世貴族風の衣装を纏った七人の貴公子――

金髪碧眼で煌びやかな衣装にマントをなびかせた、文字通り絵に描いたような、いかにもな王子様風の青年。

細くてさらさらの水色の髪を肩にかかるくらいまで伸ばし、神秘的な菫色の瞳をして優しげに微

【side：？？？】

笑む、美少女と見紛うばかりの美少年。

栗色の髪にハシバミ色の瞳をした、どこか冷たい印象のある怜悧な面差しの青年。

マントまで黒い、全身黒の軍服のような衣装を身に纏った、黒髪で黒に近い褐色の瞳をした武人風の色男。

赤茶けた髪をオールバックにして銀縁の眼鏡をかけ、人を小ばかにしたような薄ら笑いを浮かべた青年。

白に近い灰色がかった髪を短く刈り込んだ、いかにも粋でいなせな長身の快男児。

悪戯小僧がそのまま大きくなったような人懐っこい笑みを浮かべた、小柄で俊敏そうな深緑色の髪の少年。

これら、いずれも十代と思しい美少年を描いたイラストのポスターが、ところ狭しと壁に飾られていた。

ついでに同じキャラクターを立体に起こしたフィギュアが、そこかしこでポーズを取り、服を脱ぎ散らかしたベッドには等身大のリバーシブル抱き枕。さらには明らかに販売用ではないだろう、書店などに置いてある、キャラクターを切り抜いた等身大のパネルまで並んでいる。

そして机や床に散乱している原稿は、作者や制作会社がまったく与り知らない二次創作――いわゆる『薄い本』であった。

でもって、おそらくは某イベントでの売れ残りであろう、先ほどの青少年をモチーフにした男子同士が、背景に薔薇の花を咲かせて睦み合っているカラー表紙の薄い本が山になって、リビングで荷崩れを起こしていた。

汚部屋。

まごうことなく二重の意味での汚部屋である。

で、当然のように、起動したパソコンの壁紙もこの七人がポーズをつけているものであった。その画像の片隅に『虹色☆ロマネスク』というタイトルが表示されている。

ちなみにこれ自体は、もう六年も前に発売された女性向けのゲーム――いわゆる乙女ゲームであるが、その緻密な作りとキャラクターの造作で一部コアなファン層から熱狂的な支持を得て、その後もコミカライズ、アニメ化、小説化などもされ、爆発的とまではいかないまでも局地的なヒットを飛ばし、続編（残念ながらコケた）や人気のあるキャラクターを主役に据えた番外編（いわゆる『ファンディスク』で、こちらはそこそこ当たった）が作られたりして、いまに至るも彼女のような信者のバイブルと化している、息の長い作品であった。

「むふぅん♪　エドワード殿下ハアハアっ！　こーいうムシャクシャした日はハーレムルートで、アドリエンヌの婚約破棄イベントを見るに限るわ。つーか官公庁のエリートを掴まえて玉の輿に乗ったとか自慢していた新婦って、なんとなくあの高飛車なところがアドリエンヌに似てる気がするのよねえ。ここはスカッとフラれて『ざまあ』展開になるのを見なけりゃ、溜飲が下がらねえってもんよ！」

まあ、個人的にはエドワード殿下はちょっと単細胞なところがあるんで、頭脳担当の『氷の貴公子』様か、『鬼畜眼鏡』様、もしくは純愛の人である『白炎の剣士』様のほうが好みではあるんだけど……と、習い性になった独白を連ねながらゲームを始める彼女。

　途端にすっかり馴染みになった——本当なら結婚式の余興でも、周りに合わせて一昔前に流行った芸能人の歌やダンスなどを見せるのではなく、この主題歌をダンス付きで一発披露したかった——ＢＧＭが鳴り響き、音楽に合わせて「うーっ♪」と音頭を取っていた彼女だが、思いがけなくアルコールが回っていたようで、心なしか顔色が悪くなってきた。

「う～～っ……やべっ。さすがに飲み過ぎたか。しゃあない、眠気覚ましにシャワーを浴びてからゲームの続きをするか」

　彼女はそう誰にともなく言って、ゲームはそのままに覚束ない足取りでバスルームへ向かう。ほどなくシャワーを浴びる音が、誰もない部屋に漏れ聞こえてきて……そうして次の瞬間、なにか大きなものが倒れる音が響き渡った。

　それっきりシャワーは途切れることなく一晩中放出され……翌日、階下の住人からの苦情によって管理会社の人間が連絡を入れたが、何度確認をしても部屋の住人に電話が繋がらず、やむなく大家ともども部屋の確認をしにきた彼らがマスターキーで部屋の鍵を開けて見たものは、夥《おびただ》しいオタクグッズの山と点けっぱなしのパソコンと電気。バスルームから溢れるお湯と、そしてうつ伏せに倒れたひとりの女性の姿であった。

【side：？？？】

【○月○日、都内でひとり暮らしの女性（二十九歳）がアパートの浴室で死亡しているのが確認されました。調査の結果、血液中から大量のアルコールが検出されたことから、警察は事件性はないものとして――】

二日後、新聞に小さく女性の死亡が取り上げられた――

プロローグ　王子は婚約破棄を決めたようです（アホや）

「もう我慢ならん、私はアドリエンヌとの婚約を破棄する！　そしてクリステル嬢との真実の愛を貫くっ!!」

　エドワード第一王子の宣言に、一瞬水を打ったような静寂に包まれたオルヴィエール貴族学園の王族専用サロン――扉の前で護衛の衛士が常時睨みを利かせ、王宮の貴賓室ばりの内部には専属のパーラーメイドやタキシード姿の執事《バトラー》が待機している――であったが、次の瞬間どよめきと、そして満場の喝采が炸裂した。

「その通りでございます、エドワード殿下！」

　円卓を囲んで王子のすぐ傍の席に着いていた僕が、半ば脊髄反射によってそう大声で追随すると、ほかの取巻きたちも堰を切ったように同意を示す。

「親同士が決めた婚約などという、旧弊の因習に囚われるなど愚の骨頂！」

「まして、親の権力を笠に着て可憐なクリステル嬢を貶めるアドリエンヌなど！」

「あの悪女め。今日も侍女を通じて、エドワード殿下に近付かないよう、クリステル嬢を脅したらしいぞ！」

　誰かが発したその言葉に応じて、外務大臣である伯爵家の嫡男ドミニクが舌打ちした。

「またか！　先日は私の許嫁《いいなずけ》であるエディットとグルになり、クリステル嬢と俺たちを会わせないように仕向けたらしいしな」

「ふん。俺の名目上の婚約者であるベルナデットなど、直接口で言わないかわり、会うたびに嫌みったらしい視線を寄越しやがる。大方あの悪女に籠絡されているのだろうさっ」

それを受けて、王子の取巻きのなかでも一二を争う偉丈夫にして、軍務長官の長男であるフィルマンが獅子のように猛り、

「同じく。親同士が決めた許嫁のルシールめ、もうクリステル嬢には近付くな……などと、私の行動を掣肘《せいちゅう》しようとする。ルシールは特にアドリエンヌと昵懇《じっこん》であるからな。確実にあの姦婦《かんぷ》の差し金であろう！」

したり顔で、侯爵家の長男であることを常に鼻にかけているエストルが相槌を打った。ちなみに許嫁のルシール嬢もアドリエンヌ嬢も、王家に次ぐ五公爵家の宗家直系のため、公式な場ではエストルも頭が上がらない……そのあたりの鬱憤もあるのだろう。

そんな周囲の熱気にあてられた僕――統一王国において王家に匹敵する五公家と呼ばれる公爵家のひとつ『勝利と栄光のオリオール公爵家』宗家嫡男である〝ロラン・ヴァレリー・オリオール〟という名前と、とある特別な肩書きを合わせ持つ、エドワード第一王子の幼馴染みにして腹心と誰もが認める存在――も、円卓の皆を見回して頷いて、同意の言葉を重ねるのだった。

「そういえば、僕の従兄妹《いとこ》で義妹《いもうと》のルネなど、先日アドリエンヌ公爵令嬢の茶会に招かれたとかで、それ以降やたらこちらの動向を窺っている様子でしたね」

――カタン……。

ふと、周りに追随をしてなにも考えずに発言した僕の心の片隅で、なにか……小さく錆びついた歯車が動いたような、不思議な違和感が微かに物音を立てた。同時に、胸がざわめく予兆を覚える。

「さもありなん！　いうまでもなく、あの姦婦の差し金でありましょう」

王子の取巻きのなかでは比較的立場が弱い子爵家の直孫であるマクシミリアンが、即座に追従の笑みを浮かべて、王子と僕の顔を交互に窺う様子を見せる。

そして最後に、フィルマン以上に長身で鍛え上げられた肉体を誇るアドルフが、その体躯に恥じない声で堂々と言い放った。

「もはや忍耐の限界でございます！　いかに枢密院議長の娘で公爵令嬢であろうと、アドリエンヌの専横を許しては……まして、将来の王妃などに就ければ、どれほど国の損失であろうか！　エドワード殿下、我らは殿下のご決断を心より支持いたします!!」

「「「「「その通りっ!!!!」」」」」

まるで事前に脚本があったかのように、このサロンに集まっている六人の高位貴族の子弟にして、自分で言うのもなんだけど、見た目に関しても美男子ばかりというそうそうたる面子《めんつ》が、口々にエドワード第一王子への支持を表明した。

そんな僕たちの態度を眺めて、満足そうに何度も頷くエドワード殿下。

長身で金髪碧眼、甘い顔立ちをした、まさに絵本から抜け出してきた、絵に描いたような王子様だけに、場の中心がよく似合う――周囲を綺羅星《きらほし》の如き貴公子に囲まれていても一際目立つし映える。まさに王者の貫禄というものであろう。その威光にしばし見惚れる僕ら。

「うむ、皆の忠心、このエドワード、嬉しく思うぞ」

短くも、殿下が直々にかけてくださったねぎらいの言葉は、まさに値千金である。僕たちは感動して一斉に立ち上がり、臣下の礼を取るのだった。

「「「「「もったいないお言葉にございます!!!」」」」」

満面の笑みを浮かべる殿下のもと、僕たちは晴れがましい気持ちで再び席に着いた。


――カチ……カチ……カチ………。


晴れがましい……んだ……よね?

いつも通り、そんな感じでほかの連中と一緒にエドワード殿下を追従《ヨイショ》していた僕だけど、そんな僕の頭の片隅で、先ほどの小石が動いたかのような不快感が、不意に『カチカチ』という、歯車が噛み合うような……微妙にズレているような音となって、僕の中で盛んに鳴り響き出した。

凪いだ池に小石が投げ込まれ波紋が池全体に広がるような、あるいはドミノ倒しの最初のドミノが倒れて、それを切っかけにして全体が見る間に倒れていくような、はたまた歯車同士が連動していままで沈黙していた巨大な機構が動き出すような、どうにも不安でなおかつ畏怖すべき感覚を、僕は感じていた。

それと同時に、僕は思い出していた――

(――この音は……あれか……っ!? あれがいまさら!!)

そうだ。忘れていたけれど、僕はこの音を知っている。僕が物心ついたときからつきまとい、ときたま聞こえていた。音というより第六感的なもので、いつも思いがけない瞬間や決断に迷ったときなど、どこかで僕以外の誰かもうひとり……僕よりももっと思慮深くて大人な人物が、傍らで僕の齟齬《そご》を指摘するかのように掻き鳴らす、そんな不快で冷徹な意思を伴った幻聴なのだった。

（なぜ忘れていたのだろう……？）

もっと小さな子供の頃はこの音が怖くて、埒《らち》もない想像をしていたものだ。

例えば、もしかするとこの世界は誰かが書いた人形芝居か遊戯の一種で、僕たちは知らずに踊る人形でしかなく、この世界を俯瞰《ふかん》する誰かによって操られている駒か道化に過ぎないのではないか。この音はその『誰か』が僕という人形を動かす機構の音ではないか……とか。

ま、そんなことを口に出したら悪魔憑き扱いされる可能性があるので、親にも話していないし、そもそも実際の音でもない、言いがたい感覚的なものなので説明のしようもないけれど。

（最後に聞こえたのは……ああ、そうだ。半年前に偶然、転びそうになったクリステル嬢を抱きかかえて、あのときになにかが壊れるような音を立てて……。そうだ、それから鳴らなくなったんだ）

あのときから僕の胸にはクリステル嬢のことしかなくなり、いつの間にか歯車の音のことなんて考えもしなくなった。いや、それどころか思い返してみると、ここ半年あまりの記憶は……。

真っ白。

って、あれぇ〜〜〜〜〜〜〜〜〜〜〜〜〜〜〜〜〜っ⁉

ものの見事になにもない。まるで靄の向こうのように曖昧模糊《あいまいもこ》としてほとんど記憶に残っていない――って、おかしいだろう⁉　つまりは行動に対して感情が一切伴っていなかったってことだよね？　なんで違和感を持たなかったんだ、僕は⁉

心に被せられていたなにかが瘡蓋《かさぶた》のようにボロボロと剥がれ落ちるに従って、霧が晴れるかのように少しだけ頭の冷えた僕は、ふと、先ほどのエドワード殿下の宣言の内容で、どこか釈然とせず、棘のように胸に引っかかっていたことを口に出していた。

「しかし、アドリエンヌは仮にも五公家筆頭たる公爵令嬢。まして、その父親は枢密院議長。殿下の婚約は国王陛下もお認めになった正式なものでございます。そう簡単に破棄できるものでしょうか？」

しかし、ここで真っ先に口を開くとか、物語だったら確実に『王子の取巻きA』って役どころだろうなぁ……と、内心で苦笑する。

殿下とは物心つく前からの遊び友達で悪友……まあ宮廷内の力関係やしがらみがあったとしても、腐れ縁の親友だと思っていたのだけれど、なんだかここ一年くらいはただの太鼓持ちにして、王子を引き立てる取巻きという立場に甘んじていた（自分でもなんでそんな関係になっていたのか、甚だ疑問であるけれど）。なので、まあ、その取巻き筆頭である僕が口火を切らないことには、ほかの連中ではなかなか王子と一対一での会話のキャッチボールができないだろうから致し方ない。

「ロランの懸念ももっともだ」

重々しく頷くエドワード第一王子。

（いや、懸念じゃなくて当然の疑問なんですけど）

カチコチという音が脳裏で平坦に響く。それに合わせて、のぼせ上がっていた頭がどんどん冷えて、明瞭になっていく気がした。

「だが、いかなる障害があろうとも、私はクリステルとともに乗り越える所存である！」

（違うっ、そうじゃない！　所信表明演説を聞きたいんじゃない。もっと具体的な方策だよっ）

『そんなフワフワした答えしか出てこないんですか⁉　阿呆ですか、貴方は‼』

と、一年前の僕ならエドワード殿下の襟首を掴んで怒鳴っていたところだけれど、現在の立場や周囲の目もあるので、ここはぐっと我慢する。

ホント、なんで殿下も僕も周りの連中も、この一年ほどで、ここまであっぱらぱーになってしまったのだろうか？

自分に酔っている殿下と、うんうん頷きながら感動し涙する取巻き連中――全員見た目も家柄も成績もいいはずなのに、誰ひとり殿下の空虚な妄言に疑問を抱いた様子すらない末期的状況――を見回して、僕はいまさらながらにこの場の空気の異様さに戦慄するのだった。

なんだなんだこの茶番は⁉　誰が得するんだ、こんな状況っ⁈

「……さすがは殿下、まことに勇猛果敢にして果断なお言葉でございます。かように英明なる殿下のことですので、すでに婚約破棄に至る玄妙なる腹案はおありになるかと存じます。今後の指針とするため、無知蒙昧なる我らに、是非その神算鬼謀をお聞かせ願えないでしょうか？」

しかたがないのでもうちょっと畳みかける。ちなみに貴族らしく婉曲な表現をしているけれど、要するに『馬鹿ですか、貴方は⁉　ちゃんと具体的な考えを口に出してください！』と、問い質しているのはいうまでもない。

「ふふふっ、さすがはロラン。この私の胸中を見事に推測するとはな。我が竹馬の友にして股肱《ここう》の臣だけのことはある」

竹馬の友はともかく、この王子のために他人の股下を潜るような忠犬扱いされるのは、なにげに屈辱だなあ。殿下のことは無二の親友だと思っていたけど、どうやらそう思っていたのは僕だけだったらしい……と、頭の隅で漠然とした失望が広がった。

百年の恋も冷めるとは、こーいう感覚をいうのだろうな……。

そんな僕の微妙な表情の変化に気付くことなく、自己陶酔の極致に達するエドワード殿下。

「無論、この私の頭の中には数多の腹案はあるとも。だが、小手先の小細工を弄するなど王者の行いではない。私はこの国の次なる王として、愛と正義を武器に正々堂々と戦う所存である！」

（うわ～～～っ。この王子、会話にならねえ‼）

カチコチ音が途端に騒々しく不協和音を奏で、僕は思わず頭を押さえそうになるのを必死に堪えた。

（……つーか、クリステルって男爵令嬢だろう？　普通に考えて、公爵令嬢との婚約を破棄して結婚したら、貴族社会では笑いものだろう？　クリステルだって社交界から絶対ハブにされるぞ）

カチコチという音が抗議するかのように長く長く掻き鳴らされる。だが、どうやら心の瘡蓋が剥がれたのは僕だけで、ほかの連中は相変わらず夢の中にいるらしい。

「つまり、正式に国王陛下に、アドリエンヌ公爵令嬢との婚約を破棄し、改めてクリステル男爵令嬢と婚約したい……と、願い出られるというわけですか？」

「アドリエンヌに『公爵令嬢』などとわざわざつける必要はないぞ、ロラン」

不快げに鼻を鳴らすエドワード殿下。

いや、貴方がわかっていないみたいなので、わざわざ強調したのですが。

「実はその件については何度か父上、母上にもお願いはしているのだが――」

と、先ほどまでの威勢のよさが鳴りを潜め、憂い顔になるエドワード殿下。てゆーか、もう国王夫妻に直訴したあとなのか……。

手遅れ感とともにちょっとばかり感心した。思い立ったが吉日。こういう行動力というか爆発力は僕にはないものだなぁ、と。

「……色よい返事はいただけなかった。『馬鹿を申すな』と一言のもとに切り捨てられ、取り付く島もない状況だ」

（当然だわな。息子がポンコツでも親はまともだったか）

カチコチ音が多少は収まった。

まあそうでしょうね。この国の国王は絶対王政ではなく『オルヴィエール統一王国』という国名からもわかる通り、多数の領主貴族の寄せ集めに過ぎず、国王も立場的には一領主であるのだ。

それは確かに、国王は国の代表者であり、領主たちの忠誠を受け、国政の最終決定者と法で決められてはいる――けれど、つまるところそれだけである。

国政については、国の諮問機関である枢密院が決定をして、直接的な運営は貴族院に委ねられている。また、各領主の領内のことについては領主の裁量に一任されているため、国王はその上に立つお飾りに過ぎず、その権力基盤を強固にするために、各有力領主と血縁による繋がりを持ち、政治機関である枢密院及び貴族院を尊重しなければならない。

そういう意味でも、アドリエンヌ公爵令嬢との結婚は必須であるはずなんだけれど、それを個人の好き嫌いで反故にしようとか、正気か、この見た目だけイケメン王子は⁉


ガチャリ‼


と、一際大きな音がして、僕と歯車の思惑がようやく一致した気がした。

同時に、この瞬間まで胸に抱いていた熱に浮かされていたような狂想――クリステル男爵令嬢を天使か女神のように崇拝し、同時に可憐な花を庇護し、命をかけて見守ろうという一途な思いと幻想――が、一瞬にして色褪せて崩れ落ちる。

あれぇぇぇぇ⁉ あれあれ……？

なんで僕、あの子にこだわっていたんだろう？ 百歩譲ってエドワード殿下が恋をしたとして、僕には関係ないよね。ねえ……？

と、正気に返ったのは僕だけで、周りはいまだに狂乱状態で盛り上がっている。

「ならば行動に移すべきです！　公衆の面前……いや、さらに陛下たちの御前で、エドワード殿下とクリステル嬢が愛を誓え合えばよろしいのでは？」

と、焚きつけるドミニク。

「いや、それだけでは奸賊であるアドリエンヌの実家、ジェラルディエール公爵家に握り潰される恐れがある」

それに対して懸念を示すエストル。

「それすらも及ばない決定的な悪事の証拠、アドリエンヌがクリステル嬢を陥れよう、排斥しようとした証拠を並べて告発すればいいのでは？」

ドミニクが怜悧な容姿に見合った冷笑を浮かべる。

「それは妙案だ！　ふん、所詮は女の仕業、すぐに証拠は山ほど集まるに違いあるまい」

フィルマンが侮蔑の哄笑を放つのに対して、

「しかし、下手に藪をつつくと、関係する貴族の利権や人間関係に付随して、僕たちの許嫁にも連鎖的に話が波及すると思うけど……」

だからやめろ、と含みを持たせての僕の発言に、エドワード殿下――いや、敬称をつけるのも阿呆らしくなってきた――第一王子が音頭を取る形で、ほかの連中もまた一斉に破顔した。

「それこそ本望よ！　クリステル嬢を苦しめ虐めた連中全員に引導を渡してくれる！　俺たちも殿下とともに互いの婚約者どもに婚約破棄を突きつけてやろう！」

「「「「異議なしっ!!!」」」」

もの凄く異議も異論もあるけれど、王子の取巻き筆頭Aとしては、ここで周囲に迎合しておかないと、下手をすれば……いや、百二十％、裏切り者として次の瞬間から敵視される。

ここはとりあえず、いままでと同じように振る舞わなければ。

「では、決行は半年後。国王陛下や太后陛下、国内の有力貴族に加えて諸外国の要人も集まる、卒業パーティの会場とする！　それまでに証拠を集め、逃げも隠れもできないところで宣言してやろう。皆、私とクリステル嬢のために協力してくれ！」

「「「「「無論でございます、殿下！」」」」」

軽く頭を下げたエドワード第一王子に、全員が（どよんと澱んだ目の僕を除いて）キラキラと輝く瞳で応じる。

身内だけならともかく、有力貴族や諸外国の要人がいる場所で『僕ら馬鹿でーす！』と、自己紹介するのか……本気で取り返しがつかないぞ、おい。

「とはいえそれまでの間、各々が先走ったり不審な行動を取って尻尾を掴まれるわけにはいかないので、全員いままで通り、関係者や婚約者の令嬢方々に対応されるべきでしょう」

とりあえず少しでも傷口を広げないよう、僕は念のため釘を刺しておくことを忘れない。

「うむ。ロランの言う通りだ。短慮はいかんぞ。各自、厳に慎め」

したり顔で頷きながら、仲間たちに念を押すエドワード第一王子。

どの口が言うか〜〜っ⁉　鏡見ろや〜〜っ‼

と、ツッコミたいのを堪えて、僕もほかの面々と同じく、表面上は殊勝な顔で頷き返した。

第一章　気付くのが遅いと義妹とメイドに怒られなう（正直スマン）

（やばいやばいやばいやばいやばいやばいやばいやばいやばいっ。このままだとエドワード第一王子と、調子こいた取巻き連中の暴挙に巻き込まれて破滅だ!!）

頭の中は『やばい』の一言で占められつつ、サロンを辞して二時間後——

「どうしたもんかなあ……」

学園から帰宅してすぐに、誰も来ないように使用人に厳命したうえで、自室の机に向かって悶々としていると、一度収まったカチカチ音が、再びどこかで警鐘を鳴らしている感覚がした。

それに導かれるようにして、サロンから退席する際の王子をはじめとした六人の上気したような表情が思い出され、僕は静かにため息をつく。

念のために釘は刺したものの、『自制？　なにそれ、宗教用語？』というあの連中のこと、おそらくあの場での謀《はかりごと》がほかにバレるのも時間の問題だろう。

とはいえ、さすがに今日明日ということはないだろうし、バレるにしても全容が解明されるまでには、ある程度時間がかかるのも確かなはず。そうなると半年後の卒業パーティまでの時間との戦いか……。

それに可能性としては、バレないまま首尾よく第一王子の目論見が成功する、という最悪のパターンだってないわけじゃない。

あんな穴だらけの計画――というか衝動的な思い付き――だけど、エドワード第一王子を筆頭に（不本意ながら僕も含めて）全員がこの国では屈指の大貴族、有力貴族の子弟であるのは確かなのだ。

先頭集団は阿呆でも、その下にいる配下や家臣たちは百鬼夜行の貴族社会を渡り切ってきた百戦錬磨のツワモノ揃いである。カラスを白いと証明するくらい余裕でやってみせるだろう。

つまり、

「アドリエンヌ嬢がクリステル嬢を陥れようとした証拠を見つけろ」

と言われれば、本物かどうかはさておき、公式に認められる証拠や証人を用意するくらい、わけないはずなのだ。

いや、別に身贔屓で言っているわけじゃない。実際、アドリエンヌ嬢やその影響力の及ぶ範囲にいる令嬢たち（王子の取巻き集団の許嫁たちも含む）だって、こちらの陣営に負けず劣らずの有力貴族の子女であり、さらに人数的にはこちらよりも遥かに上ではあるのは確かなのだ。なのだけれど、今回はいろいろとマズイ状況だ。

第一にスタートダッシュのところで、爆発力のある馬鹿ことエドワード第一王子に遅れを取っているのが問題の一点。

次に、こちらは王子からトップダウン式で意思統一がなされた少数精鋭、さらに（僕を除いて）一枚岩に固まって目標に向かって邁進する狂信者集団なのに対して、あちらはアドリエンヌ嬢を中心にして緩やかにまとまっている仲良し集団という体なのが第二点。

あちらを仮に『アドリエンヌ公女派』とするが、彼女たちが一致団結すれば、その影響力や波及効果は確実にこちらより大きいのは明白……だが、寄り合い所帯で集団の分母が大きいことが今回は仇になっている。どうしたって動き出すまでに時間がかかる。

時間との勝負であるいまの状況では、これは致命的だ。

「……さらに問題なのは、王子と取巻きたちが、アドリエンヌ嬢とその茶会仲間である令嬢たちを敵視しているのは、いまや周知の事実だということだよね」

今後、仮にほかの連中がアドリエンヌ嬢の悪事とやらを暴こうと派手に動き回って、アドリエンヌ公女派にその尻尾を掴まれたとしても、ああ、また馬鹿者集団が馬鹿をやっている……程度に見られ、相手方の危機感を喚起するまでに至らない可能性があるのだ。

それがまさか、国王陛下や諸外国の要人も集まる場で、婚約破棄や公爵令嬢に対する糾弾、さらにほかの面々もそれに合わせて己の婚約者たちを連座で吊るし上げにする計画とは――常識のある人間ならまず考えない。

そもそも仮に成功したところで、国王が決めた婚約相手の面子を潰し、満座の中で恥をさらして悦に入るという行為は、同時に国王の面子と貴族制度に泥を塗るということになり、貴族社会からは確実にのけ者にされ、王家に対する領主貴族と国の中枢を担う枢密院議員の離反を招き、さらには国の外からは『あの国の貴族制度は崩壊しかけている』と見られて失笑を買う……だけならともかく、甘く見られて最悪侵略などということにもなりかねない。そして、多くの有力な領主貴族や枢密院を敵に回した王家に、これをまとめ上げ撥ねのけられるだけの力はないだろう。

普通そう考える。誰だってそう考える。考えないのはよほどの阿呆だ。

「……だけど、まさかあそこまで阿呆だったとは……」

思わず頭を抱えて呻く僕。いつの間にかカチコチ音は収まっていた。

いやや、もうエドワード第一王子が考えなしの阿呆なのはしかたがない。昔からそうだったし、それを差し引いても愛すべき馬鹿であったのだ……かつては。

昔から実の兄弟のように（僕には血の繋がった兄弟はいないし、エドワード殿下は第二王子とは不仲であった）育った僕らを眺めて、国王様夫妻はよくおっしゃっていたものだ。

『惜しいな。ロランが姫君であれば、なにをさておいてもエドワードの妃にしたものを』

『ならば父上、ロランを俺――私の正室にしてくださいっ！』

『『――はあ?!』』

名案とばかりに瞳を輝かせた、当時アドリエンヌ嬢と婚約したばかりのエドワード第一王子（八歳）のすっ飛んだ発言に、知らず口をあんぐりと開けた国王夫妻と僕当人（七歳）。

『アドリエンヌなどよりもロランのほうがよほど器量よしですからね。それにどうもアイツはやかましくて好きになれません。この際、法律を変えてロランを妻にしてください。父上は国王なのですから簡単でしょう？』

『……いや、そういうわけにはいかん』

息子の阿呆な発言に、困惑する国王陛下。プライベートな空間でつくづくよかった。自分、男の子に生まれてホントよかった。だけど将来この阿呆の連れ合いになる相手は大変だろうな、としみじみ思った。そんな当時の心境をいまさらながら思い出した。

とはいえ短慮で感情的な性格も、見方によっては大胆で決断力に秀でているともいえるし、人間関係において自己主張が激しく我侭《わがまま》な態度を取ることについても、国の上に立って命令する立場となれば頼もしく思える。いずれにしても周りでサポートする人間がしっかり軌道修正していれば問題はなかったのだ……かつては。

そうしたわけで、僕を筆頭にしたいまの取巻き連中は、いろいろと穴の多い第一王子の穴を埋める目的で、ある程度意図的に集められた、それなりに優秀なメンバーばかりであったはずなのだけれど、気が付いたらただ、第一王子とクリステル嬢に唯々諾々《いいだくだく》と従う阿呆の取巻き集団と化していた。

「……いや、人のことは言えない阿呆だな」

僅かに記憶に残っている、ここ一年あまりの自らの関わった所業を思い出して、再度頭を抱える僕。

「――誰が阿呆なんですか、若君？　自己批判ですか？」

と、不意に誰もいないはずの背後から涼やかな声がかかり、「うわっ⁉」と、半ば仰け反るように振り返って見れば、いつの間にかすぐ後ろに黒髪をポニーテールにしたメイドが突っ立っていた。

「……って、エレナ。なんでここに⁉」

エレナ・クヮリヤート。

代々オリオール家に奉公するクヮリヤート騎士爵家の娘で、僕のひとつ下の十六歳。見ての通り美人で働き者、よく気が付く万能メイド……ではあるのだが。なんというか、ちょっとだけ性格に難があり、

「それは勿論メイドですから。いつでもどこでも若君のいらっしゃるところには侍るものです」

いつも通り、しれっと答えるエレナを、僕は半眼で見据える。

「……誰も入らないように言い渡しておいたはずだけど？」

「緊急のとき以外は、という但し書きが付いていましたので、いまがそのときと判断させていただきました。ちなみに本日の夕食はチキンとポーク、どちらがよろしいかと、コックのジェイコブが悩んでおります」

「……ノックの音もしなかったし、鍵もかけておいたはずなんだけど」

「余計な騒音で若君の気を煩わせるのは申し訳ないと思い、天井裏から侵入しました」

ヌケヌケと答えるエレナ。これが冗談でないから恐ろしい。まあ、要するに、ある程度の規模と歴史のある貴族の家には確実に付きものである、いわゆる暗部、あるいは〈影〉と呼ばれる裏の役目を担う一族のひとつがクヮリヤートというわけなのだ。

ちなみにウチは無駄に歴史が長いだけあって、そっち方面の人材や情報網の充実っぷりは、王家や国家の諜報部門すら凌駕するといわれるほどである。

裏の世界でクヮリヤートを知らなければモグリ。

クヮリヤートに狙われたが最後、いかなる秘密も護衛も役には立たない。

クヮリヤートを裏切った者は、たとえ地の果て、地獄の底へ逃げても報復が待っている。

そんなわけで、そこそこ武術には自信のある僕も、正面からならともかく本気でエレナに気配を消されると、完全にお手上げになってしまうのが常だ。いまみたいに。

「……そうか」

呻くように返事をする僕に、にこりともせずエレナは応じる。

「そうです」

「……夕飯はチキンで」

「相変わらずの臆病者《チキン》ですね。ですが、私はポークが食べたいのですねえ。前回食べたのは確か十日前ですので、ポークに飢えております」

基本、家臣の食事は主人のお下がり（食いかけというわけではない。余った材料で作るという意味）である。表情を変えずに「ポーク」を連呼してプレッシャーをかけるエレナを前にして、僕は天井を見上げて「ふ〜〜っ」とため息をつき、改めてエレナに向き直った。

「……わかった」

「ご理解いただけましたか？」

「……じゃあチキンで」

「もしかして、若君は私がお嫌いですか？」

潤んだ瞳でずいと吐息がかかる距離まで身を乗り出し、切ない表情でそう問いかけるエレナ。

ちなみにこのエレナ、なにがいいんだか僕に対する好意を隠そうともしない。

勿論その気持ちは嬉しいのだけれど、クヮリヤートという、ある意味、常識外に生きる一族のためか、根本的な部分でどこかピントがズレていて、その言動を額面通りに受け取ると、頭の痛い事態になることがしばしばあるのだ。

「いや、ちょっといまはバリバリ肉を食べたい心境でないんで。ま、どーしてもエレナがポークを食べたいって言うんなら、両方準備するようにジェイコブに伝えておいてくれ」

とりあえずため息混じりにそう伝えると、一瞬だけエレナは狐に摘まれたような表情になって瞬《まばた》きを繰り返し……それから、なぜかそそくさと威儀を正して僕から身を離すと、オルゴールの人形みたいにその場でくるりと一回転《ターン》してみせた。

ふわりとスカートが輪になって広がる。

「失礼——若君、私を見てどう思われましたか？」

「？？？　どうと言われても、メイド服は夕方に着替えたのか洗濯したてだし、胸元のリボンは以前は赤だったのをピンクに変えたんだなぁ。あと、髪を縛っているリボンは僕が五年前にプレゼントしたもので、まだ丁寧に使っていてくれてありがとう。ああ、あと香水の種類を変えたのかな？前はローズ系だったのを柑橘系にしている……ってくらいかなぁ？」

朴念仁の僕には、これ以上女の子の間違い探しをすることはできない。

そう並べ立てた途端、「！！」と、まるで真昼に幽霊《ゴースト》にでも遭遇したみたいな表情になったエレナだが、

「——申し訳ございません、若君。いったん退室させていただきます」

なにやら慌しく（それでも音もなく）身を翻して、出入り口の扉を開けて（鍵はどうした⁉）廊下に出るやいなや、両手でスカートをたくし上げ、急いでどこかへ消えていった。

「なんだったんだ、いまの……？」

疑問に追随するかのように、チッチッチッと小刻みな歯車の音が聞こえる。

小首を傾げながら、もう一度沈思黙考……しようとしたけれど、なんだか毒気が抜かれた感じで思考がまとまらない。

「というか、エレナは『いったん退室』って言ってたような――」

と、その独白に合わせたかのように、廊下を小走りに駆けてくる足音が聞こえてきた。

エレナではないな。彼女は無意識にでも足音を立てるわけがない。

「お義兄様《にい》っ！　正気に戻られたというのは本当ですか⁉」

いきなり扉を開け、息せき切って部屋に飛び込んできたのは、部屋着を着た十四歳ほどの少女であった。

襟首のところで綺麗に切り揃えられたボックスボブの艶やかな水色の髪。菫色の瞳。オリオール一族の特徴を備えた愛らしい容姿をした僕の従兄妹。いや、義妹である。

ルネ・フランセット・オリオール。十三歳と十カ月。

ルネは淑女にあるまじき無作法さでずかずかと足音も荒く部屋に入ってくると、有無を言わせない迫力で座ったままの僕の顔を上から覗き込んだ。

「……はあ？」

言われた意味がわからずに、思わず瞬きを繰り返してからルネの小さな顔を凝視して、それからいつの間にかルネの背後に佇んでいたエレナへ視線で問いかける。

「お義兄様、こちらをご覧ください！　わたくしの目を見て話してください！」

「いや、え～と、ごめん、ルネ。なにを言われているのか全然わからないんだけど……」

思わずしどろもどろに弁明する僕の一挙手一投足を見逃すまいと凝視するルネ。

「え～～と、あ、もしかして再来月の十四歳を祝う誕生パーティの件？　なにか欲しいものでもあるのかな？」

当てずっぽうにそう口に出すも、ルネは僕の瞳を凝視したまま黙するのみである。

「それともあれかな。ルネが行きたがっていた観劇のチケット……確か王立劇場で上演される、悲運の王女様と身分違いの騎士の物語の件かな？　でもわざわざ創作で見なくても、現実にわりと身近にいるんだけれどね。王女も騎士も王子も勇者も魔物も」

自嘲を込めて肩をすくめて見せるけど、ルネは押し黙ったままで……ただなんとなく先を促されている気がして僕は続けた。

「もっとも、王子はご令嬢の尻を追いかけるのに夢中だし、王女も――ああ、アレだ、確か第三王女とルネとは犬猿の仲だったよね？　やれやれ現実ってものは虚しいよねえ。そして百年前ならともかく、いまどきは魔王も勇者もドラゴンもすっかり時代遅れの遺物だし。うん。創作で楽しむしかないかもね。最前列のチケットを取れるように手配させるよ」

そう結んだところで、

「……はあ～～っ」

と、ようやくルネは肩の力を抜いて安堵の表情を見せた。

「確かに……確かに、もとの頓馬《とんま》で思いやり溢れる、お優しいお義兄様に戻っているわ……」

なにやら失礼な評価をするルネと、背後でうんうん頷いているエレナを、僕は思わず白い眼で睨む。

「――おい」

そんな僕の反応など一向に頓着せず、ルネは続けて問いを重ねた。

「ですが、最後の確認でお義兄様にひとつお尋ねいたします。お義兄様はエドワード殿下と、そのサロンのメンバーである有力貴族の御曹司の方々、そしてクリステル男爵令嬢をどのようにお考えですか？」

咄嗟に誤魔化そうかと思ったけれど、ルネの縋《すが》るような瞳と、エレナの真意を推し量るかの如き真剣な視線を前に、僕は正直な気持ちを口に出した。

「王子は底抜けのアホだし、サロンのメンバーは率先して泥舟に乗る自殺集団。クリステル男爵令嬢は、色ボケの王子と高位貴族たちに理想を押し付けられた被害者……ってところか」

我ながら身も蓋もない、第三者のいるところでは不敬罪にも問われかねない忌憚のない僕の発言を受けて、思わずという風に顔を見合わせたルネとエレナだったが、次の瞬間揃って渋面となって、長くて深い……いつまでも続くような嘆息をして言い放つ。

「遅いっ。そんな一目瞭然の事実に気付くのが遅すぎますわ、お義兄様！」

「まったくです。馬鹿どもに感化されすぎですよ、若君」

万感の思いが込められた憎まれ口を前に、やっとふたりのおかしな問いかけの意味を理解して、僕は思わず椅子の上で姿勢を正し、

「――ああ、いや、ホントいままですまなかった」

平謝りするしかできなかった。

で、小一時間、ルネとエレナによる頭ごなしの説教を受け、謝罪と弁明を繰り返した結果――

「よりにもよってアドリエンヌ様を悪役に仕立てて、満座の前で罪をあげつらい、挙げ句に勝手に婚約破棄を宣言して、抜け抜けとクリステル様と添い遂げようとは……第一王子は脳味噌に虫でも湧いているのですか？　呆れ果てて言葉にもなりませんわね」

仁王立ちした姿勢のままで、可愛らしい顔一杯に渋面を浮かべるルネに対して、

「おかしい。どうしてこうなった……？」

ある程度ボカして伝えようとしたところ、気が付いたら洗いざらい白状させられていたことに気付いて、いまさらながら僕は机に突っ伏していた。

（ほかの連中に釘を刺しておいて、自分が真っ先にバラすとか、どーなんだ⁉）

頭の中の歯車が、責めるように軋んだ音を立てていた。

「――ルネお嬢様。あと、ほかの御曹司の方々も王子の尻馬に乗って、それぞれの婚約者の皆様をありもしない難癖で糾弾し、同時に婚約破棄を突き付ける……という件もございます」

眩暈《めまい》がしますわ、と呟いてコメカミのあたりを押さえるルネに向かって、すかさず追加で頭痛の種を付け加えるエレナ。

「……ああ、そうでしたわね。ちなみに、そんな寝耳に水の事態に直面する予定の気の毒なご令嬢方とは、いったいどなた様でしょう？」

問われたエレナは、まるで事前に準備していたかのように立て板に水で喋り始めた。

「はい。まずは外務大臣であるイルマシェ伯爵家のご嫡男ドミニク様の婚約者で、王国最大の貿易商人でもあるラスベード伯爵家のご息女エディット様です」

脳裏にドミニク――ドミニク・エアハルト・イルマシェ（十七歳七カ月）の白皙《はくせき》の容姿が甦る。栗色の髪とアイスブルーの瞳をした、剃刀のようないかにも切れ者という印象の人物で、学園では別名『氷の貴公子』とも呼ばれているらしい。

実際、王子の取巻きのなかでもどこか孤高を保っていて、王子以外のほかの取巻きを見下した言動がしばしば見られる。公爵家の嫡男であり、王子の幼馴染みでもある僕に対してはさすがに表立っては遜《へりくだ》っているけれど、たまに含む視線を感じるので、密かに下剋上を狙っているのではないかと疑っている。よくも悪くも野心家で策略家の王子の取巻きナンバーⅡ、あるいは『取巻きB』といったところだろう。

「ああ、王国の財源の三割に係わるラスベード伯爵家ですか。社交界でお会いしたエディット様も大変に博識で、女性ながら諸外国への留学経験も豊富で五カ国語に堪能でいらしたわね」

「はい。ご本人は外国貿易に携わるためにご婚約にはあまり乗り気ではなかったのですが、イルマシェ伯爵が是非にと……どうもイルマシェ伯爵家の財政は火の車で、重税をかけられた領民の不満が溜まりに溜まって武装蜂起の一歩手前だとか。そのためこの婚約で起死回生を狙っているものと思われます」

「ありがちな話とはいえ、エディット様も災難ですわね。妥協して結婚しようと思った相手がハズレ籤とは」

「まったくです」

揃ってため息をつくルネとエレナ。

「続きまして、軍務長官であるレーネック伯爵家のご長男フィルマン様の婚約者、ラヴァンディエ辺境伯家のベルナデット様」

一…二…という感じで人差指、中指と立てて解説をするエレナの様子を眺める僕の脳裏に、取巻きナンバーⅢ、『取巻きC』であるフィルマン――フィルマン・グレゴワール・レーネック（十八歳二カ月）の鍛えられた長身と黒髪暗褐色の瞳が浮かび上がる。

同じ家格の伯爵家出身であっても、フィルマンはドミニクと違って側室の子であるため、ナンバーⅢに甘んじている（貴族社会ではそのあたりの階層が非常に厳格なのだ）。そのためか日頃から名を上げることに奔走していて、昨年開催された王都剣術大会でも、正規騎士や在野の冒険者の腕自慢などといった並みいる強豪を押しのけて、堂々の三位に輝いた剣の名手でもある。別名『黒若獅子』。ただ、意気込みは買うけど勢いが空回りしているきらいがあるんだよなぁ……。

そんな僕の慨嘆など当然知る由もないルネが、難しい表情で小首を傾げながらエレナに確認を取る。

「ラヴァンディエ辺境伯家は、確か三十年ほど前の隣国との領土紛争の際に、領民ごとこちら側についた外様《とざま》の貴族だったかしら？　ベルナデット様はこの国では珍しい褐色の肌をしていらしたわね」

　大きく頷くエレナ。

「その通りでございます、お嬢様。もともとフィルマン様は長男とはいえ、側室の御子ですから継承権はあってなきような立場。しかし、曲がりなりにもご長男で、なおかつ貴族学園においてエドワード第一王子の覚えもめでたいことと、昨年の王都剣術大会で三位に輝いた武勇などを鑑みて、ベルナデット様の配偶者としてラヴァンディエ辺境伯家へ婿入りすることが決められております」

「あら、そうなるとフィルマン様は次期辺境伯ということになるのかしら？」

「いえ、本来は統一王国法では女性領主は認められておりませんが、今回は紛争地帯に隣接しているということで、戦時特例法の拡大解釈を執り行い、特例としてベルナデット様が女性領主となり、フィルマン様は種馬……もとい、ベルナデット様を補佐する立場へ収まる予定ですね。昨今、隣国との領土線問題が再びきな臭くなってきましたので、この縁談で辺境伯家と中央との結び付きを強化する狙いがあるのでしょう」

　エレナの推測を受けて、目を細めたルネの口元に冷笑が浮かぶ。

「あらあら、ではフィルマン様がベルナデット様の落ち度とやらを俎上《そじょう》に載せて、勝手に婚約破棄などをすればラヴァンディエ辺境伯家の心証は最悪でしょうね」

「最悪オルヴィエール統一王国から離反して、再び隣国の傘下に入る……ついでに国境線を解放して、二人三脚で王国へ挙兵する可能性もありますね」

「まあ大変」

もはや他人事のような口調で、わざとらしく目と口とを丸くするルネ。

その様子を眺めながら、エレナはタイミングを計って三本目の指を立てた。

「三人目の被害者ですが、大領主であるバルバストル侯爵家長男エストル様の婚約者で、代々司法長官を兼任されているボードレール公爵家のご令嬢ルシール様ですね」

「ボードレール公爵家といえば陰の宰相家とも呼ばれる名門ですわね。よく家柄でも家格でも劣るバルバストル侯爵家と婚姻を結ぼうと思ったものね」

怪訝そうに呟きながら、その背景を推し量ろうとするルネ。

それに合わせて思い浮かぶのは、赤茶けた髪をオールバックにして銀縁の眼鏡をかけた怜悧な容貌の青年の姿であった。

エストル・ルイ・バルバストル（十七歳八カ月）。統一王国内でも屈指の大領主であるバルバストル侯爵家……家格からいえば公爵家に次ぐ、本来ならナンバーⅡになるのだけれど、フィルマン同様にエストルは長男ではあっても正妻の子ではないのと、またバルバストル家はもとが地方の郷士出身であり歴史も浅いことから、生粋の中央貴族からは一段低く見られるために、現在の立場――王子の取巻きナンバーⅣ、『取巻きD』となっている。

その出自による反動なのか、現在のバルバストル侯爵も息子であるエストルも典型的な貴族趣味に染まっていて、貴族に非ずんば人に非ず……という鼻持ちならない選民思想の権化《ごんげ》であった。

案外、生粋の貴族というのは身近なところでは質素な生活を送っているし、家門と領土・領民を護《まも》るために体を張るのも当然としているんだけれどねえ。

「当然、バルバストル侯爵家ではかなりの無理をしたようです。支度金に加えて領地のいくつかもボードレール公爵家へ割譲する予定だとか。ま、両家が結び付けばチャラ、くらいに考えているのでしょうが」

〝チャラ〟のところで、両手を広げて掌をパッと上に向けるエレナ。

「ふ～～ん……。ねえ、エレナ。わたくしは夜会でもパーティでも、ルシール様とエストル様が一緒にいらっしゃる姿を一度も見たことがないのだけれど？」

わりと人間関係に無頓着な僕と違って、元来活発で物怖じしないエレナは頻繁に社交界にも顔見せをしている。とはいえ、まだ十三歳の彼女が出席できるパーティは、誕生会など個人的な催しがほとんどであるのだけれど、それであっても不審に思うくらいあのふたりって不仲だったのかと、脇で聞いていた僕も事態の深刻さに憂慮せざるを得なかった。

エドワード第一王子だってパートナーを伴わなければならない公式なパーティには、妥協して婚約者であるアドリエンヌ嬢を伴うというのに（もっともお互いに最初から最後まで、目も合わせず会話もしないけど）。

「はっきり申し上げておふたりの関係は、エドワード第一王子とアドリエンヌ様と同じか、それ以上に最悪ですね。一事が万事、正義と公正さを求めるルシール様と、貴族のために国や法、国民がいると心底考えている脳味噌お花畑のエストル様。水と油どころではありません」

ま、あの別名『鬼畜眼鏡《きちくめがね》』ことエストルのことだから、凋落《ちょうらく》しかけているとはいえ生粋の中央貴族にして五公爵家のボードレール公爵家に、そしてそのご息女であるルシール嬢に対して、屈折した思いがあるのだろう。それが極まって攻撃的な感情になってしまった……ってところかな？

「双方の実家では、なんの対応もしていないのかしら？」

歪《いびつ》な婚約関係に、形ばかりの懸念を示すルネ。

それに対するエレナの毒舌は絶好調で身も蓋もなかった。

「しておりませんね。バルバストル侯爵家は悪い意味で貴族の典型であり、子供は親の言うことを聞くものだと根拠なく思い込んでおりますし、対して司法の達人揃いのボードレール公爵家では、万一破談などになった場合に有利に事を運ばせるため、手ぐすね引いて静観している……といったところでしょう」

「そうなると、第一王子一派が予定している一方的な弾劾と婚約破棄などになったら、どうなるかしら？」

「嬉々として、莫大な賠償金と娘を傷付けられた慰謝料、家名に泥を塗られた補償その他を法的に請求したうえで、馬鹿を野放しにした管理責任としてバルバストル侯爵家の降格を申し出るでしょうね。そして確実に受け入れられます」

「さしもの大貴族も立ち直れないでしょう。盛者必衰ねえ。おほほほほほっ」

その予想を聞いてコロコロと笑うルネと、にやにやと人の悪い笑みを満面にたたえるエレナ。

ひとしきり笑いさざめいたところで、エレナが四本目の指を立てた。

「だんだん面倒になってきましたが四人目、歴代の近衛騎士団長を輩出しているカルバンティエ子爵家の嫡男アドルフ様の許嫁である、ショーソンニエル侯爵家のご息女オデット様」

「オデット様の許嫁というと、何度か聞かせられている幼馴染みで憧れの相手だという方ですね」

「はい。もともとカルバンティィエ子爵家は、ショーソンニエル侯爵家とは寄り親、寄り子の関係……主従とまではいかないまでも、保護者・保証人的な立場であり、その関係でお二方とも子供の頃から顔見知りであったようです」

そういえば僕もそんなことをアドルフから聞いたことがあったな。

『――彼女に相応《ふさわ》しい男になる。それが自分の子供の頃からの目標なのです、ロラン公子』

短く刈り込まれた白に近い灰色の髪に柔和な表情。二メトロンを超える巨躯（手足が長いので鈍重な印象はまるでない）で、堂々と胸を張って言い切るアドルフ――アドルフ・ライナー・カルバンティィエ（十八歳一カ月）と、その憧れの彼女だという幼馴染みの少女のことを冷やかすのは、一年前までの僕らの風物詩だった。

その言葉通り努力を重ねて、前回の王都剣術大会では堂々の準優勝という快挙を成した通称『白炎《はくえん》の剣士』。それがいつの間にか口から出るのはクリステル嬢に対する賛美へと変わり、その立場も王子の取巻きナンバーVにして『取巻きE』として収まることをよしとするようになった。

それに伴って、以前はたまに学園の修練場の片隅へ顔を出して、控え目にアドルフを応援していた清楚そうなご令嬢の姿が見えなくなったのはいつからだろうか……。

なお、『Ｍｅｔｏｒｏｎ《メトロン》』は統一王国における長さの単位であり、国によって度量衡《どりょうこう》は千差万別であるのだけれど（一番多いのは、国王の臑《すね》の長さとか、広げた両手の間隔に応じてメモリを刻むやり方）、我が国では二百年ほど前に客観的にわかりやすいこれに統一されている。

ちなみに、一メトロン（Ｍ）は百Ｃｅｎｔｕｍ《ケントゥム》（ＣＭ）に相当する。僕の身長が百七十四ＣＭだから、アドルフとはほぼ頭ひとつ差がある感じだ。

「子供の頃からその方と結婚するのが夢だったと、お会いするたび大層幸せそうに言ってらしたのに……」

同じようなことを思い出してか、ルネはやり切れない表情で嘆息を漏らした。

「まあ、実際アドルフ様もショーソンニエル侯爵家の大旦那様に認められるよう、随分と頑張っていたようです。学業でも上位一桁台に入っていましたし、件の王都剣術大会でも絶対王者に食い下がって二位になりましたからね……去年までは」

剣術大会の件《くだり》のあたりで、意味ありげに僕に視線を移すエレナ。

「そうですわね。決勝戦では一歩も動かなかった絶対王者に食い下がって、最終的には一本も入れられずにコテンパンにされたとはいえ、満場の拍手に見送られながら担架で運ばれたのでしたよね。そこに寄り添って涙ながらに献身的にその勇気を称えていたオデット様の姿は感動的でお似合いでしたわ。コテンパンはともかく、確かにいい話でしたのに……去年までは」

同じく含みのある眼差しを僕に向けるルネ。

「………………」

別に僕が悪いわけじゃないんだけれど、『コテンパン』のあたりでいたたまれない思いになり、僕はそっと視線を逸らした。

「そうですね。もっともオデット様は侯爵家のご息女ですから、本当ならもっといい相手に嫁がせたいという意向はあったようですが、ご本人の強い希望で婚約を決めたそうです」

「アドルフ様は愛されるのが当たり前になって増長したのでしょうね。その結果、寄り親に後ろ足で砂をかける。それがなにを意味するのか理解されていらっしゃるのかしら？」

「例の計画が実行されれば、立場的にカルバンティエ子爵家のお取り潰しは不可避。アドルフ様は物理的に首が飛ぶでしょうね」

「ギロチンかぁ……」

ルネとエレナは遠い目をして、やるせないため息をつく。

そして、エレナは最後に残っていた親指を立てて、

「そして五人目が港湾都市シャンボンを抱えるシャミナード子爵家の嫡孫マクシミリアン様の許嫁であるナディア様」

「ナディア様？　無知をさらすようで恥ずかしいのですが、どこの家門の姫君でしょうか？」

困惑の表情を浮かべるルネ。記憶力がよく、社交的なルネが知らない姫君となると、よほど下級貴族のご令嬢ということになるけれど、マクシミリアンの祖父が現在の当主を務めるシャミナード家は、子爵とはいえ統一王国の重鎮であり、その領都である港湾都市シャンボンは、内陸に面した広大な統一王国の、ほとんど唯一にして最大の海の玄関口である。

確かマクシミリアンの母親は中央貴族である伯爵家出身であったはずだし、当然その嫡男にあたるマクシミリアン――マクシミリアン・フェルミン・シャミナード（十七歳三カ月）のお相手も、

それなりの家柄のご令嬢となるのが通例なんだけれど。

と、やや小柄で俊敏そうな容姿の、取巻きたちのムードメーカーでもある、深緑色の髪にエメラルドグリーンの瞳をした童顔の少年（青年というべきかも知れないけど、見た目からして少年なのであえて）の姿を脳裏に描いて思案する僕。ちなみに、いまだに祖父が健在であり、マクシミリアン自身が領主になるのは相当先の予定であるためか、日頃から気楽な立ち位置に甘えた軽薄な言動が散見できるのが問題のやんちゃ坊主というのが、僕の忌憚のない評価あった。

なにしろ、四年前に僕に最初に会ったときの第一声が――

『うおおおっ、すげえ美少女！　好きです。一目惚れしました、付き合ってください!!』

だったからねえ。

『……いや、僕は男なんだけど。普通に半ズボン《キュロット》はいているのが見えない？』

辟易しながらも足を指さして見せた。かつて三国一の美姫と謳われた母の若い頃に瓜二つと言われるこの顔のため、女に間違えられたことは山ほどある（というか、初見で男と見られたことは一度もない）ので別段傷も付かなかったけれど、大声で話すことでもないだろう。

『えっ……!?　お……と……こ……本当、本当にぃ?!』

こぼれんばかりに目を見開いて、大きく身を仰け反らせた当時のマクシミリアン。

とはいえ、悲しいかな、僕はこの手の反応には慣れ切っていた。

『はあ～～っ!?　いや、男って、その見た目で、そんな、あり得ないだろう!?　うそだ～～～～！

ちょっと待て、決定的な証拠を見るまでは信じないっ!!』

で、錯乱した奴に公衆の面前で半ズボン《キュロット》を脱がされかかったのが出会いである。

僕の性別に関して、あとにも先にもあれほどの取り乱しようにお目にかかったことはなく、慣れたつもりでいた僕もさすがに傷付いた、十三歳当時の黒歴史であった。

そんな奴の通称は『空気の読めない《KY》御曹司』で、ナンバーⅥの『取巻きF』である。

そんな苦々しい追憶に浸っていた僕とは関係なく、エレナはルネの疑問に答えて『ナディア様』についての説明を続ける。

「ご存じないのも当然です。ナディア様は海洋国家アラゴン交易国の王族の血を引く姫君ですから」

「ああ、あの巨大な交易船と軍艦とで世界中の海を我が物顔で牛耳《ぎゅうじ》るアラゴン交易国ですか。そういえば、我が国と通商条約を結ぶべく一昨年、使者が王都を訪れたわね」

合点のいった表情でポンと手を叩くルネ。

「実際は果てしなく不公平な不平等条約のようで、かといって交渉を突っぱねた場合、確実にシャンボンの港はアラゴン交易国に占領されます。そのため妥協案としてシャンボンの領主であるシャミナード子爵家にナディア様を迎え入れ、便宜を図ることを約束した……ということでしょう」

「それでナディア様は納得されたのでしょうか?」

「確認したところナディア様は御年十歳だそうですので……それと、現在は前王妃様であった太后様が後見人となって、王宮の離宮で生活されているとか。つまり婚約破棄を一方的に宣言するなど、外においてはアラゴン交易国を、内においては後見人である太后様を同時に敵に回すということですね」

「大したものね」

真似できませんね、と顔を見合わせて肩をすくめるふたり。

「というか、これ全部が一斉に暴発したとしたら、確実にこの国は亡びるわね」

どこか他人事のような口調で、ルネは嘯《うそぶ》くように付け加える。

「跡形もないでしょうね」

「第一王子派はコップの中の嵐程度に思っているのでしょうけど……」

コップの中の嵐どころか、国の屋台骨ごと根こそぎ吹き飛ばす爆弾の導火線に火が点けられたのだ。

「こうなると、五十歩百歩とはいえ、まだしも許嫁も婚約者もいなかったお義兄様が一番マシね。道連れにされるご令嬢もいないわけだし」

「――ええと……それは、どうでしょう？」

珍しく奥歯にモノが挟まったような言い方で言葉を濁すエレナに、ルネは怪訝な表情で小首を傾げた。

「……その、ルネお嬢様は一族のなかでも滅多に現れない、水色の髪と菫色の瞳という〝オリオールの祝福〟を授けられた女性でございます」

「ええ、お義兄様とお揃いですわね――ああ、なるほど」

もともと頭の回転の速いルネだけに、その一言でエレナがなにを言いたいのか察する。

「わたくしが子供の頃は『オリオールの伝説』なんて、完全にお伽噺《とぎばなし》扱いでしたのに、お義兄様の実績と、なによりあの一件で伝説が真実であることを証明してくださり、斜陽だったオリオール公爵家に昔日の栄光と民衆の支持をもたらしてくれた。お陰でこの色彩を持つわたくしも、こうして本家の養女に迎えられたわけですからね」

「はい。その肝心の若君が馬鹿な貴族たちと一緒になって、国を滅ぼした元凶となれば――」

「民衆の期待を裏切ったということで、一転して憎悪の対象でしょうね。あら大変。もしかしてわたくしも、同類にみなされて魔女扱いかしら？」

「となれば、私も一蓮托生で捕まって私刑に処せられるのですね。ああ、なんて不幸……」

芝居がかった仕草で身を震わせるルネと、わざとらしくエプロンで目頭を押さえるエレナ。

自責の念に苛まれる僕に向かって、一通り現状のおさらいを終えたルネが、さらに容赦のない追撃をかけてくる。

「このままいけばこの予想通りになっていたのですよ。おわかりですか、お義兄様⁉」

立ったままのルネにズイッと怖い顔で（それでも愛らしいけれど）詰め寄られ、顔を上げた僕は反射的に頭を下げた。

「ご、ごめんよ、ルネ」

「私にはないのですか？」

なぜか不満そうなエレナに対しても、思わず頭を下げる。

「ごめん。悪かった！」

「……無理やり言わせたみたいで、心から許しを請う態度には見えませんね～」

こういうときには遠慮なく、バカスカ背中から撃ってくるエレナ。

微妙に釈然としないながらも、僕は椅子から立ち上がって床に片膝を突き、胸に手を当てて正式に頭を下げた。

「こ、このたびは私、ロラン・ヴァレリー・オリオールの不徳のいたすところで、皆様に多大なご迷惑をおかけしたことを心よりお詫び申し上げます」

「そうですよ、お義兄様。ここ半年ほどはわたくしの話も上の空で、口を開けばクリステル様への賛美とアドリエンヌ様への不満ばかり。どれほどわたくしたちが心配したことか！」

先ほどまでのわざとらしい態度から一転して、素顔のルネが先日までの馬鹿な僕の所業を糾弾してくる。

「……ごめん」

ほかに言える言葉はなく、そう繰り返す僕を真正面から睨みつけるルネの双眸に、見る見る涙が溜まっていった。

「もうこのままお義兄様はどこかへ行ってしまうのではないか。取り返しのつかないことになるのではないかと、心配で心配で……」

もう一度立ち上がった僕は、涙ぐんで震えるルネの華奢な背中をさすった。

「ごめん」

「……口ばっかりで、本当はちっとも反省なんてしていないんでしょう、お義兄様は!!」

「ごめん、ルネ」

「――っっっロランお義兄様ぁ！」

堪えていた感情が爆発したのか、堰を切ったように涙を流して僕の胸に飛び込んでくるルネ。その小さな体とほのかな温もりを両手で受け止めながら、僕はようやくあるべき場所に帰ってきた安堵感に包まれて、両手でぎゅっとルネを抱き締めるのだった。

チッ、と歯車が小さく鳴いて止まり、静寂の中、ルネの泣き声だけが響き、それとエレナが所在なげに軽く床を蹴って拗ねている光景が目に入ってくる。

そんなありきたりの光景を前にして、僕の口元に知らず微笑が浮かんでいた。

「――さ、さて。状況がわかったのなら、これからどうしたいか決めるべきではありませんか、お義兄様？」

ようやく泣きやんだルネは、すかさずエレナが持ってきた背もたれ付きの椅子に腰を下ろしながら、なにごともなかったかのような澄まし顔で水を向けてくる。

問われた僕は、椅子に座ったルネとその背後に控えているエレナに対して、差し向かいになる形に椅子の向きを直して着席した姿勢で考え込んだ。

(これから、これからかぁ……)

カチカチと不規則に鳴る歯車の音に導かれるように、僕はとりあえず浮かんだ最善策と思われる回答を口に出してみる。

「僕同様にエドワード第一王子以下他の連中を改心させ、杜撰で馬鹿な計画を実行に移さないように周知徹底を図り、アドリエンヌ公爵令嬢をはじめとした関係者に心から謝罪して、王子たちには

ど。

罪を償ってもらいたい」

どのように罪を償うのかは、彼らが傷付けようとしたご令嬢方と関係者の判断になるとは思うけ

途端、ルネとエレナが揃って「は〜〜っ……」と、ため息を漏らした。

「お義兄様、理想は結構ですが、そんなすべての方々にとって虫のいい解決の方法が、半年以内に可能だと思いますか？」

呆れたようなルネと感情を映さないエレナの視線にさらされて、僕は思わず続く言葉を呑み込まざるを得なかった。

「というか、以前から疑問だったのですが。そもそもお義兄様にせよ、ほかのエドワード殿下に近しいご学友の皆様方にしても、当初は殿下の我侭に眉をひそめていらっしゃいましたよね？　いつから心変わりをなさったのですか？」

そうルネに問われて、思い返してみる。


ことの発端は、成績優秀ということで、およそ一年前に他校から編入してきたクリステル男爵令嬢に、エドワード第一王子が一目惚れしたことが原因である（第一王子曰く、「私は生まれて初めて〝恋の稲妻で心臓を打ち抜かれ〟た」らしく、さらに「彼女こそ私の〝魂の双子〟。巡り会うべくして巡り会った相手なのだ」とのこと）。

一国の王子が平民とさほど変わらない男爵令嬢に恋慕する。お伽噺なら「めでたしめでたし」で

終わる微笑ましい話なんだろうけど、当然のことながら現実はそんな容易に片が付く話ではない。

通常、王族というのは連綿と血族を増やすことで、国内と周辺国への影響力を深めるものだけれど、我が統一王国に関しては、ここ何代かに渡って、なぜか直系男子の出生率が極端に下がる傾向にある。実際、エドワード第一王子のほかには、生まれつき病弱な……蒲柳《ほりゅう》の質《たち》である弟王子がいるだけで、ほかは全員が王女だった。

エドワード第一王子はいまのところ王太子（王位継承順位一位の王子のこと）ではないとはいえ、まず間違いなく将来の玉座が約束されている。そのため徹底的な帝王教育を施され、さらに五公爵家のなかでも長い伝統があり、国教である聖教徒大神殿と密接な関係がある我がオリオール家の嫡男である僕を幼い頃から身近に囲い込み、さらに五公爵家筆頭で陰の王家とも呼ばれるジェラルディエール家の姫君であるアドリエンヌ嬢を配偶者とすることで、国の安定を図る予定であったのだった。

けど、まあ人の気持ちまで縛ることはできないので、惚れた腫れたの話は譲歩するとしても、仮にも婚約者がいる男が、その相手をないがしろにして、出会って間もない相手に対して露骨に懸想するのは、どう考えても褒められた行動ではない。

そのことに最初は眉をひそめ、やんわりと諫めたりしていた僕たちだったけれど、ミイラ取りがミイラになるのもまた早かった。

各々が知らない間にクリステル嬢と接点を持つようになり、そうしていつの間にか彼女を中心とするコミュニティー――口さがない者たち曰く『イケメン逆ハーレム』――が結成されていたのだ。

ちなみに僕の場合は、確か彼女が転校早々に校舎内で迷っていたところで声をかけられたのが切っかけだった。

『す、すみません！　あんまり綺麗だったから、てっきり女の人だと――あわわわっ……』

『いや、慣れているから気にしなくていいよ。でも場所は案内できるけど、さすがに女子更衣室の中まではついていけないので、そこはご容赦願いますよ』

『え――⁉』

冗談で口に出したのに、なぜか本気で意外な表情を浮かべたクリステル嬢。

『……あの、失礼ですけれど、ロラン公子様でいらっしゃいますよね？』

『おや、ご存じでしたか？』

『は、はい。なにしろ裏の真ヒロイン――あ、いえ。公子様は有名人ですので』

『それは光栄ですね。貴女のような可憐な淑女《レディ》にお見知りおきいただけるとは』

女性に対して歯の浮くような美辞麗句を連ねるのは、貴族の男子として当然のマナーである。少なくともこの時点では、あくまで社交辞令の域を超えていなかった……はずである。

『はあ、ありがとうございます。……でも公式のアンケートではあたしは負けてるのよね。女装版のファンディスクまで発売……そっちのルートとは違うのか……』

一方、クリステル嬢はなにか納得ができない表情で、なにやらブツブツ呟いていた。

なんか変な娘《こ》だなぁ、と思うとともに、周囲にいないタイプの彼女に興味を覚え、その後、偶然の遭遇――

学園の図書館で写本を取ろうとしたところ（たいてい、貧しい学生が副業として行っている）、彼女が担当者であったとか。

爪に火を点す思いで貯めたお金を使わず、育ててくれた孤児院へ送金しようと急いでいたところへ、たまたま通りかかった僕の乗る馬車と衝突しそうになって彼女がお金を落としてしまい、事情を知った僕も罪悪感満載のまま一緒になって探したりとか。

こっちが悪いのにお金が見つかったことに心底安堵して、彼女がお礼を言ったりとか。

そうした小さな積み重ねの結果、僕はいつの間にか第一王子の熱病が伝染したようになり、クリステル嬢をまるで聖女か女神の宗教画《イコン》か天使の偶像《アイドル》みたいに崇め奉り、彼女のなにげない動作や言動まで、まるで神託のように受け取って疑問にも思わない異常な状態へと陥ったのだ。


「わたくしは直接クリステル男爵令嬢と面識はありませんが、遠目に見た限りなるほど確かに、妖精のように可憐で儚げな雰囲気の方だとは思いますし。そういったお話を聞く限り、確かに好意を抱くのは理解できますが……」

話の区切りがついたところで、ルネが微妙な表情で首を傾げる。

「なんだか作為的ですね。そんなに偶然が重なるものでしょうか？」

エレナも〈影〉という仕事柄か、懐疑的な口調で疑問を口に出す。

「偶然……としか考えられないんだよねえ。僕の予定を知っているならともかく、僕が思い付きや気まぐれで行動したときに遭遇してばかりだったし。だからエレナも気が付かなかったわけだろう？」

「う～～む……確かにそうですが。ですが出来すぎの気がします」

どうにもしっくりこない表情で天井を睨むエレナ。そんな彼女の歯がゆそうな表情を眺めながら、（仮に誰かが仕組んでいたとすれば、それはこの世界を俯瞰して人形の操り糸を動かしている〝誰か〟だろうね）

そんな風に思う僕の耳に、いまは聞こえない歯車の幻聴が甦える。

「――まあ、それについては現状では判断のしようもないので、『偶然』で片付けるとして。同じような偶然が重なって、ほかの貴公子の皆様もクリステル男爵令嬢にのぼせ上り、率先して彼女と相思相愛……らしいエドワード殿下の応援をなさることになったわけですわよね？　それが現在も続いている状況である、と」

ルネにそう締めくくられて頷いた僕は、状況説明に伝え漏れがないか考察してみた。すると即座に、ここに至る経過と結論に空白と矛盾があることが、すんなりと浮き彫りになるのだった。

「変だ……。そもそも僕らはエドワード第一王子がクリステル嬢と交際をしていると認識したうえで、誰もそのことに嫉妬や落胆をせずに心底からふたりを応援していた」

それは相手が王族であるなら、表立ってはそんな感情はおくびにも出さないだろうけど、それでも内心では面白く思わないはずで、いくら隠してもなにかの折に露呈するのが常だ。

だが、ことあのふたりに関しては、僕たち六人は結束して――本来なら競争相手であり、なにかにつれて僕と張り合おうとするドミニクですら一切の対抗心を抱かずに――協力態勢を構築している。

「また第一王子も僕たちがクリステル嬢に恋慕していることを承知のうえで、彼女の不貞や僕たちの背信を疑わず、またその状態が当然だと頭から受け入れている矛盾。そしてその状態が少なくとも半年は維持されている……あり得ないな」

普通なら王子の想い人に横恋慕しているなどと口が裂けても言えるわけはないし、またあの単細胞で独占欲が強い俺様のエドワード第一王子が、そんな状況を看過できるわけがない。

それが、まるであのふたりを物語の主役のように扱って、ふたりの間に立ち塞がる存在を盲目的に排除しようと躍起になっている状況だ。

僕の耳にだけ聞こえる歯車の音が、錆びついた音を立てて、その考えを肯定するかのように鳴り響いた。

「……うん。やっぱり異常だ。まるで魔法にかかったみたいな状況だよね」

そう独りごちると、それを聞き咎めたルネが眉根を寄せる。

「クリステル嬢が魔法を使ったということでしょうか？　ですが、お義兄様に魔法や呪術の類《たぐい》は効果がないことは、〈妖精王《オベロン》〉と〈妖精女王《ティターニア》〉が保証されていらっしゃいますよね？　それに王宮や貴族学園には、いまある最高の対魔法・魔術防御の結界が施され、いまや閑職とはいえ宮廷魔術師もいらっしゃいますし、これらを突破して術をかけるなど可能なのでしょうか？」

「とはいえ、現実として異常な状況にある。となると、最悪の可能性を考えておいたほうがいいだろうね」

「最悪ですか」

エレナが表情も変えずに、淡々と僕の台詞を繰り返した。

魔法か運命か姿なき神の悪戯かはわからないけれど、悪意ある何者かによって舞台が整えられ、刻々と破滅に向かって歯車が回ろうとしている。

なんの根拠もないけれど、僕にはそう思えた。

「では、その最悪の状況で、お義兄様のいう説得が可能だと思いますか？」

そこですかさずルネに重ねて問われ、僕は改めて考えてみた。

この状況下でトチ狂った第一王子以下の面々を、当人の自覚なしに説得して正気に戻すとなると、よほどの時間か荒療法が必要となるだろう。

少なくとも半年以下という期間では――

「……無理だな」

「そうですわね。状況はすでに万策尽きる一歩手前。ですので、お義兄は旗幟《きし》を鮮明にしなければなりません。エドワード殿下に付き従って浮沈をともにするのか、アドリエンヌ様のお味方として、エドワード殿下と対峙するのか。どちらを選ぼうとも、お義兄様のご自由ですわ」

そう、口では選択の自由を提示しているものの、ルネの口調と眼差しは「アドリエンヌ様をお助けするのですよね？」と、如実に物語っていた。

「えーと、アドリエンヌ嬢の味方はするけど、エドワード第一王子派にも更生の余地を残すというのは……」

「お義兄様、世の中には『二兎を追う者は一兎をも得ず』という諺《ことわざ》もございます」

それは道理かも知れないけれど、味方以外は全員敵という考え方はどうなんだろう……。

少女特有の潔癖さで、不誠実かつ陰湿なエドワード第一王子派を嫌っての発言だろうけれど、世の中――特に貴族は清濁併せ呑む度量も必要だと思うのだけれど？

そのあたりの説得の取っかかりを出してくれないかと、我が家……この国のドロドロした暗部にも深く携わっている〈影〉、クヮリヤート一族であるエレナに視線を送る。

「若君、敵に情けは無用。相手が敵意を示した以上、それは敵でございますれば、こちらは的確に、周到に、無情に、さらには蛮勇をもって、やられる前に殲滅せよ！　でございます」

いい笑顔で親指を立てるエレナ。

「そうですわ。それに、ここでアドリエンヌ様をはじめとしたご令嬢の方々をお助けすることは、長い目で見れば我がオリオール公爵家のためでもあります。お義兄様は不幸に遭わんとする皆様をお助けする。ご令嬢方とそのご家族、そしてこの国も安堵される。そして、我が家も株を上げられる。ついでに馬鹿者どもをまとめて粛清できる。いいこと尽くめで一石二鳥どころではありませんわ」

「ルネ、お前さっきは『二兎を追う者は一兎をも得ず』と言って僕を諌めなかったかい？」

「それはそれ、これはこれですわ」

「その通りです。女の敵はスカッと爽やかに殲滅させましょう」

あ、駄目だ。うちの女子はいったん敵だと認識したら、一点の曇りもなく斃《たお》すことしか考えず、一切の妥協や慈悲という言葉は存在しやしない。

そういう意味ではエドワード第一王子に思考が近いのかも知れないけれど、天秤にかけてさてどちらを選ぶかとなれば、当然こちら側でしかあり得ない。

そもそもエドワード第一王子の考える幸福の形——クリステル嬢ただひとりを生涯の伴侶として邪魔する者をことごとく排除する——は、つまるところ他人の、ことにアドリエンヌ嬢を傷付けた不幸の上に立脚している。それはおかしい。誰もが幸せになれる方法を模索するべきなんだ。それができないというのなら、僕は少しでも不幸をなくす努力をしなければならない。つまり——

「……わかった。覚悟を決めたよ。これまでの僕はもういない。なにがあっても裏切らない。僕はアドリエンヌ嬢たちをお守りして、皆が理不尽かつ不名誉な目に遭わないように全力で奮起することにする。だからふたりも協力してほしい！」

決意表明のために、僕はその場に立って深々と一礼をする。

「勿論ですわ！　お義兄様なら絶対にそう言ってくださると信じておりました！」

「では、及ばずながら私及びクヮリヤート一族を筆頭とした〈影〉たちも、若君のお力になることをここに誓います」

僕の宣言を聞いて、満面の笑みを浮かべるルネと、恭しくスカートを摘んで膝を曲げるエレナ。

そんなふたりの全幅の信頼を受けて面映ゆい思いを抱く僕の脳裏で、一際巨大な歯車が別な歯車に噛み合わさって、さらに途方もない大きな歯車がゆっくりと回り出したような抗し得ない感覚を感じ取り、僕は知らず身震いするのだった。

「武者震いでしょうか……？」

「そうに決まっていますわ、さすがはお義兄様。再びこの世界に伝説を残すに違いありませんわ。なにしろお義兄様はまごうことなき伝説の——」

エレナに小声で尋ねられて、うっとりと潤んだ瞳で僕を頼もしげに眺めながら断言するルネ。

僕を慕う義妹と忠誠を誓ってくれるメイドの手前、なにがなんでもこの言葉を違《たが》えるわけにはいかないな、と改めて深く心に誓う僕だった。

「とはいえ、現状エドワード第一王子派を離反して、露骨にアドリエンヌ嬢を支持するわけにもいかないだろうね。エドワード第一王子の反発は必至だし、それが原因で一気に弾ける恐れがある」

僕はまた椅子に座り直して、考えをまとめながら言葉に出して確認を取る。

特にあの方の土壇場での弾け方は、どんな明後日《あさって》の方向に爆発するのかまったく見えない。

僕がアドリエンヌ嬢に誑《たぶら》かされたと怒り狂って、さらにもとから彼女と示し合わせて第一王子派の情報を売っていたと決めつけ、おのれあの裏切り者の毒婦め、即座にまとめて成敗してくれる！とかまでは予想できるけれど、その先が不透明なのだよね。

思い込んだらまったく周りが見えずに、ドラゴンの鼻先で爆竹を鳴らすくらいのことは平気でやるからなぁ。昔はその鷹揚さと決断力に目を瞠り、なるほどこれが王位に就く者の器量なのか……と、感動すらしていたんだけど、ただ単に阿呆なだけだったとは……。あの少年の日の感動を返せと言いたくなる。

まあ、それでも昔からの付き合いがあるので情は残っている。たとえあちらが僕を友人ではなく単なる臣下であり、取巻きAとしか見ていなかったとしても、僕は親友だったと思っているので、最後の引導は渡してあげたい。単なるイエスマンの取巻きAとしてではなく、間違った行動をしている友人であり王子に苦言を呈する腹心として。それが僕の矜持《きょうじ》であり、アドリエンヌ嬢の味方をするもうひとつの理由でもあった。

「そうですわね。それに、お義兄様は第一王子派の筆頭でエドワード殿下の右腕とみなされていますので、これが突然アドリエンヌ公女派に寝返ったなどと、まず誰も信じないと思いますわ」

ルネも難しい顔で、一言一言思案しながら僕の言葉に相槌を打ってくる。

それを受けて僕は力なく肩をすくめて見せた。

「逆にエドワード第一王子なら瞬間的に裏切りを確信して、ついでにアドリエンヌ公女派の陰謀に結び付けるだろうね」

基本的にいまのあの方の価値観は、クリステル嬢と自分の平穏を乱す相手はすべて敵だから。昨日までの股肱の臣であろうと、邪魔をするというなら対話の余地なく怨敵とみなすだろう。

「つまり、若君がアドリエンヌ公爵令嬢への支持を表明した途端、エドワード殿下の憎悪の対象となり、アドリエンヌ嬢からは信用されずに距離を置かれたままの、どっちつかずとなるわけですか。昔話の蝙蝠《こうもり》ですね」

ご愁傷様……と付け加えながら、『蝙蝠』の部分で「――ふっ」と冷笑を浮かべるエレナ。

「……別に好きでこんな立場になったわけじゃない」

思わずグチグチと愚痴をこぼす僕。

そんな僕らのいつものやり取りを呆れたように眺めていたルネだが、「とりあえず」と前置きをしてから、脱線しかけた会話の軌道を戻した。

「お義兄様はしばらくの間は第一王子派の取巻きとして、引き続きエドワード殿下とそのお仲間の動向を探ると同時に、やり過ぎないように手綱を絞る役目を担っていただくのが、最良だと思いますわ。そうしながら、アドリエンヌ公女派と接触を図り、手順を踏んで皆様方の信用と信頼を得られるべきかと……」

「あまり時間はないんだけどなぁ」

「『急いては事を仕損《せ》ずる』ですわ。がっつく殿方は嫌われますわよ、お義兄様？」

悪戯っぽく笑ってウインクをするルネ。

「了解。いきなり本命のアドリエンヌ嬢と接触を図るのは無理だろうから、まずは派閥のご令嬢方……第一王子派の婚約者の誰かに渡りをつけられるように頑張ればいいってことだね？」

チッチチッチッと規則的に刻まれる歯車の音に合わせて、僕はそう提案をする。

「まあ……そうですわね。とはいえ婚約者や許嫁の方々のすべてが、アドリエンヌ公女派というわけではありませんが」

「そうなの？」

てっきり、ご令嬢方はだいたいがアドリエンヌ嬢の派閥かと思っていたので、ルネの言葉は意外だった。

「わたくしも、男爵や准男爵などの下級貴族の方々まで把握しているわけではございませんので。ですが王族（王家親族と公爵）や上級貴族（侯爵、辺境伯など）、それと中級貴族（伯爵、子爵）のご令嬢方に関していえば、五分の二がアドリエンヌ公女派といったところでしょうか。そして五分の一が反アドリエンヌ公女派で、残りの五分の二がどちらにも所属していない中立派といったところですわね。ちなみに、わたくしはアドリエンヌ公女派ですが」

「へー……」

次々に明かされるご令嬢方の舞台裏に、そう間抜けな合いの手を入れるしかなかった。

なんとなく歯車に急かされるまま、僕は浮かんだ疑問を口に出す。

「というか、反アドリエンヌ公女派なんてのもあるんだ」

当然とばかりに頷くルネは、なぜか渋い表情になって、

「ええ、どんな世界でも派閥の対立はございます。まあ、さすがに表立って明言しているわけではございませんが、普段の言動や態度から察することができるもので……その、第二王子であるジェレミー殿下の許嫁であるコンスタンス侯爵令嬢が、どうもアドリエンヌ様に対抗意識をお持ちのようで」

「ああ、ジェレミー殿下の……ふーん、そういうこともある……かなぁ？」

どことなくおざなりな返事になってしまうのは、エドワード第一王子と違って、現在十五歳である年下のジェレミー第二王子とは、僕自身ほとんど接点がないからにほかならない。

ちなみにジェレミー第二王子はエドワード第一王子と同じく、国王様と王妃様の間に生まれたまごうことなき直系王族であり、エドワード第一王子になにかあった場合には（ま、あの健康だけが取り柄の王子に限って大丈夫だとは思うけれど）次代を担うべき正当な王子……なのだが、幼い頃から病弱で多くの時間を寝台の上で過ごし、そのためもうすぐ十六歳になろうとする現在も、ほとんど表舞台に立ったことがない、影の薄い王子でもある。

まあ、最近は随分と病状も落ち着いたとは聞くけれど。

ただ思い出すのは僕が六、七歳の子供の頃、何度か王城にエドワード第一王子の遊び相手として登城した際に、たまに城の窓際からじっとほの昏《ぐら》い目で僕らを見下ろしていた、亡者のように小柄で病的にやせ細った少年がいたことだ。おそらくあれがジェレミー第二王子だったのだろう。


「――ちっ！　相変わらず陰険な奴だ。仲間に入りたければそう言えばいいものをっ」

少年がこちらを覗いていることに気付くと、当時から独善的で我の強かったエドワード第一王子は途端に不機嫌になり舌打ちをした。

それから露骨に視線を避ける様子で立ち止まって少年を見上げ、僕の手を引っ張って、彼の目が届かない場所へと遊び場を変えたのだった。

その短いやり取りだけでも、エドワード第一王子のあの少年に対する敵意……というか、邪険な態度が明瞭であったため、改めて彼がジェレミー第二王子なのかと確認したことはなかったのだけれど、多分そうなのだろうと幼心にも察したものである。

それでもときたま思い出す、あの少年の独りきりで世界すべてを憎んでいたような眼差しだけは、いつまでも残って、いまだに忘れることはできない。

そういえば……と、記憶の蓋が外れてドミノ倒しのように当時の思い出が溢れ出てきた。

一度だけ周りの目を盗んで、あの少年を遊びに誘おうとしたのだけれど、すぐにエドワード第一王子に見つかって、こっぴどく咎められたんだっけ。

で、その話が回り回って国王陛下から僕の両親に伝えられ、以後は絶対にあの少年に近寄らない……まして遊びに誘うなど言語道断と言い含められた、もう十年も前の苦い記憶であった。


エドワード第一王子の性格は、当時から好き嫌いが激しい苛烈なものであった。おそらくはいまでも、ジェレミー第二王子に対する態度は変わっていないだろう。

つまり、兄弟仲は最悪というわけだ。

（コンスタンス侯爵令嬢がアドリエンヌ嬢に対抗意識を持っている原因は、もしかするとジェレミー第二王子にあるのかも知れないな……）

ふと、そう思った僕の考えを読んだかのように、

「一応、コンスタンス侯爵令嬢の動向も探っておきますか？」

気を利かせて、そんな提案を口に出すエレナ。

ふむ。ま、念のために反対派の動向も探っておいたほうがいいかも知れないな。

「……そうだね。軽く探ってくれるかい？　ただ、ジェレミー第二王子に関与しすぎないようにね。王家相手に事を構えるのは危険だからね」

あくまで保険として軽い気持ちで答えた。

「承知いたしました」

と、いつも通り表情も変えずに一礼をして請け負ったエレナ。僕としてはあくまで軽い気持ちでの依頼だったのだけれど、まさかこれが僕とジェレミー第二王子との運命の交錯の序章になるとは、このときの僕は知る由もなかった。

刹那、なぜか歯車が軋んだような異音を奏でる。

「それにしても、ルネがアドリエンヌ公女派だっていうのも意外だね。僕というエドワード第一王子の取巻き中の取巻きの義妹だってことは重々承知しているだろうに」

「——むう。お義兄様はアドリエンヌ様になにか魂胆があって、わたくしをご自分の派閥に取り込んだとお考えですか？　そうであるならアドリエンヌ様にも、わたくしにも失礼ですわよ！」

「い、いや、そこまでは言っていないけど」

唇を尖らせていきり立つルネ。

まあまあ、と両手を挙げて、僕は降参のポーズを取ってそれを宥《なだ》めた。

「そもそもお義兄様はアドリエンヌ様について誤解……いえ、もとより理解しておりません。なぜこの国の子女の大多数がアドリエンヌ様のもとに集っているとお思いですか？」

「それはまあ……王族と深い関係の五公家筆頭であるジェラルディエール公爵家のご令嬢にして、エドワード殿下の許嫁という立場や影響力は無視できないから」

「違いますわ！　いずれもアドリエンヌ様の気品や人柄に惹かれて集まってきたファンだからで

す！」

きっぱりと言い放つルネ。その瞳に嘘はないけれど、つい昨日までカルト的盲目さでエドワード第一王子とクリステル嬢を信奉していた僕としては、ルネのこれも、似たような思い込みではないのかと勘ぐってしまう。

そのあたりどうなんだろうと思って、ルネの背後に控えるエレナに視線を送ってみれば、手持ち無沙汰にひとりで黙々とストリング・フィギュア（ひとり向きのあやとりのこと。ふたりでやるのは『キャッツ・クレイドル』という）をしている姿が見えた。仕事しろ、こらっ。

「どこを見ているのですか、お義兄様っ!!　エドワード殿下がなんとおっしゃっているのかはわかりませんが、アドリエンヌ様はそれは素敵な方です。緋色に輝く長い髪、優美な物腰に、ルビーのような瞳。そしてなにより、その面倒見のよさ！　内気で内向的なご令嬢をパーティへ引っ張り出したり、学園の下級生の恋愛相談に嫌な顔をせず半日も付き合ったりと、その手のエピソードには枚挙に暇がないほどです」

「……へぇ～～っ……」

同じ公爵家とはいえ嫁入り前の箱入り娘の常で、学園に入学する以前のアドリエンヌ嬢と僕は軽く挨拶をする程度でろくに話をしたことはなかったし、学園に入学してからも男女では学科が随分と違うので、さほど接触する機会もなく、気が付けば敵対する立場になっていたので、彼女にそういう側面があったというのは寡聞にして知らなかった。

（ああ、いや……違った。もっと前、子供の頃に一度会っていたっけ。もっとも幼気《いたいけ》な子供の頃の

印象なんて参考にはならないけれど）

　ふと、城の尖塔よりも高い巨木の先端付近で、上等な余所《よそ》行きのドレスを着たまま泣きべそをかいていた少女の姿が、一瞬だけ胸に去来した。

　そんな僕の感傷など知る由もなく、ルネが舌鋒鋭く僕の甘さを糾弾する。

「お義兄様は先ほどアドリエンヌ様をお助けするとおっしゃいました。ですが、それはあくまでお義兄様側から見た一方的な、義務や責任、正義感……なによりも贖罪意識による、善意の押し付けでしかございません」

「………」

　ぐうの音も出ない正論とはまさにこのことだろう。

　と、そんなルネの背後では、エレナがドヤ顔で『コウモリ』を、ストリング・フィギュアで編んで見せびらかしていた。

　なにげに腹立つな……。

「ですので、わたくしはまずはお義兄様にアドリエンヌ様を知っていただきたいと思っております」

　ルネの真摯な願いに頷きながらも、その難しさに僕は顔をしかめざるを得なかった。

「ルネの言いたいことはよくわかる。けれど、現状ではたとえルネが仲介をしたとしても、アドリエンヌ嬢が僕に会ってくれるとは思えないし、そんな動きがあったことが第一王子派にバレたら、即座に背信を疑われて、恐れていた暴発が起きる……と思う」

「そんなことは――」

と否定しかけて、すぐに冷静さを取り戻したルネは、悄然と肩を落として頷いた。

「そうですわね。アドリエンヌ様も口にこそ出しませんが、エドワード殿下の腰巾着であるお義兄様のことは、蛇蝎《だかつ》の如く忌み嫌っていますので……」

「……うっ」

薄々そうだろうと想像してはいたものの、ずばり相手（しかも婦女子）から嫌われていると言われると、さすがに胸に刺さるものがある。

『――んになってあげるわ。ちゃんと責任を取ってね』

刹那、見上げんばかりの巨木を背景にして、煌びやかなルビー色の髪をした少女が満面の笑みで言い放つ――忘れかけていた光景がフラッシュバックのように去来した。

「お義兄様の名前を出しては駄目だと思います。また、ご懸念の通りエドワード殿下にお義兄様が真っ当に――第三者から見てですが――なられたことを掴まれるのも問題ですので、可能な限り自然に……あくまで偶然を装って、アドリエンヌ様側に接触を図るべきかと」

ルネの提言を受けて、

「つまりそうした舞台を作るか、ご令嬢方の動きを把握して仕かけないと駄目ということか……となると、情報戦ってことになるけど？」

期待と不安を込めてエレナに視線を送れば、エプロンのポケットに紐を戻したエレナが、なにごともなかったかのような無表情で応じる。

「お任せください。やれと言うのでしたらご令嬢方の情報を逐一、ほくろの数からその日の下着の色まですべてご報告いたします」

「いや、いらないからっ！」

「とはいえ、こちらも人数に限りがございますので、できれば相手の人数と優先すべき目的を、下着のほかに明確にしていただければ助かります」

「だから下着からは離れてくれ！」

「またまたっ。ご冗談ばかり」

「本気だって言うの！　ルネもそんな目で僕を見ないでくれっ。エレナのいつもの悪ふざけだから！」

　義兄としての尊厳がゴリゴリ削られていくなか、頬を赤くしたまま軽く咳払いをしたルネが、スカートのポケットから何枚かのチケットを取り出した。

　書かれているのは『〈ラスベル百貨店〉大博覧会』……？

「――コホン。そんなお義兄様に耳寄りなお話がございます。現在、百貨店で『魔獣・幻獣秘宝展』が開催されているのですが、この会場の提供及び主催者はラスベード伯爵家であり、さらに展示品の協賛元がジェラルディエール公爵家であるのはご存じでしょうか？」

「いや、展示会自体初めて聞いた……けど、それって」

「ええ。この招待券はアドリエンヌ様からいただいたものです。当然、展示会の開催中は、主催であるラスベード伯爵家の方々がお見えになってゲストに挨拶をされますし、場合によってはジェラルディエール公爵家の方々が来訪されることもあるでしょう」

なるほど、まあジェラルディエール公爵家関係はよほど運がよくなければ会えないだろうけど、主催者であるラスベード伯爵家の関係者には顔繋ぎできる可能性が高い。なにしろこちらは仮にも格上の公爵家の御曹司とご令嬢だ。挨拶しないわけにはいかないだろう。

「ま、仮にどちらとも会えなくても、切っかけにはなるか」

「そういうことですわ！」

なるほど、悪くはない。いや、現状ではベストの選択だろう。

「なら早速、明日にでもお邪魔させてもらおうか。付き合ってくれるかな。ルネ、エレナ」

「承りました。では、明日は念のため私のほかに、お頭……執事《バトラー》のジーノ様にも同行していただきますよう、若君からお声がけをお願いいたします。――ま、この瞬間にも話は筒抜けでしょうが」

「喜んで！」

恭しく膝を曲げながら、ちらりと天井裏へ視線を投げるエレナ。

勿論そんな程度で、天井裏に待機しているオリオールの〈影〉が動揺するわけもない。

満足しながら、僕は頼りになる〝家族〟に囲まれ胸が熱くなるのを感じるのだった。

（明日、百貨店に行ったところで、すぐに状況に変化があるとは思えないけれど……）

それでも、一歩ずつでも歩みを進めなければならない。

side：学園の孤高の花クリステル（なにを思うか）

オルヴィエール統一王国の誇る最高学府である、オルヴィエール貴族学園の敷地は広大である。

本校舎は息を呑むほど優美にして壮大な石造り三階建てのまるでお城……というか、もともとは宮殿として建てられた代物であり、廊下は広くて足元には高価な絨毯が敷かれ、階段や目につく柱は白大理石造りだが、そうした豪華さもあくまで全体の一部でしかなく、隣接する別館や図書館も一個の独立した芸術品のように素晴らしい佇まいを誇るのだった。

そんななかを周囲の迷惑も顧みず、声高らかに進む集団があった。

「クリステル嬢、是非今宵の夜会に参加してほしいのだが……いや、義兄の誕生日なのでごくごく内輪のパーティでして」

「身内の集まりでしたら、私のような見知らぬ他人が顔を出すなどおこがましいですわ、フィルマン様」

「あ、いや、それならこの機会に是非……」

「それよりも我が伯爵家ではこのたび最新の魔導帆船を購入しましたので、処女航海にご一緒するなどいかがですか？　この時期は中央海沿岸でビーチリゾートを楽しむのがなによりですからね」

「素敵ですわね、ドミニク様。ですが、生憎と私は船に酔いやすい体質ですので、遠慮させていただきますわ」

「あ、それなら僕の領地である港湾都市シャンボンで休暇を過ごすというのは」

「申し訳ございません、マクシミリアン様。生憎と予定が詰まっていまして、この時期に長期の休みは取れそうにございません」

講義が終わるのと同時にどこからか集まってきた、いずれも学園の有名人にして高位貴族の令息たち。あとついでに、その従者らしいタキシードとメイド服の一団。

そうして、いずれも煌びやかな美男子ばかりの中心になっているのは、銀髪の小柄な妖精のように可憐で儚げな少女であった。

――また、貴公子方に取り入っていい気になって……。

――ちょっと顔の造作がいいからって、王子に色目を……。

――ああやって、貢がせて相当な贅沢をしているそうよ……。

およそ学びの場とも思えぬ騒々しくも、著しく公序良俗に反する――なにしろいずれも恋人や許嫁がいる貴族の御曹司たちが、露骨にひとりの女子生徒を口説いている現場なのだ――この様子に、心ある生徒は眉をひそめ、心ない生徒は聞こえよがしの陰口を叩く。

もっとも、貴族社会の立場や階層構造《ヒエラルキー》の関係のせいか、もっぱら非難の対象となっているのは、学園の憧れの貴公子の方々に秋波を送られている女子生徒で、主に下級貴族の女子生徒からのやっかみであったが。

また、そうした視線や陰口に対して問題の女子生徒がいたたまれない様子でもしていれば、あるいは別の反応もあったかも知れないが、まったく痛痒《つうよう》を感じた風もなく、平然として表情ひとつ変えないことが――逆に貴公子の方々が、声のしたほうへ不快な視線を向けることで――なおさら反感を買う原因となっているのだろう。

まるで学園の中心は自分であるのが当然という表情で、熱心に口説く貴公子たちの熱い視線と口上を鮮やかに躱しつつ、彼女――クリステル・リータ・チェスティは、孤高の花として泰然と学園内を闊歩していた。

第二章　いざ最初の一歩を刻まん（だが、いきなりクライマックス）

午前九時半、王都第一区にあるオリオール邸の玄関ホール――

貴族が出かけるのは基本的に午前中か、あるいは夜会と決まっている。午後になるとフォーマルスーツやドレスが着崩れするからだ。

あと、着ていくものは季節と時間、なによりも場所柄をわきまえる必要がある。

まあ、紳士の場合はさほど華美にならないよう（ただし生地は上等のものを使うようにして）、年間に替えのズボンを数着にコート、ジャケットなどを購入すれば事足りる。

よほどの着道楽でもなければ、年間に衣装代はせいぜい金貨三十枚程度で済むだろう。ちなみに一般的な職人が二十日ほど働いて、手取りでもらえる賃金がだいたい金貨一枚なので、金貨三十枚が多いと見るのか案外少ないと見るのかは人それぞれだ。

もっともそれはあくまで貴族の男子平均であり、着道楽な者になれば週変わりで装いを一式改めるし、淑女の場合はさらに桁が変わる。

少なくとも紳士の数倍から数十倍は当たり前。浪費家の妻を持った貴族が、妻の道楽のために家屋敷を手放したなんて洒落にならない話も珍しくはないものだ。

ま、さすがにそこまではいかなくても、貴族の衣装代、装飾品代は必要経費と割り切らなければならない。

このあたり批判も多いとは思うけれど、こちらも好きで着飾っているわけじゃないと声を大にして言いたい。

かつて――二、三百年前――人の生存領域のすぐ傍で魔物が闊歩《かっぽ》していた時代には、騎士や冒険者が日常的に剣を持って魔物に立ち向かっていたけれど、それも今や昔の話。

近代化によって大多数の魔物が都市部から駆逐された現在《いま》の騎士の仕事といえば、もっぱら、剣の代わりに万年筆で数字と戦うのが生業《なりわい》となっている。

それがいいのか悪いのかはわからないけれど、同じく貴族も軍を率いて血生臭い戦場に立つのではなく、腹の底の読めない同じ貴族や議員、商人といった魑魅魍魎が潜伏する伏魔殿――生き馬の目を抜く社交界――で戦わねばならない。それゆえ貴族や騎士にとって、衣装や装飾品はすなわち現代の鎧であり盾とみなされる。そうであるなら、そこに力を注ぐのも、むべなるかな……である。

そんなわけで約束の土曜日。ローテーションのため春用に準備していた濃紺のジャケットに白いシャツ、ネクタイ、明るい色のズボンに着替えた僕は、ルネが着替えて出てくるのを使用人たちと一緒に、玄関ホールでいまや遅しと待ち構えていた。

ちなみに、多忙を極める両親は家にいることのほうが少ないくらいで、この日も朝から父上は公務のため王宮へ出仕し、母上は知人のお茶会へと出かけている。

そんな僕の傍らには、一見して六十代後半から七十代前半だと思われる、痩身で柔和な顔立ちに白髪白髭の執事《バトラー》然としたタキシードの老人が直立不動で立っていた。

その二の腕には、僕のステッキとトップハット、モーニングコートがぶら下がっている。

ジーノ・クヮリヤート。

エレナの祖父……ということになっている、クヮリヤート騎士爵家の先代でオリオール家の総括執事《バトラー》である。

なお、クヮリヤートは代々騎士爵の家柄だが、ジーノだけは長年仕えた功績を認められて、一代限りの准男爵位を賜っている。

いわば忠臣中の忠臣――というのは表向きの姿で、実際のところクヮリヤート一族を含めた〈影〉を総括する『お頭』であり、エレナの師匠であった。

見た目の年齢はこんな感じだけれど、実際のところ何歳なのかは不明だ。

稽古をつけるとエレナがいまだに子供扱いされるし、おまけに猫よりも身軽で、一蹴りで屋敷の屋根まで壁を駆け上ることもできる。老人の姿は擬態であるいは意外と若いのかも知れないし、逆に東洋の蒼陶国《ソウトウコク》にいるという仙人みたいに、年齢を超越したもの凄い年寄りなのかも知れない。

「ふう……予定を三十分過ぎたか。ちょっと時間がかかっているね」

予定の九時を過ぎてもなかなか二階の衣裳部屋から降りてこないルネと、着付けを手伝っているエレナ（ほかにも何人かメイドが駆り出されている）たち。

遅れちゃマズイと思って三十分前から待っているので、かれこれ一時間立ちっ放しってことになる。そのため僕はついつい傍らのジーノに愚痴っぽくこぼしてしまった。

「若君、女性の身支度は時間がかかるものでございます。ゆえに常に忍耐が必要でございますよ。それにお嬢様も久しぶりの若君とのお出かけに胸を弾ませ、昨晩は遅くまでエレナとふたりで衣装合わせをしていたようですので、間違っても不機嫌な顔をしてはなりませんぞ」

まったく枯れた様子のない甘いテノールで答えるジーノ。

年頃の娘であれば、この声だけで甘美な時間を与えてくれると思うであろう、実に魅力的な声だった。

「わかっているよ。ルネとエレナにはいろいろと心配をかけたみたいだし、出かけるついでに、なにかプレゼントでもしたほうがいいかな？」

「左様でございますな。ま、お嬢様は若君と出かけることがなによりのプレゼントだと思いますが」

「エレナなら『気持ちよりも物か現金が欲しいですね』とか言いそうだけどね」

軽く肩をすくめてジーノに同意を求めると、なぜか意味ありげな笑みを返された。

「――さて。どうでございましょう？」

「？」

思わず小首を傾げたところへ、エレナに手を引かれたルネが階段から降りてきた。

「お待たせいたしました、お義兄様！」

普段着ているカシミア生地のゆったりとしたドレス（化粧着《ペニョワール》）と違い、気合の入った白い繻子《サテン》の裏地をつけた白いドレスにペチコート、髪に着けるのはダイヤモンドと真珠《パール》の飾りがついたミニハット、あと同じダイヤモンドをあしらったネックレスと、袖口が動きやすいように調整された腕輪。足元は動きやすさを優先して編み上げ靴《バルモラル》という出で立ちだ。

一歩遅れて、いつも通りのメイド服に、ルネの日傘と鞄を抱えたエレナが続く。

「いや、ジーノと話していたから、それほど待った感覚はないよ」

ジーノの助言を思い出して、にこやかにそう応じると、ルネはほっと安堵の表情を見せた……けど、どこか物足りなさそうな表情になった。

なんだろう？　と思ったところで、歯車の軋みが一度だけ大きく鳴って、はっと気付いた。

「その衣装、素敵だね。よく似合っているよ、ルネ。エレナのそのブラウスも初めて見たけど、その刺繍はもしかしてエレナの手縫いかな？　趣味がいいね」

途端、満面の笑みを浮かべるルネと、「ふぐっ⁉」と一声謎の呻きを発するエレナ。

「ふふふっ、ありがとうございます、お義兄様。――よかったわねエレナ、気付いてもらえて」

ルネは上機嫌にスカートを摘んでから、肩越しに振り返ってちらりとエレナを見た。

エレナはあからさまに挙動不審な態度で、外ではルネが持つ予定の扇でパタパタと自分の顔を扇いでいる。

もしかして照れているのかな？

「……やれやれ、修行が足りませんな」

そんなエレナの様子にジーノが辛辣な評価を下し、言われた当人は決まり悪げに視線を逸らせて一言呟いた。

「不意打ち過ぎるのでございます……」

なんとなく一本返した気になった僕は、ジーノからステッキやコートを受け取って、出かける支度を完全に整えた。

「――さて、それじゃあ行こうか。記念すべき第一歩のために」

そう言ってエスコートしようと右肘を差し出すと、ルネはミニハットの下でトロけそうな笑みを浮かべて、折り目正しくカーテシーをする。

「はい。よろしくお願いします、お義兄様」

よし、行こう〈ラスベル百貨店〉へ。


さて、本日の目的地である〈ラスベル百貨店〉について説明すると、場所はオルヴィエール統一王国の首都アエテルニタの中心地にほど近い、貴族街とも呼ばれる第五区に存在する。

三年前に十年がかりで完成した地上六階、地下一階の、首都アエテルニタを代表する高層建造物であり、この国の近代化を象徴するランドマークだ。

宮殿のような門構えに、広大な売り場。全部で七層ある面積を合計したら、おそらくは第十二区にある昔ながらの小売店街や、第二十区にある各市場を合わせたよりも広いだろう。

この、ほかとは一線を画した、高層建築にして多目的施設である〈ラスベル百貨店〉が開店して以降、いまに至るまで、国内外の有名商店が出店しては群雄割拠でしのぎを削り、また有名店以外にも自称進歩派の若手職人が、貴族らの庇護のもと、独自ブランドを立ち上げて披露する場ともなっている。

いまや〈ラスベル百貨店〉に出店していることはステータスであり、最新の流行の発信基地ともなっているのだ。

だがその反面、昔ながらの小売店街には閑古鳥が鳴いて久しいらしい。

「……ですので、実際のところ仕立て屋さんにしてもパン屋さんにしても、腕のよし悪しで比べるなら昔ながらの親方のほうが遥かに上なのです。ところが、収入は〈ラスベル百貨店〉に出店している若手の職人のほうが十倍も上ということで、いまや職人の徒弟制度も危急存亡の秋《とき》となっているのですわ」

首都アエテルニタの市街のどこからでも見える〈ラスベル百貨店〉を見上げなら、ルネはそう寂しげに嘆息をする。

「職人としては腕が上でも、商売人としては劣るってことなんだろうね。いい悪いではなくて、方向性の違いじゃないかな」

「他人事のようにおっしゃいますね。この国で最古参の貴族であるオリオール家の次期当主にして、伝説の――」

ルネはどちらかといえば小売店街のほうを贔屓《ひいき》にしているのか、僕の言に小さく頬を膨らませた。

正直なところ僕はといえば、昔ながらの高級品を扱わせるなら小売店街の親方、流行の商品や急ぎで入手したいものがあれば百貨店の若手、と、わりと節操なく活用していたので、そこにルネほどのこだわりはなく、逆にルネにそこまでのこだわりがあったほうが意外だった。

〈これは、プレゼントを買うにしても〈ラスベル百貨店〉ではなくて、帰り道に小売店街に寄った

ほうがよさそうだな）

そう心の中にメモ書きして、目立つところに貼り付けておく。

そんな話をしているうちに、ほどなく馬車は第五区に到着して、目当ての〈ラスベル百貨店〉が目前に迫る。

（相変わらず大きいなー……）

下から見上げれば、まさに雲を突くような威容の建造物にしか見えない。

「……大したものだね、ホント」

「これだけでもオーナーであるラスベード伯爵家の財力が知れるというものですね。それにつけても、これだけの逆玉の輿を袖にしようとするとは、婚約者のドミニク様はどれだけとち狂っているのでしょうね？　仮に婚約破棄が成功したところで、片思いの相手はエドワード殿下の妻となる予定でしょうに」

ジーノと並んで向かいに座っているエレナが、やれやれとばかりに肩をすくめて、エディット嬢に婚約破棄を突き付ける（予定の）ドミニクをせせら笑った。

「大方、『愛する人の幸せと、信奉する主君のために犠牲になる俺カッコイイ』ってとこじゃないかな。エディット嬢については、『悪事を暴いて賠償金を取ってウマー』くらいで」

「馬鹿ですね。そんなもん、調べりゃすぐわかることでしょうに」

「……まったくですわね。『恋は盲目』『愛は屋上のカラスに及ぶ』とも申しますけれど、わたくしたちはそうならないように、お互いに気を付けましょうね――ねえ、エレナ？」

「え？　いえ、お嬢様ほどでは……」

（……この話題はいろいろな意味で身の置き所がないなぁ）

やたらコチコチ小刻みに刻まれる歯車の音も併せて、聞こえないフリをして視線を逸らす僕。

と、気もそぞろに馬車の外を流れる人混みを眺めていた僕だけど、そのなかにたったいま話題に出ていた人物の横顔が見えた気がして、慌てて体ごと背後を振り返った。

「――ドミニク？」

「どうかされましたか、お義兄様？」

「いや……いま歩道をドミニクが、ひとりで歩いていた気がしたんだけど……」

「気のせいではありませんか？　あちらも外務大臣であるイルマシェ伯爵家のご嫡子ですから、乗り物も使わず供もつけずに歩くなど、まずあり得ないかと」

没落した下級貴族でない限り、貴族が出かける際には自分の足で歩かず、荷物は人に運ばせるのが常である。

「そう……かな？」

一瞬だったので似たような誰かを見間違えたのかも知れない。ただ、ほとんどの人が〈ラスベル百貨店〉へと向かっているなか、ひとり逆方向――まるで逃げるかのように、〈ラスベル百貨店〉に背を向けていた姿が、なぜか棘となって心に刺さったのだ。

不吉な予感を助長するかの如く、歯車の軋みが〈ラスベル百貨店〉へ近付くにつれて大きくなっていくのを感じていた。

——で、その二十分後。

ものの見事に嫌な予感は的中した……的中してしまった。僕は、

「……どうしてこうなった……?」

〈ラスベル百貨店〉の一階部分の天井を見上げて呻いていた。

かといって、いつまでも現実逃避をしてはいられない。

改めて視線を戻して周囲を眺めてみれば、目に入ってくるのはどこを向いても人、人、人——うんざりするほど混雑している人の群れだ。

ただし、ここだけポッカリと十メトロンほど歪な円を描く形で、台風の目のように空白地帯が生まれている。

ついでに付け加えるなら、僕ら以外の数百人にも及ぶ人々は、その場に腹ばいになって恐怖に震えている状態だった。

なんかもう現実を直視するのが嫌なんだけれど、そういうわけにもいかないので、改めて見回せば、正面に〈ラスベル百貨店〉名物のエレベーターがあるのが視界に飛び込んでくる。

三基あるここのエレベーターに乗るために、連日押すな押すなの大盛況……なのは、王都に住んでいる者なら誰でも知ってることだ。

本来であればここにいる人たちは、これに乗るために長い行列を作っていたのだろうけど、いま

は老いも若きも凍り付いたように息を潜め、強張った表情でこちらを窺っているばかりである。

なんとも異様で重苦しい沈黙がこの場を支配していた。

それにしても……と、感心する。

いまさらだけど、この人数を見るに展示会は随分と盛況だったようだ。さすがは利に聡いラスベード伯爵家と、太っ腹なジェラルディエール公爵家が背後についているだけのことはある。大したものだ。ただの一般客として来ていたら、僕たちも下手をしたら半日待ちとかの状況に遭遇していたかも知れない。

いや確実に、馬車に刻まれた公爵家の家紋とＶＩＰ用招待券がなければ、瓶に詰められたジャムのように、隙間なく密集したこの人混みのなかを進まなければならなかったことだろう。

「もっとも、そのせいでまさかのこんな状況に遭遇したわけだけど……」

いや、ある意味、この出会いは僥倖《ぎょうこう》といえたかも知れない。

けれど今回に関しては、なにしろタイミングが悪すぎた。

とりあえず、自分の立場を理解するために、かいつまんで状況を整理してみよう――

事の発端は、そう……つい先刻。人混みを避けるために要人専用の特別通路を通って、僕らはここ、エレベーターの乗り合い場所であるホールに着いた。まさにそこが台風の目だったわけなんだよね。

そこで最初に目に飛び込んできたのは、一般用の二基あるエレベーターの隣。要人専用のエレベーターの前で待機していた、十人ほどの貴族らしい煌びやかな身支度の一行の姿だった。

本来ならエレベーターも要人専用に分けて造りたかったらしいのだけれど、建物の構造上難しく、どうしてもここに集中させなければならなかったそうだ。そんなわけで、ここで先客とバッティングすることも多々ある。

で、あまりいい習慣とは思えないけれど、相手の身分に応じて、先客があとから来た相手に順番を譲るのも、まあありがちなこと……なのだけれど、今回はいささか状況が違っていた。

普通ならこちらがどこの誰なのか、まず軽く挨拶をして誰何《すいか》するところ、なにを愚図愚図しているのか、こちら同様にメイドや護衛を引き連れた、明らかに高位貴族と思われる一行の全員が、なぜか彫像のように硬い表情でその場に固まっていた。

状況がわからず困惑する僕たち同様、あちらも突然の闖入者《ちんにゅうしゃ》である僕らに面喰った表情で、仲間内でお互いに顔を見合わせるばかりで、なにもリアクションをしようとしない。

「――失礼ですが」

痺れを切らしたうちの随員のひとりが確認の声を発しようとした、その機先を制する形で、相手方の一団からひとりの女性が悠然と、周囲の制止の声を振り切って前に一歩歩みを進め、無言のままほかの誰でもない僕に、強い視線を向け――いや、完全に睨んでいるな、あれは――てきた。

女性にしては長身のその姿を目の当たりにしたルネが「あっ！」と小さく声を上げて、慌てて口元を押さえる。

同時に僕もそこにいるのが誰かわかって、思わず被っているトップハットのツバに手をやり、礼儀として帽子を脱いで恭しく一礼で応えていた。

そして微苦笑とともに、

「……これはまた、奇縁というか。最初の一歩のはずが、いきなり大本命と遭遇とは、手間が省けた……かな？」

「そうですね。これも若君の日頃の行いのよさでしょう。いや〜、善人は得をしますね」

そう強がりで呟いた僕の独り言を耳にしたエレナが、わざとらしい当て擦りで同意を示す。

僕たちの注目を浴びてもオペラ座の主演女優のように傲然と肩をそびやかし、身じろぎひとつしない彼女――そう、その場にいたのは、誰あろうオルヴィエール貴族学園の同窓生にして、昨日から話題の人物。

アドリエンヌ・セリア・ジェラルディエール公爵令嬢。十七歳と四カ月。

すなわちエドワード第一王子の婚約者にして、半年後に汚名を着せられて婚約破棄される予定の人物であった。

無言のまま僕らを値踏み……いや、警戒する表情で相対するアドリエンヌ嬢。

カチカチと小刻みに鳴る幻聴に合わせて考えをまとめる僕。

「……状況から察するに、あちらは僕たちに先んじて、七階で開催されている『魔獣・幻獣秘宝展』を見に訪れたところでバッティングってところかな？」

「左様でございますな。供の者たちも見覚えがございます、ジェラルディエール公爵家の使用人で間違いございません」

僕の呟きにジーノが同意する。

（なるほど。……それにしても、相変わらず派手だなぁ）

落ち着いてアドリエンヌ嬢を見れば見るほど、浮かぶのはそんな僕の偽わらざる感想だった。

彼女と僕との間にはそこそこ距離があり、何人か人も挟んでいるのだけれど、たとえどれだけ人がいても、彼女の居場所は即座に判別できるだろう。

艶やかな長い真紅の髪――赤毛も金髪の一種と考えられるけれど、彼女の髪はそれがもっとも顕著に表れた感じといえばいいのか、とにかく独特の光沢がある――に雪のようにシミひとつない肌。そして真正面から見れば、その瞳が宝石の王者と呼ばれるルビーのように煌めく赤なのも見て取れる。とにかく目立つ色彩なのだ。

繻子《サテン》のレースがついた朱色のドレスは、北部高原でしか育てられない最高級のウールを惜しげもなく使い、大胆に胸元と背中が開いた流行《はやり》のデザインで、これがまた南国の花のように彼女によく似合っている。さらに、いまどきの貴族はコルセットなど使用しないのにもかかわらず、驚くほどウエストが細いのが見て取れる。対照的に胸も腰も非常に豊かで、腰の位置も高い。

顔立ちは当然のように整った麗人ではあるけれど、いわゆる〝可愛らしい〟タイプではなく、目鼻立ちがはっきりして眼も切れ長の美人、あるいはさらに一歩進んで〝男前《ハンサム》〟といったほうがシックリくる。そしてなにより、きりりとした眉が意志の強さを物語っていた。

とにかく、どんな場所にいても衆目を集めずにはいられない女性だ。

というか、誰がどう見ても只者《ただもの》ではない。

生まれ持って人の上に立って君臨する者。あるいは自分の能力と気力だけで、あらゆる困難にも立ち向かい、運命すら切り開いて行く者。そんな強靭な意志と魂を持った鮮烈な女性、それがアドリエンヌというご令嬢であった。

もっともその魅力は諸刃の剣で、その隣をエスコートできるかと問われれば、大半の男性が尻込みするだろう。

（実際、クリステル嬢は小柄で妖精か砂糖菓子みたいな可愛らしいタイプだからなぁ。アドリエンヌ嬢はエドワード第一王子の好みとは正反対ってことか）

クリステル嬢を前に、デレデレと脂下《やにさ》がっていたイケメン崩れの顔を思い出して苦笑いをする。

（それにしても……）

と、最初の驚きが収まったところで、改めて僕の胸に困惑が広がった。

実際の関係はどうあれ、お互いに上級貴族の令息令嬢として、顔を見合わせれば常識として一応は挨拶するくらいはわきまえていたのだけれど（その際は、若干棘《とげ》も鑢《やすり》もある会話となる）、どうしたわけか、この場において、彼女は最前から沈黙を守っている。

改めて、どうしたことかと首を捻ったところで、

「動くな、全員その場に屈めっ！　いいか、騒ぐんじゃないぞ！　騒いだり逃げようとしたら、この場で人質の女を殺して爆弾を爆発させる！　脅しじゃねえぞ!!」

不意にこの場には不釣合いな胴間声が響き渡ったかと思うと、突如として時代錯誤な甲冑で武装した集団が、エレベーターホールにあった机やソファを薙ぎ倒して、わらわらと従業員用のバック

ヤードから姿を現したのだった。

この〈ラスベル百貨店〉に足を運べる客層は、最低でも使用人を五人以上雇える中流階級《ミドルクラス》以上か、もしくは田舎から出てきた観光客——それでもドレスコードを守れる程度の富裕層——が大半を占めている。そこへまるで山賊のような身なりをした武装集団が、抜き身の剣や槍などの物騒な武器をこれ見よがしに誇示して、さらには数人の女性を羽交い絞めにして暴言を吐いているのだ。場違いなどというものではない。

一瞬だけその場にぽかんとした沈黙が落ち、続いて冗談などではない緊迫感が伝播するに従って、ようやく目の前で起こっている出来事がなんであるのかを理解したのだろう。

「きゃああああああああああああああああああああああああっ‼」

「強盗だーーーーっ‼」

「人殺しだ〜〜っ！　武器を持っているぞっ！」

誰かの金切り声を切っかけに、その場にいた人々は絶叫を放って、我先にこの場から逃げようとする——刹那、

『——黙れっ‼　従えっっっ‼』

直接、頭の中を殴られるような有無を言わせない怒号が放たれ、その〈声〉を耳にしたほぼ全員が、無言になり唯々諾々とその場に這いつくばりはじめた。

まるで定められていた団体競技のように、瞬きの間に人が幾重にも横になる。

呆気に取られて、すっかり見通しのよくなったその場を眺めてみれば、命令に従わずにその場に

立っているのは僕とルネ（ちょっと顔色が悪い）とエレナ……そして、アドリエンヌ嬢だけのようである。

「……な、なんなのでしょう、いまのは⁉　一瞬ですが、あの声に従わなければいけない、そんな恐怖感を覚えたのですけれど……？」

自分に起きた意に沿わぬ感情の変化に青い顔で戦慄《わなな》くルネへ僕はそっと寄り添って、その震える細い肩に手をやって囁く。

「どうやら本能的な恐怖に働きかけて、精神を支配する系統の邪法使い《ソーサラー》のようだね」

いまどき珍しく本格的な魔術を修めた術者らしい。

「これが魔術ですの？　わたくし、占い以外の魔術を目の当たりにするのは初めてですわ。――ちょっとイメージとは違いますけど」

熊みたいな大男を、興味半分失望半分で眺めるルネ。

魔法使いといえば、トンガリ帽子を被った賢者か、鷲鼻の魔女のようなイメージがあったのだろう。

「魔術もつまるところは技術だからね。まして、いまの邪法は音を媒介にするみたいだから、声の大きなほうが効果があるんだろう」

「なるほど、魔術といっても制限があるのですね。道理でいまどきは流行らないわけですわ」

「魔術なんて十年修行しても、ひとつものになるかどうかの博打だからね。あと、付け加えるなら、多分いまの術は単純に耳を塞げば効果がないと思う」

「あー……」

完全に〝魔術〟に対する幻想が砕けた表情で頷くルネだった。

「とはいえ咄嗟のことでしたので、いま立っているのは素の精神力で対抗できた我々だけのようですね」

「みたいだね」

軽く肩をすくめる僕とエレン。

それはともかく、こっちの三人は妥当としても（ジーノの姿がないのは遊撃に回ったからだろう）、アドリエンヌ嬢も見かけ通り逞しく強靭な精神を持っているということだ。まあ、絶対に他人のいうことに大人しく従うような、たおやかなお姫様でないのは知っていたけどさ……。

常に人間関係でマウントを取りたがるエドワード第一王子と合わないのも当然だろうね。

「ちっ、何人か《抵抗《レジスト》》されたか。肝の据わった奴らもいたらしいが、まあいい。――いいか手前《てめえ》らっ、我々は強盗ではない。腐りきった王家と貴族どもの専横《せんおう》を糾弾する革命的武装集団【暁の明星《ドーン・スター》】である！　この国の腐敗と貴族による搾取の象徴であるこの建物は我らが占拠した。すでに各階には、仲間とフロアを木端微塵にできる量の火薬を運び込んである。いいか、人質の命が惜しかったら無駄な抵抗をするんじゃねえぞ！」

と、先ほどの邪法を使った、身長が二メトロンほどもある巨漢が猛々しい口調で吼《ほ》えた。

フロア全体に巨漢の宣言が響き渡り、それを聞いた人々の間から押し殺した悲鳴と慟哭が湧き起こるも、先ほどの邪術の影響か、誰も逃げることはできずに震えるばかりである。

そうして僕は急変する事態を目の当たりにして、

「なにがどうしてこうなったわけ……？」

と、つくづく困惑するのだった。


――ということで、話は冒頭へと戻る。

まあ、嘆いてもしかたがない。そう思って騒ぎの元凶を改めて確認することにした。

数は十人。そのうち半分の五人が女性を人質に取ったまま、長椅子を倒して即席のバリケードを作り、エレベーター前に陣取っているようだ。

全員が時代遅れの小汚い革鎧に冑を被った男ばかり。それにしても、よくもまあ、あんな格好をして武器まで持って玄関をくぐり、こんな奥まで入れたものだと感心する。

途端、ふと思い付いたことがあった。

（もしかして手引きした人間がいる？　それもかなりこの場所に精通していて、無理が通る相手で……）

一瞬だけ、ここに来る途中で見かけた、僕と同じエドワード第一王子の取巻き――僕を『取巻きA』とするなら、さしずめ『取巻きB』に当たる――ドミニクの姿が甦る。

いやいや、まさかいくらなんでも、ここまで直截な行動は取らないだろう。

そう思ってアドリエンヌ嬢へ視線を送れば、彼女は武装した集団――【暁の明星《ドーン・スター》】とかいう聞いたこともない過激派を自称する――のリーダー格らしい、最初に口上をあげた髭もじゃで皮鎧を纏ったうえで、さらに背中に巨大な斧剣《ハルバート》を背負い、すっぽりと頭部を覆う鉄兜を被った巨漢に対して、いまにも射殺さんばかりの苛烈な視線を向けていた。

いや、視線の先は正確には巨漢ではない。その丸太のような片手に抱えられ、首元に抜き身の剣を押し当てられ顔面蒼白で震えている、まだ十代半ばほどのメイド服を着た少女に向けられた、痛みを伴ういたわりの視線であるようだった。

ほかにも四人の人質がいるけれど、彼女が注目しているのはひとり。そして彼女も縋るような目でアドリエンヌ嬢をしっかりと見詰めている。……なるほど、つまりはそういう関係なのだろう。

だいたいの状況は掴めた。

「同志諸君っ、当初の想定通り、我らの潜入と爆弾の搬入とを行うステージⅠは終了した。続いてステージⅡに移行する。腐ったこの国の上層部と交渉するための人質だ！　手の空いている者は男女に分けて縛り上げろっ。ただし気を付けろ、強い衝撃を与えたり気絶した者が目覚めた場合には、術が解ける可能性がある。また、術の効果範囲外にいた者で抵抗する者がいた場合には、始末しても構わん。ま、もっともほとんどこのフロアに固まっているとは思うが」

巨漢の指示に従って、見たところ比較的若い五人のチンピラ風の男たちが、準備してあったらしいロープを持ち、荒々しい手つきで無抵抗に転がっている、いずれも上流階級《ブルジョア》から中流階級《ミドルクラス》らしい上等な外出着を着た紳士淑女たちを縛りはじめた。

防犯上の問題か設計上の妥協案だったのかは知らないが、最上階へと昇るためのエレベーターを一カ所に限定させたことが、今回はあだになったようである。

見たところ十人とも、てんでんばらばらの装備を身に纏った——共通点といえば全員が兜やバンダナ、覆面などで顔を隠しているくらいか——烏合の衆にも思えるけれど、リーダー格の巨漢が意外と切れ者なのか、思いがけずに周到な準備をしていたらしい。鮮やかな手際であった。

その一方で、明確に邪術の影響から逃れられた僕たちに対しては警戒心を緩めずに、残り五人の男たちが、これ見よがしに人質の首元や心臓のあたりへ、武器の切っ先を向けて恫喝を繰り返す用心深さもある。

「いいかっ、爆弾はここにあるだけじゃあねえ。特に地下に大量に運び込まれている！　一斉に爆発したら建物ごとペシャンコだ。死にたくなければ、俺たちの要求を聞け‼」

男たちの一方的な宣言に、アドリエンヌ嬢はギリッと、ここまで聞こえるくらい唇を噛み締めて、勇敢……というか無謀にも、男たちのほうへ一歩前に出ようと足を踏み出した。

「——あ～、待った待った！」

その機先を制する形で、僕のほうが半歩先に出る。

男たち同様驚いた顔をして、アドリエンヌ嬢が踏み出しかけた足を引っ込めたのを確認しながら、一歩二歩と足を進める僕。

「な、なんだ手前《てめえ》は⁉　それ以上近付くな！　あと一歩でも足を踏み出したら、爆弾の導火線に火を点けて、女を殺すぞ！」

巨漢の背後にいた、すっぽりと頭の先から覆面を被った細身の男が、唾を飛ばす勢いで恫喝《オラつく》する。

その言葉に従って、とりあえずその場に足を止めて両手を上げ、僕は抵抗の意志がないことを示した。

とはいえ爆弾ねえ……。あれは軍が製造方法もなにも管理しているんで、そう簡単に入手できる代物じゃないから、まず十中八九ハッタリだろう。けど、目の前の白刃《ダンビラ》と人質は本物だ。

ちらりと見れば、ルネを護る形でエレナが前に立っていた。

ジーノもいるし、これならなんとかなるか……。

とりあえず時間稼ぎと状況の好転を願って、一際目立つ巨漢の邪法使い《ソーサラー》に話しかけてみた。

「あ〜〜……なにが目的かはわからないけれど、暴力はやめようよ。人間は会話をする生き物なんだし、対話でお互いの主張を確認し合おう」

「はあ？　いかれてんのか手前《てめえ》っ！」

鼻白んだ表情で牙のように鋭い犬歯を剥き出しにする巨漢。

それに対して僕はあくまで紳士的に説得を重ねる。……気のせいか、アドリエンヌ嬢が絶望的な表情で天井を仰いでいるようだけれど。

「いやいや、僕は平和的な解決を提案しているだけでして、なにはともあれ暴力はいけない。暴力ではなにも解決できませんよ？　人間は会話で問題を解決する生き物ですよ」

そう僕は、対話の必要性と暴力では問題が解決できないことを説いた。

「五月蝿《うるせ》ぇ！　このガキ、黙らねえと殺すぞっ‼」

けれど生憎と相手は、暴力で解決できると思っているらしい。

僕の話が終わらないうちに、一番手前で人質を縛り上げていた、ハンチングを被った若い男が激

高して腰に差していた剣を振り上げ、激情のまま真っ向から僕へ向かって刀を振り下ろしてきた。

「やめねえか、イーゴリ！」

と、邪術を使う熊みたいな巨漢の一喝で、いましも真っ向から僕の脳天を真っ二つに叩き割ろうとしていた青年の凶刃が、かなりギリギリのところで止まった。

いや、軽くだけれど〈声〉を使われたんだろう。青年（イーゴリというらしい？）は、ダラダラと脂汗を流しながら無理な姿勢で歯噛みをしている。

（どうせなら、もうちょっと早めに止めてほしかったなぁ……）

目前二十C M《ケントゥムメトロン》ほどの距離を挟んで鈍い光を放つ白刃（見るからに安物ですなあ）を見上げながら、僕は内心はどうあれ余裕の表情で軽く肩をすくめてみせた。

「な、なんでですか、キリルさん⁉　こいつ見るからにクソ生意気な貴族のボンボンですよ。だったら見せしめに殺したほうがいいじゃないですか！」

「馬鹿野郎っ。貴族なら人質や交渉の材料に使えるだろう！　殺すんならこの店の店長か、役人、名の知れた有名人にでもしておけ。わかったか⁉」

途端、腹這いになったまま何人かがピクリとその場で海老のように跳ねた。

多分、いまご指名がかかった店長や役人、著名人なのだろう。

リーダー格であるキリルに言い含められたイーゴリは歯噛みをして押し黙り、ほかの武装集団のメンバーも再度念を押されて不承不承頷くと、憮然とした表情で引き続き人質の拘束を行うのだった。

と、その間にルネがアドリエンヌ嬢を手招きして、それに応じた彼女とエレナを合わせた女子三人で、軽く額を突き合わせる格好の円陣を組んだ。

「――アドリエンヌ様、ごきげんよう。五日ぶりでしょうか？　先日いただきました展示会のチケットを早速使わせていただきました。あ、こちらはうちのメイドでエレナです」

「エレナ・クヮリヤートと申します」

「ごきげんよう、ルネ様。そのように遠慮なさらないでくださいな。お義理ではなく、こうして使っていただけたことがわかって嬉しいですわ。ああ、あなたがエレナ？　よくルネ様から噂は聞いているわ。今度、是非当家に、ルネ様と一緒に遊びにきていただきたいの。美味しいお菓子を用意して待っていますわよ」

「ありがとうございます、アドリエンヌ様。そういえば先日はバタフライケーキ（フェアリーケーキともいう）をありがとうございました。とっても美味しかったです」

「あら、お口に合ったようでなによりですわ。ルネ様が褒めていたと聞けば、作ったシェフも励みになりますわ」

周囲の張り詰めた緊張を無視して呑気にというか、優雅に挨拶をし合う女子たち。

状況がわかっていないのか、わかっていても令嬢としてのマナーを優先するのか……なんにしてもやはり、いざとなると強いのは女の子だなぁ、と感心するしかなかった。

（……というか、アドリエンヌ嬢って、あんな柔らかな喋り方もできるのか⁉）

失礼ながら、ちょっとした驚きだった。

なにしろ、僕と挨拶するときのデフォルトは――

「あら、オリオール公爵子様ごきげんよう」

「ごきげんよう、アドリエンヌ公女。できれば名前のほうで呼んでいただきたいところですね」

「ごめんあそばせ。そうしたいのは山々ですが、恥ずかしながら公子様のお名前を失念してしまいまして……ええと、エドワード殿下の取巻きA様、だったかしら？」

頤《おとがい》に細い人さし指を当てて、わざとらしく小首を傾げるアドリエンヌ嬢。

「……まあ、その認識でも構いませんが、そんなお粗末な記憶力では心配ですねえ。この先、王太子となられるエドワード殿下を補佐する役割が果たせるものか」

「ご心配には及びませんわ。私、興味のない人間以外は、きちんと記憶するように心がけておりますので」

「ほほう、それは心強いですね。ですが、そのわりにはエドワード殿下のサロンにはここ半年ほどまったく寄りつかないようですが、もしかしてお忘れですか？　いい加減、殿下の隣の椅子は埃が溜まっておりますよ」

「まあそうですの？　ですが、近頃はどなたかその椅子を我が物顔で温めているとか……そう、風の噂で伺っておりますわよ」

「はっはっはっ、風などと噂話をするとは。どうやらアドリエンヌ嬢は、話し合いをするお相手もいないと見える」

「ほっほっほっ、馬鹿にしたものではございませんわ。ロラン様もその軽い存在感ごと吹き飛ばされないようご注意くださいね」

「はっはっはっ、これは一本取られた！　確かにアドリエンヌ嬢は心身ともに重そうですから安心ですね」

「まあ、そんな……ほっほっほっほっほっ！」

「はっはっはっはっ！」


と、お互いにたっぷりと毒を塗った言葉の剣で、チクチクと刺し合うのが基本だからなぁ。

貴族として恥ずべき言動を非難するかのように、チッチッチッチッチッチッチッチッ、と苛立たしげに鳴る頭の中の歯車。

その音を聞きながら、いまさらだけど、アドリエンヌ嬢と和解とか共闘とか限りなく不可能に近いのでは？　と思う僕だった。

「ちっ、気楽なもんだ。これだから貴族って奴は……」

リーダーらしい巨漢《キリル》に制止させられたイーゴリは、いったん振り上げた剣の置き場がない様子で、苛立たしげにそう吐き捨てた。

それから憎々しげに僕のことを上から下まで値踏みして、

「おい、ガキっ。手前《てめえ》は貴族か⁉」

「え？　――ええ、まあ」

まあ、身支度や随員を見れば誰でもわかることなので、余計な情報は与えないように注意しながら端的に答える。

「──ちっ！　さぞかし金と女には不自由してないんだろうな！」

「言うまでもありませんわ。そんなの一目瞭然ではありませんか」

「…………」

ルネ、義兄の身を案ずるなら、頼むから余計な合いの手を入れないでくれ。イーゴリの殺気が二割方増えたような気がするから。

「──くっ！　俺は僻地の山村の出身で、町に出るまで木靴すら履いたことがなかった。金がないから女も寄りつかねえ、ないない尽くしよ！　手前《てめぇ》にその惨めさがわかるか⁉」

「いやぁ……」

「わかるわけないでしょう。悲惨な生い立ちだったというのは同情の余地はあるけれど、だからといって犯罪に手を染める理由にはならないわ。貴方が女性にもてないというのは、見た目以上にそんな性格を持った内面に問題があるのでしょう。僻《ひが》むよりも先に、ご自分の愚かさを自覚なさい！」

適当に流そうとしたところで、アドリエンヌ嬢が憤懣やるかたないという表情で、イーゴリ……はもとより、その背後にいる連中の仲間全員に向かって傲然と言い放った。

アドリエンヌ嬢、その気概と信念は立派だと思いますが、世の中には正論がどんな罵倒の言葉よりも耳に痛いという人種もいるのですよ。

あと、僕の肩越しに暴言を吐くのもちょっと……。位置関係で、僕に連中の敵意が全部降りかかってくるのですが。

「……ぐっ、ぐぐっ。好き勝手言いやがって……おいっ、立っているのは全部お前の女か⁉」

「違――」

「その通ぉーり！」

否定しようとした僕の言葉に覆い被さるようにして、肯定したのはエレナだった。

「私の右手側におられるのは、若君の義妹君《いもうと》と世間に吹聴している、実はもっと複雑な関係の恋する乙女！」

「うふふふっ、だいたい合っていますわね♪」

「「…………」」

まずは右手側のルネを紹介し、続いて自分を指さす。

「そして私は若君のメイドにして、裏の裏まで知っている若君のいわば雌犬！」

「それも、だいたいは合っていますわね」

「「…………」」

言っておくけど、それはあくまでオリオール家に仕える〈影〉にして、走狗であるという意味なんですけど、アドリエンヌ嬢を筆頭に周囲の視線が痛いなんてものじゃない。

あとルネさん、いちいち同意しないでください。

「ぐおお……そ、そ、その赤毛の女は違うのか？」

ひどい胸やけにでも襲われたみたいに胸元を掻きむしりながら、イーゴリが僕に血走った目を向けてきた。

それに合わせて禍々しい不協和音を奏でる歯車に、非常に嫌な予感を覚えながら否定する——よりも早く、

「私も詳しくは知りませんが、お互い（貴族として）恥ずべき（挨拶をする）仲だそうです。あと、（言葉の剣で）刺しつ刺されつ？」

「「……はあ⁉」」

さすがに悪ふざけが過ぎるエレナの宣言に、思わず僕たち三人は唖然として顔を見合わせる。

刹那、先ほどよりももっと切羽詰まった怒り……というか、なにかドロドロの怨念を全身に纏ったイーゴリが、

「死ねやっ‼」

再び剣を振り上げるや裂帛《れっぱく》の気合とともに問答無用で振り下ろしてきた。

えっ、止めないの⁉　さっきは止めたよね⁈　と思って横目でキリルを窺ってみれば、こちらもまた腹に据えかねたような表情で無言のまま腕組みしている。

止める気はなさそう……というか、顎をしゃくって人質を取っていない手隙の仲間たち五人に剣を抜くよう焚き付けていた。

えええっ⁉　と思う間もなく白刃が迫る。

「ぎゃあああっ！　ちょっと待った！　話し合おう、話せばわかる！」

絶対避けられないタイミングであり、下手に避けたら背後にいる誰かに当たるかも知れない、破

れかぶれの一撃を前に、

「お義兄様っ。チャチャとやっつけてくださいませ！」

「ちょっ、ちょっとお待ちなさい!!」

気楽な歓声を送ってくるルネと、さすがに慌てるアドリエンヌ嬢。

こうなれば最後の希望は、姿を隠しているジーノとエレナだけれど、

「ふーむ……この階層にお頭の気配がまるでないですね。ほかのフロアの様子を見ているんでしょうか？」

ぐるりと周囲を見回したエレナが、最後の希望の糸を断ち切ってくれた。

「ま、若君を信頼しているからでしょうね。私もそうですのでお忘れなく」

あと、無駄に全幅の信頼を寄せるエレナもまた、動かざること山の如しで、その場から動く様子はまったくない。

「ひょえええええええええええええっ!?!」

傍から見れば半ばヤケクソのようなへっぴり腰で、僕は持っていたステッキを振り上げ――勢い余ってものの見事に手からすっぽ抜けた。

そうして僕は真っ向から一刀両断されたのだった……。

すなわち五分後、

「完全武装した集団にステッキ一本で立ち向かっていくなど、正気の沙汰ではありません！　お姫様を護る勇者気取りですか⁉　本当に呆れ果てましたわっ‼」

怒りに燃えるアドリエンヌ嬢の舌鋒によって。

それはもう、ものの見事に真っ二つにされた。

その剣幕に驚いてルネが目と口を丸くしているところを見ると、彼女がこうして感情を剥き出しに激高するのは案外珍しいのかも知れない。

確かに……学園や社交界でのアドリエンヌ嬢の評価といえば、『優雅にして高潔、崇高にして博愛精神に富んだ才色兼備の素敵お姫様』というもので、エドワード第一王子一派ですら、その外面のよさには文句のつけようがないほどなのだから。

もっとも、

「いいのは見かけだけで、それも衣装や化粧、そして『公爵令嬢』という肩書きが実際よりも何倍も実物を美化しているだけに過ぎない。つまり雰囲気美人というやつだ」

第一王子は必ずそう付け加えるのを忘れなかったけれど。

「貴方がやるべきは、まずご自分の身の安全の確保であったはずです。公爵家の嫡男である貴方が、その背中に背負っているのは私たちではなく、もっと多くの領民であり国民であることにご自覚がないのですか？　ないのですね⁉　だったら貴方はバカよ！」

それがこれまで見たこともないほど怒り心頭で、頭から湯気を立てんばかりに怒り狂っている。

「もう一度言うわ。公子、貴方はバカなんですか⁉」

で、その怒りの矛先はなぜか僕なのだ。え、なんで？　ちょっとだめ……まじやばい、と僕の中の良識が混乱している。

「この国の五公爵家の一角、オリオール家の嫡男である自身の立場をなんだと思っているわけ?! まさか、か弱い婦女子を背中にして、最前線単独で犯罪者集団を迎え撃つ物語の勇者を気取ったわけ!?　だったら本気でバカで身の程知らずとしか言いようがないわ！」

百曼陀羅《ひゃくまんだら》言いたい放題だけれど、なぜ犯罪者集団ではなく、それを鎮圧した僕が非難されなければならないのだろうか？

と、困惑しながら、エレベーターホールの片隅に、さながら糸の切れたマリオネットのような格好で、だらりと手足を投げ出すようにして転がる、巨漢の邪術師《ソーサラー》を筆頭にしたならず者たちと、連中を一カ所に集めて武器と防具を回収しつつ、手早く連中のロープを使って逆に拘束しているジーノに助けを求めてアイコンタクトを送るも、

『若君、淑女《レディ》を相手に間違っても不機嫌な顔をしてはなりませんぞ』

無言で肩をすくめるジーノの穏やかな笑みが、僕の救いを求める手を無慈悲に撥ねのける。

現状を打破するため、カチカチと鳴る歯車の音に合わせて、やむなく僕は頭の中で、再度現状を整理してみた。

つい数分前に、戻ってきたジーノと（地下の爆弾を確認していたらしい。結果やはり単なる砂袋をそれっぽく見せかけたハッタリで、連中の仲間がふたりいたので処理したとのこと）ふたり、耳を塞ぎながら十人のならず者たちを速攻でほぼ瞬殺（辛うじて殺してはいない）した僕たち。

あまりにあっさりと解決したことに唖然としているアドリエンヌ嬢は放置して、エレナも含めたジーノと三人で手分けをして、縛られていた人質を解放し、ついでに背中に活を入れて正気に戻らせ、全員を順に誘導して建物の外へと避難させた。

で、僕たちは後始末という名目で、いまだにこの場に残っている。

理由はいくつかあるけれど、おそらくはいまごろ店の外では、さきほどまで人質になっていた店長と、おっとり刀で最上階から降りてきたラスベード伯爵家のご当主が、胃の痛みに耐えて官憲相手に事情説明をしている最中であろう。

なにしろ〈ラスベル百貨店〉開業以来の未曾有の大事件だ。

人質に犠牲が出なかったのは不幸中の幸いだけれど、事件があったという風評被害だけでも大惨事だろうから、今後の警備の見直しや百貨店内の店舗への補填、人質になっていたお客たちへの対応など、今後の問題が山積みのはずだ。

そこへ、成り行きで巻き込まれた僕ら——王家に準じる公爵家（『血統のジェラルディエール』と『勝利と栄光のオリオール』……ただし、栄光は過去のもので現在は風前の灯）のご子息、ご令嬢——が、一時的にとはいえ危険な目に遭ったとなればどうなるか？　おそらくはオーナーであるラスベード伯爵家に莫大な補償金が請求される。大資本であるラスベード商会にとっては、それは痛手ではあっても致命傷ではないだろうが。

だが、こと貴族というものはなによりも面子を重んじる。下手をすれば伯爵家はお取り潰しで、資産は国で没収ということにまで発展しかねない。そんなことになったら大変だ。我が国の税収の三割を担っているラスベード伯爵家がお取り潰しとなれば、統一王国の屋台骨が揺らぐ可能性すらある。

そうなれば先日懸念していた第一王子の婚約破棄発言から派生するであろう、国家の浮沈にかかわるドミノ倒し――ドミニクの婚約破棄に端を発する、奴の領地の内乱――どころではない、本来そうならないよう水面下で活動するはずが、結果的に僕らが率先していきなり統一王国の息の根を止めるトドメを刺して、おまけに介錯までするこ とになる。そんな事態を引き起こしたとなれば、本末転倒もいいところだろう。

そんなわけで、このことは内々に処理することで（さすがに王家には報告しなければならないだろうけど）、ラスベード伯爵家のご当主とも示し合わせて、僕たちはこの場にはいなかったことにしたのだ。

幸い人質には僕たちの家名は明かしていないので、いくらでも誤魔化しようはあるだろう。

ということで、現在は少数の護衛を残して、閑散としたエレベーターホールで、アドリエンヌ嬢と思いがけなく腹蔵なく話せる絶好の機会を得たわけだけど、歯に衣着せぬアドリエンヌ嬢はとにかく、終始一貫して喧嘩腰だった。

「きょろきょろしないでください！　もしかして『こうして怪我ひとつなく連中を倒して、無事に人質も解放できたので、結果的に間違っていなかった』とかお思いではないでしょうね?!」

いや、お思いですが。辟易しながら無言で肩をすくめて肯定する。

「……馬っ鹿じゃないの！　結果が伴えば過程を無視しても構わないとでも？　いえ、そもそも前提が間違っているわ。公爵家の嫡男である貴方がすべきだったのは、まずは自らの身の安全の確保です。それを粋がって矢面に立つなど、無謀であり浅慮だと言っているのです！」

ピシャリと言い切るアドリエンヌ嬢。

対面に立つ彼女の身長は、目測でヒールを加えても僕とほぼ同じくらいの目線であるように思えるのに、まるで上からのしかかってくるような妙な迫力があった。

（……あー、うん。言っていることは正論だと思うし、理不尽な怒りでないのが救いだけれど、こう上から目線で言われると、反発したくなる気持ちもわかるなァ）

と、図らずもエドワード第一王子の心情が理解できてしまう今日この頃。

第一王子《アレ》もこの調子でポンポンと言われて、やさぐれてしまったんだろうなあ。基本ヘマをして注意されても『いけませんわ』と窘《たしな》められるレベルのぬるま湯で十八年間生きてきた人間だから、煽り耐性なんてあるわけないし。それでクリステル嬢へ逃避して、そこから反発心が憎しみに変わったってところだろう。ま、完全な八つ当たりで、同情の余地はまったくないけど。

そんな僕たちの様子を窺いながら、

「わたくしとしては、一瞬でならず者たちを素手で昏倒させたお義兄様は、凛々しくて見惚れてしまいましたけれど……」

「そーですね。助けられた人質のご婦人たちも、助かった瞬間から潤んだ眼差しで若君を眺めていましたし」

「そんなに仲がお悪いのでしょうか、お義兄様とアドリエンヌ様は？」

「さて？　なんにしても、助けたお姫様から勇者が面罵されるとは、つくづく生きづらい世の中ですねえ」

「まったくですわ」

ルネとエレナが囁き合いながら、揃って「はあ～っ……」と嘆息する。

で、僕の耳に聞こえたということは、当然アドリエンヌ嬢にもその内容は届いたということで……。

「ふたりともなにを気楽なことをおっしゃっているのですか!?　たまたま反射的に掲げたステッキで剣を弾くことができ、その衝撃ですっ飛んだステッキがたまたま連中の仲間の足に当たり転んで、殺到していた後続も足を取られて、タイミングよく昏倒をした――すべて偶然の産物ではないですか!!」

「いや、それは僕が狙って」

「まさかこれを『全部狙ってやった』などと？　王家の剣術指南や親衛隊長でもない貴方が？」

「…………」

いや、確かに並べ立てられると嘘くさいとは思うけど、事実は事実なんだよねえ……。

とはいえ、ここでうだうだ自分の手柄を誇示するのもみっともないし……と黙り込んだ僕の代わりに、ルネとエレナが控え目にアドリエンヌ嬢にもの申した。

「――あ、あの、アドリエンヌ様。それは偶然の産物ではなくて、すべてお義兄様の技量によるものですわ！」

「はあ～っ……ルネ様。貴女が常日頃から義兄であるオリオール公子を慕っていることは理解しています。ご家族の仲がよろしいのは喜ばしいことですが、妄信はよくありません。ときには一歩引いて大局を見ることも必要なのですよ」

振り返って優しく微笑むアドリエンヌ嬢に、

「ああ、どう言ったらお義兄様の非常識さをご理解いただけるのでしょうか……」

と、頭を抱えて呻くルネ。それでも果敢に反論する。

「あのですね。お義兄様がエドワード殿下と幼い頃から親しくされているのは護衛を兼ねてでありまして、事実として、九歳のときに殿下を狙った暗殺者《アサシン》五人を、ひとりで返り討ちにした逸話があるのは有名なお話ですわよ？」

「そんな馬鹿な話があるわけないでしょう。子供が職業暗殺者《アサシン》五人を討ち取るなど。そんな話があれば大騒ぎですわっ」

「そ、それはそうなのですが、本来の護衛であった騎士が役立たずで、九歳の子供が単身で殿下をお守りしたなどと知れては王家の恥なので、公には秘匿されているだけで……」

話しているうちにだんだんと尻すぼみになって、最後に、

「公然の秘密で知っている人は知っているのですけれど、アドリエンヌ様はご存じないようですね……」

と、ルネは肩を落として力なく付け加えた。

思わず助けを求めるように、ルネがエレナに視線を送ると、エレナも心得たもので、

「あ、では五年前の、隣国であるドーランス魔王領で起きた、大公爵の反乱事件についてはご存じでしょうか？」

「ああ、確かクーデター以前に外人部隊によって鎮圧されたものでしたわね」

「いえ、実は当代の魔王と聖教徒大神殿から極秘に依頼があり、秘密裏に若君が……」

「――はっ！」

エレナの暴露話を一笑に付すアドリエンヌ嬢。あー、うん、あれは国家機密扱いなので、概要を話すだけでも罪に問われるからやめようね。

「う～～、ではでは、一昨年、王都で見世物にされていた〈大巨獣《ベヒモス》〉が暴れて、たまたま見物にきていたロズリーヌ第三王女様の危機を、お義兄様が颯爽と救った話はいかがですか⁉　あれなら確か新聞にも載っていましたよね！」

「ああ、ロズリーヌ王女とロラン公子の熱愛とか、巷を騒がせた醜聞ね。あれってゴシップ紙の捏造ってことで決着がついているんじゃなかったのかしら？」

「あ～、そ、それは、ロズリーヌ王女様がお義兄様に首っ丈になってしまい、一方的に隣国の王子との婚――むぐっ！」

『婚約を破棄してストーカーと化し、現在病気療養中ということで隔離した』とか、いま話題に出すのは危険な王家の恥部をうっかり口走りそうになったルネの口を、素早くエレナが両手で押さえて黙らせた。

そういえば、先に妹姫であるロズリーヌ第三王女が暴走しているんだよなぁ。あの兄妹の頭の中身は、いったいどうなっているのだろうか？

「……婚約がどうかされましたの？」

「あ、いえ……あ、そうそう！　さすがに王都剣術大会四年連続の『絶対王者ロラン』のご高名はご存じかと思いますが？」

適当にはぐらかしながら、あまり表立って吹聴してほしくない、微妙にこっ恥ずかしい二つ名を出すエレナ。

「ああ、それは存じ上げておりますわ。確か前回の大会では、カルバンティエ子爵家のアドルフ様が二位、レーネック伯爵家のフィルマン様が三位で、表彰台をエドワード様の派閥関係者が独占されたとか」

アドリエンヌ嬢が、それがどうしたと言わんばかりの尊大な態度で頷いた。

あ、これ出来レースだと思っているってこと⁉

「表彰台のお三方にメダルをかけられたのはエドワード様でしたわよね？　さぞかし晴れがましいお気持ちでしたでしょうね。ご自分の腹心たちが表彰台を独占されて。それに、殿下をはじめ皆様見目《みめ》がよろしいので、随分と栄えて盛り上がったと伺っております。私は剣のことは門外漢ですが、二百年も続く伝統のお祭りですので当然の配慮だと思いますわね」

ああ、祭りの一種だと思っているのか。そりゃ、いまどき剣術なんて一般には趣味か儀礼用となって、形骸化しているのも確かだけどさ。

「まあ、確かにあれのお陰で、エドワード殿下の名声と支持層が強化されているのも確かですけれど……」

「美男子《イケメン》揃いなのも確かですけどね」

顔を合わせて頷き合うルネとエレナ。

そんなふたりの会話を聞き咎めたアドリエンヌ嬢は一言、

「美男子《イケメン》と一概に評するのはどうかと思いますわよ。そもそもほかの方々はともかく、エドワード様のあれは『王子』という肩書きがそう思わせるだけの錯覚です。それ抜きの一個人としての魅力はさて……私が言うのも口幅ったい話ですが、たとえて言うなればあれは雰囲気美男というもの。実体に則していると は口が裂けても言えませんわ」

どこかで聞いたような評価を下した。

予想はしていたけれど、やはりエドワード第一王子とその関係者である僕に対する評価は辛辣なようだ。ルネたちも説得の難しさ……というか、彼女の頑なな先入観を前に、説得の突破口を見つけられず、逆にフォローしようとすればするだけ荒唐無稽扱いされる虚しさに、揃ってため息をつくしかないようだった。

side：アドリエンヌのターン（思い出は美しくて）

七歳のときに、当時ジェラルディエール公爵家の当主であったお爺様に連れられて、初めて訪れた王宮は、私にとって退屈な場所だった。

珍獣を値踏みするような目で、次々に挨拶にくる大人たち。

お爺様やついてきた従者の手前、恥をかかせないように懸命に繰り返すカーテシーと社交辞令。

退屈を紛らわすものもなく、暇潰しに窓から見える庭のポプラの木をぼーっと眺めて、

（あの木の枝ぶり、いいわね。よじ登るのにちょうどよさそう）

と、終盤からはほとんど上の空で応対していた。

（あー、面倒臭い……。暇なのであの木に登らせてってお願い……できるわけないわよねぇ）

にこにこと愛想笑いが過ぎて、笑顔が固まった表情のまま密かに内心でため息をつく。

自宅の屋敷や別荘にある木なら、両親やお爺様に頼めば、わりとほいほいと許可してくれるのだけれど、さすがに王宮の庭で、それも女児が木登りをしたいなどと言えるわけがない。その程度の分別はついていた。

余談になるけれど、いまでこそ公爵家の令嬢然とした余裕を示している私だけれど、実のところ子供の頃は結構活発……というか、じゃじゃ馬、いえ、もっと明確に野生の猿みたいだったと思う。

スカートよりも男の子のように半ズボンをはいて、ちょっとした森ほどもある屋敷の裏山を走り

回ったり、木にロープを垂らしてピョンピョン飛び移ったり、平気でしていた。淑女としては、はしたないとされている泳ぎだって達者なものだ。

もっとも、そのたびに二歳年下でメイド見習いだったソフィアをヤキモキさせ、場合によっては卒倒させたりもした（具体的に目の前で木から落ちたときや、泉で溺れかけたとき）のも、いまではいい思い出である（ソフィアにはまた別の見解があるかも知れないけれど）。

勿論、こういう公の場では猫を被る程度の分別はあったけれど、基本野生児の自分にとって、こうして壁に遮られた場所で、延々と何時間も人いきれと香水と煙草が混じった臭いをかがされるのは、正直拷問でしかなかった。

せめて、ほかに興味を引くものがあれば別だったのだけれど、期待していた『王宮』もお伽噺に出てくるキラキラ光る硝子の宮殿ではなく、案外こじんまりとした普通の建物だったし（あとで聞いたところ、ここは王族がプライベートに使う離宮のひとつで、代々の宮殿は維持費の問題で、特別な行事がなければ使わないとのことだった）、謁見の間に現れた国王様も、トランプの王様みたいに白髭も生えていなければ、赤いガウンも王冠も被っておらず、仕立てのいいスーツ姿の、まだ青年といってもいい貴公子で、

「やあ、よく来たね。初めまして、アドリエンヌ。私は君の又従兄妹《はとこ》に当たるんだよ」

と、フランクに話しかけてくる……という塩梅で、内心で随分とガッカリした覚えがある。

まあ、いまどき「朕《ちん》は偉大なるオルヴィエール統一王国の王であるぞ、頭が高い！」なーんていう時代錯誤な暗君でなかったのは幸いだけれど。

その代わりというか、対面した私と同い年だという第一王子は、悪い意味で『王子様』そのものだった。

「ふん。お前が俺の婚約者か⁉　鄙には稀な美しさというから期待したのに、ただ髪の色が派手なだけの吊り目のブスじゃないか！　だいたい赤毛の女ってのは気が強そうで好みじゃないんだ。おい、お前。父上の手前、とりあえず婚約の話は受けるけど、せめて俺を立てる奥床しさを持てるよう、今後精進しろよ」

見るからに甘やかされたヤンチャ盛りの子供の暴言に、一瞬にしてその場が凍りついた。

唖然とする私――『婚約者』という寝耳に水の単語に度胆を抜かれたせいだけれど――の顔を小馬鹿にしたように睨《ね》めつけながら、第一王子は続ける。

「なんだ、その間抜け面は？　俺の言っていることがわからないのか？　馬鹿なのか？　返事くらいしろよ、馬鹿女」

「…………」

いまなら最初の暴言の半分もいかないところで切れているだろうけれど、当時の私は箱入り娘だった。

そもそもジェラルディエール公爵家は王家と深い繋がりがあり、こちらから王妃を輩出したり、逆に王家から姫君が降嫁されるなどということが二、三代ごとにある関係で、第二の王家とも呼ばれるような絶大な権威権勢を誇っている。

当然、貴族、商人、政治家、他国の王族に至るまで、私に対しては優しく紳士的に……文字通りお姫様扱いしてくれるのが当たり前。

と、そう思っていたところへの罵詈雑言に、当時の私はただただ目を瞠って絶句するしか反応できなかった。

あるいは気の弱い令嬢であったら、この場で卒倒していたかも知れない。

「え、なにこの子、頭おかしいの???」

と、疑問符を大量に頭の上に浮かべているくらいで済んだ自分は、実のところ、生まれつきとことん神経がず太いのではないかと、いまならそう客観視できるけれど——とにかく、それぐらいの衝撃だった。

「——ちぇっ、ろくに口も利けないのか?! はあ……父上っ、俺はこのようなレベルの低い女と婚約したくはありません。どうしてもというのなら、適当に弟のジェレミーにでもあてがったらどうですか?」

その不用意な発言と不遜な態度が周囲にどのような影響を及ぼすのか。

七歳児であった私でも、刻一刻と爆発する寸前のように張り詰める空気を肌で感じていたというのに、なおも得々として我が物顔で喋る第一王子。

子供というのはたいていたい愛らしい容姿をしているものだし、その中でもこの王子はかなり端正な顔立ちをしている。それは確かだけれど、そんな表面上の造作よりも内面の性格の悪さが滲み出てきて、直視するのも憚られる醜さだと思えた。

思わず生理的な嫌悪感から顔を背けたその刹那——

「こ、この」

「馬鹿者がーーーっ!!!!」

我に返った国王が息子を窘めようとした——それよりも一歩早く、我慢の限界に達したお爺様の割れんばかりの怒号が謁見の間にこだました。

「ようも儂《わし》の可愛い孫娘を思う存分辱めてくれたのォ！ 貴様のような思慮分別の足りぬ腐った性根の孺子《こぞう》に、儂の孫は勿体なさ過ぎるわ！ 国王陛下と先の王妃である太后様の面目を立てて、今回の顔合わせを行ったが——おおさっ！ 婚約などこっちからお断りじゃわい!!」

憤怒の表情も凄まじく第一王子に向かって真っ向から怒気を叩きつけた。当の第一王子はといえば、耳元で大砲が鳴ったかのようなお爺様の怒りを前に、「ひぃぃ！」と顔面蒼白でその場にへたり込んで、さらには絨毯の上に放尿——いえ、世界地図を広げました。

なんというか……つまんない男ね。

「お、お待ちください。ジェラルディエール公。お怒りはごもっともでございます。これもひとえに私どもの不徳のいたすところでございますが、まずはお怒りをお静めください」

慌てて割って入る、この国で一番偉いはずの国王陛下。

「ち、父上！ こ、この者は俺に——第一王子である俺を脅しつけたのですよ！ たかだか公爵ごときが！ こいつを処刑してください！」

「あん？」

「——ひっ！」

座り小便——腰を抜かした姿勢のまま、顔色を変えた第一王子がお爺様を指さして、国王陛下に訴えかけ、それを耳にしたお爺様はジロリと第一王子を一瞥しました。

「たかだか公爵とな？　現段階では王位継承権も持たない、国王陛下の息子であっても公的な身分を持たない、平たく言えば平民と変わらぬお主が、現王位継承権第四位にして貴族院名誉総長である儂を『たかだか』と言うか」

怒りが一周してむしろ穏やかな口調でそう言い聞かせるお爺様の眼光を前に、陶器の置き物のようにその場に固まる第一王子。あら、一度止まったはずの尿がお代わりで出ているわ。人間って結構な水分が体内にあるものなのねえ。

第一王子……って、そういえばこの方って、なんてお名前だったかしら……？

遅ればせながら自己紹介もしていなかったことに気付いた私だけれど、どーでもいいかと思い直して視線を外した。

あー、来るんじゃなかった。木登りしたい。

「ねえ、さっきから窓の外を見ているけど、あの木に登りたいんじゃないの？」

と、そのとき、不意に背後から聞こえてきた子供特有のボーイソプラノに振り返って見れば、いつの間にそこにいたのか、同い年くらいの珍しい水色の髪をした男の子がニコニコ笑って立っている。

男の子の格好をしているからそうだとわかったけれど、パッと見は女の子と言われたほうが納得できそうな、中性的で柔らかな美貌の、やたら綺麗な男の子だ。

「――どなたですか?」

とはいえ、イケメンは第一王子の例があるので警戒しながらそう尋ねると、その子は年に似合わない、一人前の貴族のような流麗な仕草で一礼をしてくれた。

「初めまして、麗しの姫君。僕はオリオール公爵家の一子、ロランと申します。よろしければご尊名をお聞かせ願えませんか?」

か、格好……可愛いい! これよ、こういう展開を待っていたのよ!

貴公子との出会い。これこそが、必死に猫を被って淑女を演じている醍醐味ってものじゃない。

さっきの盆暗《ぼんくら》王子とは大違いだわ。お爺様のあの様子ならどうせ婚約なんて成立するわけないし、それならこのロラン様と婚約できないかしら? 同じ公爵家だもの、家柄的にも釣り合っているはずよ。

内心で、うひうひ含み笑いをしながら、表面上はつんと取り澄ました表情で、私はカーテシーを返した。

「ロラン公子様、お初におめもじいたします。わたくしはジェラルディエール公爵の孫娘アドリエンヌと申します。お会いできて光栄ですわ」

「こちらこそ。ところで、先ほどから窓の外の木を横目でご覧になっていたようですが、あの木に登りたがっているのではありませんか?」

ずばり本心を言い当てられて、思わず視線を逸らせた私の態度を見て確信を得たのか、

「それだったら登らないほうがいいですよ。あの木は病気が入ったみたいで、上のほうは枯れてき

ていて危ないですからね。それなら登って面白い木や、キッツキやリスの巣穴のある木が結構あるので、よろしければご案内しますよ。それに、こんなところにいたくはないでしょう？」

満面の笑みとともに、小さな手が差し出された。

貴族でなおかつ子供とは思えない剣タコと、木登りでできた擦り傷だらけの小さな手。

初対面だけれど、この手と誠実そうな笑顔は信用できる。

そんな気がして、私はロラン公子とともに手と手を取り合って、周囲の騒ぎ――エキサイトするお爺様と、それを宥めようと必死の国王陛下や重鎮たち。あと、別の出口から侍女たちによって運ばれる小便小僧（第一王子）――を尻目に、足取りも軽くこの場をあとにしたのだった。

まあ、こっそり逃げたつもりだったけれど、事前にロラン公子が口裏を合わせていてくれたみたいで、周りも見て見ぬフリをして、結局、夕方になって密かに待機していた王家の〈影〉によってお開きにされるまで、ふたりで王宮の庭の探索に精を出したのだった。

そんな、私にとってはさまざまな意味で忘れがたい思い出。


さすがにあれだけの大騒ぎを起こした責任ということで、お爺様はそのあとすぐに家督をお父様に譲って、田舎に隠遁されてしまったわけだけれど。

「……まあ結局、婚約は破棄されずに『今後の教育と息子の将来性を信じてほしい』という国王陛下の熱意にほだされて、お父様が正式に婚約を結んでしまわれたのよね」

お爺様は最後まで「腐った性根の人間は一生変わらん！」と言って大反対されていたのだけれど、実際に目の間で第一王子の醜態を見ていなかった両親は、その辺の判断が甘くなってしまったのだろう。

「少しはマシになったかと思ったのだけれど、結局はお爺様が慧眼だったとしか言いようがないわね」

「形ばかりのお見舞いすら寄越しませんでしたからね、エドワード殿下は」

私の独り言に応えて、紅茶のお代わりを注いでくれながら、メイドのソフィア——三代前からジェラルディエール公爵家に仕えてくれ、物心つく前からの付き合いである。ついでに言えば先日の騒ぎで人質になっていた——は憤慨してくれる。

「しかたないわ。公式には『私たちはいなかった』ことになっているのだもの」

「そうは言っても王家には報告が行っているはずですし、あの場にはエドワード殿下の側近であるロラン様もいらっしゃったのですよ。ロラン様とルネ様からは、連名でお見舞いの花束が届いているというのに」

微かに熱を含んだ口調でソフィアが〝ロラン様〟と言った瞬間、チクリと胸が痛んだ。

結果的に助けられた形になったソフィアは、ロランにほのかな好意を抱いているようだけれど、私としてはあの殿下の腰巾着で、なおかつどこぞの男爵令嬢に骨抜きにされ、軟弱者に堕《だ》した。この二点をもって度しがたい——かつて憧れた小さな貴公子はすでにいない。いるのはなれの果て

——と見切りをつけている。

花束をもらっても、「なにをいまさら」という腹立たしさしかない。

（……そういえば、この間はドタバタしていたせいか、いつもの毒舌もなかったわね）

それどころか、どこか妙にスッキリとした表情で、私が責め立てても困ったように柔らかく苦笑しているだけだった。

まるで、かつて出会ったあの当時のように……。

「どうかされましたか、お嬢様？　ぼーっとされて」

「な、なんでもないわ。ちょっと昔のことを思い出していただけよ。昔の私は、ちょっとお転婆だったな、と思って」

「お転婆というよりも、ほぼ野生の獣同然だったと思いますよ」

当時の私の所業を思い出したのか、ソフィアは疲れたため息とともに、そんな軽口を叩く。

「混ぜっ返さないで、ソフィア。そもそも思い出は美化されるべきなのよ」

紅茶を飲みながら、私はそんな黒歴史にやんわりと蓋をした。

「左様でございますか、失礼いたしました」と、慇懃に一礼するソフィア。

主である私に対して無礼とも思える言動だけれど、姉妹同然に育った関係で、こうしたプライベートな空間ではお互いに腹蔵なく語り合える。

屈託なくクスクス笑うソフィアのいつもと変わらない様子に、私は内心でほっと胸を撫で下ろすのだった。

（よかった。先日の一件がさほど尾を引いていないみたいで……）

勿論まったく影響がないわけではないけれど、それでも前を向いていてくれることに安堵した。

「そういえばロラン様は、私へもお見舞いの花とカード、あとケーキを贈ってくださったのですよ！」

けれど続くソフィアの言葉に、私は危うく飲んでいた紅茶を吹き出しそうになる。

「はあ～っ、ロラン様って本当に素敵ですね。格好いいし、強いし、優しいし……ああいう方を本当の紳士っていうんでしょうね」

夢見るソフィアから視線を逸らせて、私は小さく口の中で呟いた。

「……なによ、いまさら……」

第三章　たったひとつの冴えた解決法（極論過ぎる！）

「ロラン、父上に聞いたぞ。〈ラスベル百貨店〉では賊を相手に随分と活躍したそうじゃないか、さすがだな！」

週明け、朝の挨拶もそこそこに、開口一番、エドワード第一王子がいきなりやらかしやが……口を滑らせた。

無駄に通る声で、箝口令《かんこうれい》が敷かれている事件の裏側をさらりと暴露したのだ。

――ざわっ……!!

途端、最前まで気軽に雑談に耽っていた級友たちが一斉に口を噤み、屈託なく笑う第一王子と席に着いたまま硬直した僕とに、興味津々たる視線を向けてきた。

「あまり詳しくは教えてもらえなかったのだが、なんでも十人からの武装集団を苦もなく捻ったそうじゃないか？　俺も親友として鼻が高いぞ」

ちなみに一昨日の〈ラスベル百貨店〉の騒動は、表向きは不逞《ふてい》魔族（角や獣耳や鱗を持った亜人の総称）によるテロ行為と発表されている。連中が本当に魔族だったのかは不明だけれど、そういえばと思い当たる節もあったので、おそらくは本当なのだろう。

で、それを鎮圧したのは王都に駐屯している第一師団騎士であり、幸いにして人質にも怪我人はなく、巻き込まれた大多数は一般市民と百貨店関係者だけとなっている。

このことについて、オーナーであるラスベード伯爵は遺憾の意を表明し、被害者に対して可能な限りの補填と、二度とこのようなことがないよう警備とチェック態勢の強化を図る……ということで決着がついているのだった。

もっとも事が事であるため、ゴシップ紙が垂れ流した根も葉もない憶測や、自称『事情通』による陰謀論も蔓延しているようで、学園内でも朝からそこかしこで、まことしやかな事件の話題で盛り上がっていた。

そこへこの国の第一王子が燃料を投下したのだ。たまったものではない。

「だが、アドリエンヌに関してはなあ……。正直、余計なことをしてくれ――」

「ゴホン！」

慌てて僕は第一王子の話を遮る形で、水を打ったように静まり返ったここ――五十人ほどが受講している――小講義室全体に響き渡るような咳払いをする。

固唾を呑んで聞き入っている、級友たちの異様な雰囲気にも一切頓着することなく、マイペースに捲《まく》し立てていたエドワード第一王子に対して、

「失礼しました、殿下。ところで――」

第一王子が余計な口を挟まないうちに素早く謝罪をした僕は、

（この……阿呆は、実際のところ目を開けながら、まだ寝惚けているんじゃないのか!?）

喚き散らしたい衝動をどうにか押さえつけて、困惑混じりの微苦笑を浮かべて返した。

「――なんのことでしょうか？　〈ラスベル百貨店〉の騒動の顛末は伺っていますが、誰かと混同

されているのではありませんか？　生憎と騒ぎのあった当日は、義妹と小売店街に買い物に行っていたのですが」

こういうときは無駄に動揺したらだめだ。周囲に対しても堂々と恍《とぼ》けて見せなければ。まずは半信半疑まで持ち込み……さらに地道に否定をしていれば、おのずと疑惑は晴れるだろう。

「ん？　なにを言っているんだ、確かにこの耳で父上から……あ」

そこでどうにか、他言無用と厳命されていただろう国王陛下のお達しを思い出したらしい。見るからに狼狽した表情で、

「そ、そうだったな。そういえば義妹《いもうと》君は息災かな？」

わざとらしく話題を変えながら、いつもの指定席である、僕からひとつ席を空けた椅子に座る第一王子。

それにしても……。

正直なのは美徳だけど、上に立つ人間が腹芸のひとつもできないってどーなんだろうねぇ。

しかたがない。多少不自然なのは承知のうえで、力技で周りの目を誤魔化すしかないな。

「ええ、お陰様で元気過ぎて義兄《あに》の威厳も形無しですよ。さきほど話題に出した小売店街でも、ルビーをあしらったカメオのブローチを強請《ゆす》られてしまいました」

「ほほう、あのような寂れた小売店街に公爵家の姫君のお眼鏡に適う品物があったとはな」

僕の思惑に乗って……ではなく、おそらくはついさっきの話題をケロリと忘れて、話に食いつく第一王子。

自然な話題の転換に、周囲の耳目も——釈然としない雰囲気ながら——離れて、ぽつぽつと喧騒が戻ってきた。

「なるほど、ルビーをあしらったカメオのブローチか。いいな」

いやにその話題にこだわる第一王子の様子に、カチリ、と僕の頭の隅で小さく歯車が鳴る。

なんとなく、次になにを言うのかわかった気がした。

「盲点だったな。よければその店を紹介してくれないか？　来週の春迎祭を記念して、クリステル嬢になにかプレゼントしようかと思っていたんだけれど、いいヒントをもらったよ」

（——あ、やっぱり）

予想通りの話の展開に内心辟易しながらも、

「なるほど、自然で実に素晴らしいお考えですねっ」

（だから、婚約者がいる人間が、婚約者を無視して、無関係の女性にプレゼントを贈る算段を堂々と人前でするんじゃねえよっ!!）

そんな内心などおくびにも出さずに、僕は満面の笑みを浮かべて、いつもの調子で追従の言葉を羅列するのだった。

ちなみに春迎祭は暦の上で春を迎えたことを記念する日であり、別段男性が女性に贈り物をするような特別な記念日でもなんでもないので、こじつけもいいところなのだが、まあ、なんでもいいから理由をつけて、点数稼ぎをしたいだけだろう。

てゆーか、普通に考えて、婚約者でもない、名目上はただの級友に過ぎない女性に、一方的にプレゼントを贈るなんてストーカー以外の何者でもないと思うのだけれど、この鳥頭王子にその手の常識を説くだけ無駄というものだ。

「それは構いませんが、なにしろ職人がひとりで切り盛りしている店ですから、あまり種類は豊富とはいえませんよ。それにクリステル嬢にはルビーよりもエメラルドか真珠《パール》のほうが似合うのではありませんか？」

念のためにそう言い添えておく。

小売店街の宝飾店でプレゼントを買ったのは本当だけれど、ルネのお気に入りの聖域らしいので、第一王子がこの態度で護衛を引き連れて騒いでほしくない。

ブローチを胸に小躍りして喜んでくれたルネと、合わせて銀製の櫛を贈ったところ、「～～♪」と無表情なままその場で三回転捻りをして喜びの踊りを踊ったエレナ。

そのハシャギっぷりを目の当たりにしたいまなら、なおさらだ。

「なるほど、エメラルドの石言葉は『愛の成就』、真珠《パール》は『純潔』。いずれもクリステル嬢に相応しいものだからな」

焚きつけておいてなんだけど、ちょろ過ぎるなあ。

「さすがは我が親友。忠臣中の忠臣だけのことはある。うむ、決めたぞ。贈り物はエメラルドと真珠《パール》、二種類のネックレスにしよう。な～に、金に糸目はつけん、最高のものを用意するように王家御用達の宝石商に注文を出さねばな」

当然のことながら、いまだ扶養家族である第一王子に個人資産なんてものはない。付け加えるなら、城も宝物も基本的には国家資産である。

つまりは、こうしてクリステル嬢へと湯水のように使われる贈り物の代金も、もとをただせばすべては国民の血税である。それを小遣いとしてほいほい与える国王陛下もちょっと甘い、いや甘すぎる。馬鹿が増長する原因は親御さんにもあるんじゃないかなぁ……と、不敬ながら思うのであった。

とはいえ、ついこの間まではコレに本気で追従していたんだから、我ながら頭がおかしくなっていたとしか思えない。

密かに憂鬱なため息をついたところで、学園に雇われている用務員が、講義開始五分前の予鈴を鳴らしながら廊下を通り過ぎていき、それとほぼ同時に小講義室の後ろの扉が静かに開いたかと思うと、そこから小柄な銀髪の少女が顔を覗かせ、次いでまるで隠密行動でもしているかのように息を潜めて、そそくさと入室してきた。

途端、蕩けるような笑みを浮かべた第一王子は、大きく手を振って、僕と挟む形でひとつ空いている席に着くように促す。

「おはよう、クリステル！　君のために今日も席を取っておいたよ。さあ、おいで」

びくっ、と小動物のように身をすくめた彼女——第一王子とその取巻きたちが愛してやまない愛しのクリステル嬢——は、講義室内を見回し、ほかの生徒が関わり合いを恐れて明後日の方向を眺めているのを確認したところで、一瞬だけ絶望と諦観めいた表情を過ぎらせた。

そして、にっこりと作り笑いを浮かべてゆっくりと、まるで猛獣に怯える兎のような動作で近寄ってきて、まずは第一王子へ、続いて僕へとぎこちなく一礼をするのだった。

「お、おはようございます、エドワード殿下。ロラン様。ご一緒してもよろしいでしょうか？」

「勿論だとも！　君と会うために月曜の朝一番、必須でもない民俗学などという退屈な講義を履行したのだからね」

社交辞令でもなんでもない、本当の本音を臆面もなく言い放つ第一王子。

それを受けて軽く引いた様子で愛想笑いをするクリステル嬢の容姿を直接横目で観察しながら、

（……キュートで可愛らしいとは思うけど、別になんとも感じないな）

ついこの間までの激情が嘘のように凪いだ心で、客観的に眺めながら僕はそう結論付けた。

彼女のためなら不惜身命《ふしゃくしんみょう》……それどころかすべてを投げ打つことに快感すら感じていたのが先日までの僕であり、現在の第一王子の姿であった。

いまとなっては疑問でしかないのだけれど、なぜあれほど彼女に夢中になっていたんだろう……？　まあ、それが恋の病ってものかも知れないけれど。

講義が始まるまでの僅かの時間、寸毫《すんごう》も休まず必死に口説く第一王子と、曖昧に笑って受け流すクリステル嬢。ついこの間まではなんの疑問も挟まずに、微笑ましい気持ちで眺めていたその光景を前に困惑する僕。

そんな僕の疑問や煩悶とは裏腹に、騒々しい足音を立てて（大方一番丈夫な革靴を履いてきたのだろう）両手にハンドベルを持った、人の膝くらいしか身長がない小人が数人、廊下を駆けていった。

「講義開始だで〜っ。盆暗ボケナス学生ども、さっさと机に座るだよ〜っ」

学園に用務員として勤務している〈家妖精《ブラウニー》〉たちである。

百年前ならコップ一杯のミルクと一枚のビスケットで、夜通しご機嫌で働いてくれた彼らも、時代が変われば報酬も変わる。

現在はきちんと雇用契約を結んで、最低でも日当に小銀貨一枚渡さないと、即座に臍を曲げて出ていってしまうという。

ちなみにこの国の貨幣制度は、最小を小銅貨として、これ一枚が子供のお駄賃程度。次が銅貨で小銅貨百枚が一銅貨となる。一般的な宿屋は銅貨一枚で泊まれるらしい。で、ちょっとややこしいのだけれど銀貨の前に小銀貨があって、これが小銅貨二百五十枚、もしくは銅貨二・五枚に相当する。だいたい庶民の一日の稼ぎがこれに該当する。で、銀貨一枚が銅貨十枚、小銅貨千枚。そして金貨が銀貨五枚に相当するのだ。

世知がらい世の中だけれど、彼らが屋敷にいるのといないのとでは〈家妖精《ブラウニー》に見捨てられた家は没落するという、昔ながらの言い伝えにより〉面子にかかわるということで、たいていの上流階級《ブルジョア》は無理をしても彼らを雇っているのが普通である。

そんなわけで、どの〈家妖精《ブラウニー》〉も態度は非常に大きい。

と、〈家妖精《ブラウニー》〉が通り過ぎていったのとほぼ入れ違いで、

「――オホン。では、第六章第二項。古カエルム遺跡から見るリァノーンシー種族の生態について、先週の続きから始める」

小講堂に入ってきた老齢の教授が教壇につくやいなや、いつもの調子で前置きなしに講義を開始した。

こうなっては、さすがにエドワード第一王子も、ウザい私語（口説き文句）を諦めざるを得ない。

不承不承、クリステル嬢との会話（というか一方的な言葉の奔流）を切り上げた。

対照的に、苦行のような朝の数分間がやっと終わったことに、心底安堵している様子のクリステル嬢。

どうでもいいけど、観察していたこの数分間でわかったことがある。

彼女が喋った内容は、「まあ」「そうなのですか」「〇〇（＝直前の話の繰り返し）ですか？」の基本三つの言葉の繰り返しだけであることだ。

「クリステル嬢、この季節は王都近郊にあるオーズ山が最高ですよ」

「オーズ山……ですか？」

「ええ、小高い丘のような小山なのですが、王家の直轄領となっています」

「そうなのですか」

「その関係でときどき足を運ぶのですが、この時期はまさに花の季節で、山の斜面がまさに一面の花畑となります」

「まあ」

「是非あの光景を貴女に見せてあげたいものだが……」

「（曖昧な微笑み）」

で、なぜかこれで『クリステル嬢は私と一緒にオーズ山に行くことを楽しみにしている』と、幸せ変換しているエドワード第一王子がいる。

それにしても、第一王子が一方通行に秋波を送っているのはいまに始まったことじゃないけど、それよりも鮮やかなのはクリステル嬢のあしらい方だ。

ある意味、戦慄を禁じ得ないまでに徹底的に聞き役に徹して、なおかつ余計な言質《げんち》や情報を与えることを避けて、のらりくらりと会話を転がすだけに終始している。

その態度と張り付いた微笑みを前に、のぼせ上っていた僕らは、

『ああ、なんて謙虚で奥床しい、可憐な姫君なんだろう！』

と、感動していたものだけれど、これってただ単に、面倒臭い相手の会話を適当に躱しているだけだよね？　なんで気付かなかったのだろう⁉

まあ強いて理由をあげるなら、僕にしろ第一王子にしろ、ほかの取巻きにしても、身近で知っている女性が――

「……ルネもエレナもなに食べてそんなに元気なわけ？」

「お義兄様の笑顔とほんの少しばかりのケーキですわ♪」

「肉ですね。明日の活力は肉です」

と、自己主張の激しいタイプだったばかりに、その落差から目が眩んでしまったのかも知れない。

それにしたって、一国の次期王太子殿下を掌で転がす手腕は大したものである。

（いや、確か一年前はもうちょっとざっくばらんに話していたよね……？　いつからこんなになっ

たんだろう?)

ふと疑問が湧き起こった。それから先週末、ルネやエレナ相手に話したさまざまな彼女に対する疑問と不信が改めて湧き起こる。

あざとい態度は、まず間違いなく作った姿だろう。本来の彼女は無垢な微笑みの仮面の下でなにを考えているのか……。僕はさりげなくクリステル嬢の横顔に視線を当てた。

途端、クリステル嬢を挟んで『にへら~っ』と脂下がった第一王子の間抜け面が視界に飛び込んできたので、意図的にその間抜け顔を意識から外すようにして彼女のことを考える。

合わせてカチカチという歯車の音が聞こえてきた。

「——ということで、若い男性を魅了する魔族にして吸血鬼とも呼ばれる彼女たちだが、その反面、『愛の妖精』『水辺の精』『泉の精霊』と多様な呼び名がある。実際に現在残されているリァノーンシー種族の住居には、多くの入浴施設が見受けられ……」

老教授の講義の内容をノートに取りながら、僕は改めてクリステル嬢についての情報を頭の中で整理してみた。

クリステル・リータ・チェスティ男爵令嬢。十六歳と七カ月。

月光のような長い銀色の髪と、いつも潤んだ(ただ単に、僕らに挟まれて座っているから涙目なだけかも……)ような赤褐色の瞳が特徴的な小柄な少女だ。貴族のご令嬢としては珍しい(というかマナー違反)ことに、ストレートの髪には髪飾りはおろかリボンすらしていない。

ちなみに美人というよりも可愛らしいタイプ。

ただし同じ系統のルネが気品のある猫だとすれば、クリステル嬢はより庇護欲を誘う震える小ウサギだろう。

ちなみに手足も細く胸も少年のように慎ましげだ。

「……なにか？」

そう思った瞬間、クリステル嬢が首を巡らせて僕の視線を受け止める形で、そう一言口にした。

鋭いな。人より勘が鋭いのか、日頃から周囲の視線に敏感になっているのか、これはよほど注意しないと、僕の彼女に対する気持ちの変化も察知されそうだ。

そう留意する僕。

「ふふん、大方クリステル嬢の麗しい姿に見惚れていたのだろう。だがロラン、気持ちはわかるが女性の胸を覗き見るのは感心しないぞ」

すかさずエドワード第一王子が小声で混ぜっ返す。

気付いていたのはクリステル嬢だけではなかったらしい。なんでこの王子は普段は盆暗なのに、こういうことに関しては鋭いんだろうね……。

「――ゴホンッ。静粛に！」

老教授に注意された僕たちは、慌てて姿勢を正してノートと教壇とに向かい合った。

そうしながら、隣に座るクリステル嬢に関する情報を頭の中で整理して、現実に照らし合わせる。

彼女の父親であるチェスティ男爵は何代か前に売官制によって爵位を買った法衣貴族（領地を持たず、名目として貴族院や法務院に所属する文官）で、その実体は統一王国内にいくつかの拠点を置く中規模の交易商人とのことである。

チェスティ男爵には嫡男のほか数人の息子がいるそうだけれど、娘は彼女ただひとりだけだとか。ただし彼女だけは現チェスティ男爵の正妻の子ではなく、男爵が若いときに商売で訪れた地方都市において、関係を持った浮気相手との間に生まれた不義の子……らしい。

母親であった女性は旅芸人か遊民のような立場であったらしく、幼い頃から一カ所に定住せずに各地を転々としていたようだ。

これに関してはなにぶん正確な記録がなく、五年前に母親を亡くしたクリステル嬢が孤児院に引き取られるまで、公的な機関や神殿などに一切の足跡を残していないことから、当人の記憶と合わせて〝おそらくはそうであろう〟と推測するしかない状況らしい。

ともかく孤児院に引き取られた彼女は、聖職者が貧民向けに行っていた日曜学校において、その聡明さを認められ、奨学金をもらって神学校へ通えることになった。

基本、貴族しか教育を受けられなかった昔と違って——教育は財産なので——いまは都市部に行けば、わりと入りやすい市民向けの私塾のような学校も散見できるけれど、それでも通えるのはごく一部の富裕層の子だけになるので、己の才覚だけでチャンスを獲得した彼女が、どれだけ才媛であったのかがわかるというものだろう。

そこで偶然に息子のひとりを神学校へ通わせていたチェスティ男爵の目にとまり（かつての愛人と瓜二つだったらしい）、調べたところ間違いなく自分の血を分けた娘ということが判明。すったもんだの末、認知をして一緒に住む……のは本妻の手前憚《はばか》られたため、貴族学園に編入がてら寮住まいとなった。

「――伝承では魔眼による〝魅了《チャーム》〟などと恐れられていたが、それならばなぜ女性を魅了した事例が残っておらぬ？　魔眼であればなぜ女性相手には効果がないのか？　そういった疑問がある。ゆえに儂が提唱するのは、匂い。いわゆるリリーサーフェロモンによる性衝動のコントロールじゃ」

講義の内容を必死にメモしているクリステル嬢の表情は真剣で、そこには不純なものが（背後の阿呆以外）ないように見える。

（普通に頑張っている優等生ってだけだよね。なんでいまみたいな立場に祭り上げられたんだろう……？）

確か編入してすぐの時期に、気分転換に中庭を散策していたエドワード第一王子と、なるべく人の来ない場所でお昼ご飯を食べようとしていたクリステル嬢とがばったり出会って、知らずに餌付けした……手作りの〝ウブルニェニク〟という、そば粉とバターを練って作った素朴な団子を分けてもらって（物珍しくて美味しかったらしい）、それからもたびたび顔を合わせる機会があったらしい。

あるときはお気に入りの裏山で日向ぼっこをしようとしてばったり会ったり。

閑静な図書館の個室で息抜きをしようとして、たまたま同じカウンターに隣り合わせたり。

はたまた、教授に山ほどの資料を三階の講義室へと運ぶように言いつかった彼女が、小さな体で苦心惨憺《くしんさんたん》しながら階段を上る途中で、偶然にお手洗いから出てきた第一王子が見かねて侍従に手伝わせたり（自分で運ばないところが王子様の王子様たる由縁である）。

まあ、そんな形でいつの間にか仲良くなったというのが、耳にたこができるほどさんざん聞かされた馴れ初めだったはずである。

けど、最初はたまたま偶然だったとしても、僕のときと同様にそんな狙い澄ましたように偶然が重なるものかねえ。予知能力でも持っているならともかく。

チッチッチッ、と歯車が警戒するかのように鳴る。

彼女に関しては、その生い立ちからもう一度洗い出したほうがよさそうだな。帰宅したらエレナにはとりあえず、クリステル嬢の交友関係を再度確認してもらって、過去については、下手をすれば国外にも足を延ばす必要があるので、ジーノに話して〈影〉を何人か派遣するよう言っておいたほうがいいかも知れないな。

そんな風に呑気に考えていた僕だけど、そのあと、エレナが重傷を負って戻ったとの〈影〉からの急な知らせを受けて、そんな気持ちは一遍に吹き飛んだ。

大慌てでルネとともに午後の講義をすっ飛ばして、急ぎ帰宅した僕たちを待ち受けていたのは、痛々しい姿のエレナであり、そしてそんな彼女の口から語られたのは、ジェレミー第二王子が学園でのクリステル嬢とアドリエンヌ嬢との確執を扇動しているらしいという予想外の報告であった。

そうして包帯だらけの痛々しい姿で、エレナが語ったその内容とは――

ここオルヴィエール統一王国に暮らす貴族と富裕層、議員など権力者の令息令嬢は、よほどの事情か、よほど辺鄙な田舎住まいでもない限り、十三歳から十八歳までの間、首都アエテルニタにある貴族学園か神学校、騎士学院に通うのが通例となっている。

信頼できる統計によれば、そうしたいわゆる上流階級層《ブルジョワ》は統一王国に占める人口の約七％。続いて最低でも五人以上の使用人を雇うことができる中流階級《ミドルクラス》が十％。このうちのさらに三分の一程度のそれなりの資産家は、子息子女をそうした名の通った学校へ通わせることを誇り《ステータス》としていた。

そのため例年、各学校には五百人から千人の生徒が通うことになる。もっとも、王都に実家や別宅があるなら別だが、地方からの学生の大多数は寮住まいとなるのだが……。

そうしたわけで、就学年齢に達した上流階級層《ブルジョワ》の子息子女が王都の学校に通わない例はごく稀（女性の場合は就学率は半分ほどだが）であり、日々の暮らしにも窮乏している下級貴族であっても、貴族の誇りにかけて、また教育は財産であり人生の先行投資であるという打算もあって、最低でも入学金を捻出して、子供を学校に通わせるのが常であった。

それに該当しない例外といえば、なんらかの事情があるか（結婚したとか兵役に就いているとか）、あるいは令息令嬢とは名ばかりのその他大勢……総領息子以外の三男、四男、もしくは教育を施す意味のない穀潰しぐらいなものである。

そんな王都のまさに中心である王家には、ふたりの王子と四人の王女がいた。このうち一番下の王女はまだ九歳であり就学年齢に達していないので別として、それ以外の王子王女は当然のように貴族学園を卒業、もしくは在籍していたのだが、そのなかにただひとり例外がいた。

この部屋の主であるジェレミー・バーナード・ザカライア第二王子（十五歳十一カ月）がその数少ない例外であり、彼は生まれてこの方王宮から出たことがないという、生粋の箱入り息子である。そして、その理由は彼の生来の病弱な体質にあった。

将来の国王と目されている兄エドワード王子が快活で健康そのもの。そのうえ、文武両道に長けているのに対して（実際、見た目と成績と運動神経はいい）、彼は生まれたときから病弱で、起きている時間よりも寝込んでいる時間のほうが遥かに長いという境遇にあった。

そのことに胸を痛めた国王・王妃の配慮により、王族の責務に煩わされない王宮のはずれにある塔に半ば隔離され、最低限の従者侍女がつけられただけで、その人生の大半を過ごしていた。

一見すると病弱な息子を冷遇しているようにも思えるこの措置であるが、実体は逆である。

この世界で『病原菌』という概念が確立したのは、顕微鏡というものが生まれたこの五十年後のことであったが、それでも病が人から人へと感染することは経験則から判明していたため、その感染経路を遮るために、常に清潔で外部から遮蔽された環境を維持し、さらに直接対面する人数を制限させることで、ジェレミー第二王子への心身へのストレスを減らすための措置であった。

そのお陰か、生まれたときに医者から二十歳以上まで生き延びられる確率はごく僅か……と言われた病状も、近年は随分と落ち着いてきて、快癒とまではいかないまでも、このまま小康状態を保ち続けることは可能ではないかといった判断から、将来を見据えて許嫁が選ばれるまでには回復していた。

そんな彼であるので、当然、学校などに行けるわけもなく、学問や一般教養は家庭教師に頼らざるを得なかった。

もっとも、こんなところは兄弟なのか、あらゆるものに好き嫌いの激しい彼の勘気に触れて、幾人もの教師や侍女がその役目を辞する羽目に陥り、十六歳を目前に控えたいまでは家庭教師のなり手もなく、本人が言うところの『独学』のために、なにやら怪しげな本や『実験器具』が定期的に運び込まれる形で、ほぼ放置状態となっている。

侍女に至っては二週間に一度ローテーションで入れ替える――王城の侍女の間では、これを称して『肝試し《イニシエーション》』と陰口を叩いている――ことで、どうにか対応するほかなかった。

そんなジェレミー王子の城といえる塔に、この日訪問客がいた。

六年前に彼の許嫁となったコンスタンス・デシデリア・ヒスペルト侯爵令嬢、当年十八歳二カ月である。

五公家には及ばないものの、この国の貴族社会において隠然とした影響力を持つヒスペルト侯爵家の令嬢が、『王家のミソッカス』『エドワード第一王子の搾りカス』と、さんざん陰口を叩かれる病弱なジェレミー第二王子と婚約関係を結んだ。その理由は、いうまでもなく侯爵家と王家との政治的な結び付きによるものであり、それと万が一のときの保険以外のナニモノでもなかった（ちなみに、コンスタンスは長女ではあるが側室の娘である）。

そのため、以前はあくまで形式的なご機嫌伺いに過ぎなかったコンスタンス嬢の訪問であったが、不思議なことに、年を経るごとに……回を重ねるごとにその回数と滞在時間が延び、特にここのところは三日とおかずに塔詣でを行うという頻繁さとなっている。

そしてまたジェレミー第二王子も、これを無条件に受け入れている事実を前に、

「さてはあの人嫌いの（気位の高い）息子（娘）も、そこまで親密になるほど打ち解け合うようになったか」

と、密かに安堵する国王夫妻とヒスペルト侯爵の双方であった。

ちなみに、自他ともに認める人嫌いのジェレミー第二王子の、居室のある塔の最上階まで足を踏み入れることができるのは、コンスタンス嬢ただひとりであり、随伴してきた護衛やメイドなどはほかの階や塔の入り口で待機となるため、どのような会話が行われているのかは不明である。

それと、ジェレミー第二王子付きの〈影〉も当然のように密かに配置はされているが、掟に従い第二王子付きとなった瞬間から、彼らのその忠誠はジェレミー第二王子個人に帰属する形となるため、たとえいかなる不都合な会話や行いが成されていたとしても、それを外部はもとより、同じ王宮所属の〈影〉や、たとえ国王陛下その人に対してでも、漏らすことは一切なくなるのであった。


そんな王宮内部にあって、外部とはほとんどの関わりを断たれた塔の最上部――

贅を尽くした王族の部屋だというのに、窓という窓が厳重に締め切られて、そよ風ひとつ陽光の一筋すら届かない、どこか陰鬱な空気に包まれた空間に溶け込むように、貴重な古代樹を削り出して作られた椅子と机に頬杖をついて座っている、くすんだ灰色の髪と錆色の瞳をした痩せぎすの少年は、栗色の髪をした二歳年上の許嫁を前に、毛ほどの興味も示さず無関心な表情を崩さないでいた。

「――い、以上が事の顛末となっております」

分厚い緋色の絨毯に額ずかんばかりに腰を屈めて、〈ラスベル百貨店〉で起こった一連の首尾について、信じられないほど微細な報告をするコンスタンス侯爵令嬢。

あまりにも的確で詳細な報告は、ある意味異様であったが、それ以上に異様なのは、社交界においてはアドリエンヌ公爵令嬢に準ずる――比肩するのではなく、あくまで〝準ずる〟である――華やかな姫君と謳われるコンスタンス嬢が、表情も硬く額のあたりには汗を光らせて、そう絞り出すのがやっとという有様であり、またそのような立場を従順に受け入れていることである。

そんな婚約者の様子に頓着することなくジェレミー第二王子は、

「そうか」

と感情の籠もらない目で彼女を一瞥してそう一言だけ口に出すと、もう興味はないとばかり、座ったまま読んでいた本へと視線を戻すのだった。

遮蔽された無音の部屋に沈黙が落ちる。

ぱさっ、ぱさっ……と、いまどき珍しい羊皮紙でできた分厚い年代物の本のページを捲るジェレミー第二王子。そんななにげない動作の一挙手一投足に注目して、コンスタンス嬢の背筋に薄ら寒いものが走るのだ。

（あの羊皮紙は果たして本当に『羊の皮』でできたものだろうか？　この部屋を照らすやたら独特の臭いがする獣油と蝋燭の原料は、本当は別のものなのでは……）

彼女だけが知っている。この痩せぎすで女子供でさえも殴り倒せそうな見かけの少年の異質さを。

『独学』と『実験』の名目のもと、怪しげな呪術や魔術に耽溺《たんでき》していることを。

飾り棚に並んでいる一見して煌びやかな異国風の装飾具や素朴な人形が、すべて死者の副葬品や埋葬品であることを。

と、そこへ銀色のティーワゴンを押して黒髪の侍女がやってきて、無言でジェレミー第二王子の机にソーサーとカップを置き、紅茶を注いだ。

芳醇な紅茶の香りが室内を満たし、その鼻孔をくすぐる香りにようやくコンスタンス嬢は、限界まで張り詰めていた緊張の糸を、ほっと緩めることができるのだった。

第二王子の紅茶を注ぎ終えたところで、銀のケトルを持ったまま、蹲《うずくま》ったままのコンスタンス嬢へ、ちらりと視線を投げる侍女。

馥郁たる香りに微かに目を細めたジェレミー第二王子は、「さっさと行け」とばかり面倒臭そうに手振りで侍女に退室するよう促す。

侍女のほうも心得た様子で、折り目正しく一礼をすると、そのまま一言も喋ることなく、この部屋をあとにするのだった。

ちなみにこの塔へ登るには、最下層からえっちらおっちら螺旋階段を上がるか、王城から一本だけ伸びている細い空中回廊を通るほかない。

空中回廊を通れるのは王族と、こうして特別な許可をもらって荷物を運べる侍女のみであり、コンスタンス嬢も苦労して階段を一段一段、最上階まで上がってきた口であるのだが、その苦労を労って婚約者にお茶の一杯も勧めるという思考は、はなから彼には存在しなかった。

さて、踵《きびす》を返して重厚なマホガニーの扉を閉めた黒髪の侍女はひとり、ワゴンを引いたままこの塔から王城へと延びる空中回廊へと音もなく進み――周囲に誰もいないことを確認すると、素早く柱の陰に隠れた。

そして完璧に気配を消すと、エプロンのポケットから小指の先ほどの蜘蛛を取り出した。

手慣れた仕草で予備のソーサーにピッチャーの水を、こぼれないギリギリまで張り、その上に蜘蛛をそっと乗せる。

キラリと一瞬だけ、蜘蛛のお尻から延びた細い糸が、厳重に閉じられた扉の隙間を縫って中へ続いているのが透かし見えた。

と、微かな波紋が収まって鏡のように凪いだ水面が震えると、水が反響を繰り返しまるでこの場で会話をしているかのように、室内の音声が細波《さざなみ》となってありありと再生されるのだった。

単なる蜘蛛にしか見えないこれだが、実は雌雄一対で周囲の音を拾う特殊な魔虫であるのだ。

さきほどソーサーとカップを机に置く際に、こっそりと片割れを机の下に仕込んでおいた、手品師か掏摸《すり》さながらの彼女の手腕によるものである。

「も、勿論、こちらからの関与は露見しないよう幾重にも人を介しておりますし、直接の実行犯はすでに処分しております」

「ふーん、そう。で？」

素っ気ない口調でジェレミー第二王子が水を向けると、コンスタンス嬢が一層身を縮ませ、喘ぐように応じた。

「ア、アドリエンヌ派に対しては従前の通り、例の男爵家の小娘に対する誹謗中傷を行っているという噂の強化のほか、小娘に対する直接的な行動も辞さないつもりでおります。そうなれば、おそらくは近日中にエドワード派が暴走をして共倒れになるかと」

「そうか。今度こそ期待していいのかな？」

「はい、勿論でございます。すでに八割方仕上がっている段階でございますれば」

「ふーん、この間もそんなこと言っていたね」

「――っ⁉」

「別に個人的な恨みつらみを晴らすのは構わないけどさ。優先順位は間違わないでほしいな」

紅茶を飲みながらの淡々としたジェレミー第二王子の叱責に対して、いよいよ床に這いつくばったらしいコンスタンス嬢。

そのはずみで密かに延びていた魔虫の糸が切れ、突然のリンク中断の衝撃で、机の下にいた魔虫の一匹が痙攣しながら、カーペットの敷いてある床へと落ちた。

「ひっ、蜘蛛⁉」

目の前に落ちてきた魔虫を前に、思わず悲鳴を上げるコンスタンス嬢。

「なに……‼?」

途端、叩きつけるようにカップをソーサーに戻したジェレミー第二王子は、普段の気怠そうな態度が嘘のような素早さで机の下を覗き込み、無造作に転がる魔虫を鷲掴みにした。

「――これは……違うっ、これは探索用の魔虫だ！　おのれぇ、さては先ほどの侍女か⁉　出合え、出合えっ、曲者であるぞ‼」

能面のような無表情から一変、鬼の形相で叫ぶジェレミー王子にコンスタンス嬢は腰を抜かし、その叫びを聞いて、密かに控えていた第二王子付きの〈影〉たちが一斉に、先ほどの侍女を追って音もなく駆けていくのだった。


その侍女――に扮していたオリオール家の〈影〉エレナ・クヮリヤートは、仕込みがバレたと察した瞬間、脱兎のごとく逃走に移っていた。

複数の紐を捩って編んだロープを頼りに、片手で一気に空中回廊から地上へ降りながら、空中で邪魔なメイド服とエプロンをかなぐり捨て、動きやすい黒装束になる。

地表に降りると紐を軽く引っ張って解き、後続が使えなくしてから正門と裏門に続く庭園を避けて、森といっても過言でない中庭を突っ切るコースを取った。

背後から何人か追いかけてくる気配を感じるが、遮蔽物の多い森の中、そして身の軽さと足の速さには一族でも定評のあるエレナのこと。じりじりと追っ手を離していく。

苦し紛れか五月雨式に放たれる暗器や飛び道具の類も、大多数が木々に邪魔され、または明後日の方角へ飛んでいくばかりであった。

これなら城壁を飛び越えて、事前の逃走ルートで脱出できる。

そう思った瞬間、猛々しい咆哮とともに、〈火亜竜《サラマンダー》〉が相手でも一対一《タイマン》で噛み殺すという三つ首の牡牛ほどもある体躯をした、番犬ならぬ〈番魔犬《ケルベロス》〉が放たれた。

いかな俊足のエレナであっても、さすがに〈番魔犬《ケルベロス》〉の足にはかなわない。

匂いをたどられ、あっという間に追いつかれたエレナは、この場で戦うか樹上に逃げるかの選択を迫られた。

地上を走るしかない〈番魔犬《ケルベロス》〉を回避するための一番簡単な手段は、相手がついてこられない樹上へ逃れ、枝から枝へと渡ることだ。

だが、そうなれば当然逃げ足が鈍って、王家の〈影〉に追いつかれる。そうなった場合は多勢に無勢、時間が経つごとに包囲されてジリ貧となることだろう。

壁の外には仲間もいるが、掟により王城の結界を外部から破ってはならないことになっている（内部から逃げるぶんには結界は作動しない）。

ならば速攻で〈番魔犬《ケルベロス》〉を倒すほかはないが、人間相手ならともかく、魔物を瞬殺するなど若君《ロラン》か御頭《ジーノ》でもなければ難しいだろう。

（……とはいえ、ここで活路を見出さねばなりませんね）

胸元に押し抱くように忍ばせている、つい先日若君からいただいたばかりの銀製の櫛を手に取り、髪に挿してエレナは覚悟を決めた。

愛用の双小剣を両腿のホルスターから引き抜いて、両腕で構えたエレナの目の前に、細い木立をへし折りながら〈番魔犬《ケルベロス》〉が躍り出る。

火山の火口のように赤々として、血の滴るような真紅に染まった三つの口蓋に視界のほとんどを塞がれながらも、エレナは双小剣を繰り出す。

ほんの一瞬の接触で鎖帷子《くさりかたびら》がボロボロに破られ、細かな傷を負いながらも、向かって右側の首の喉笛を掻き切ることに成功した。

『グワアアアアアーーッ!!!』

憤怒の形相も凄まじく、残った二対の首が吠えかかる。

咄嗟に左側の首の口内——喉元深くまで左手の小剣を突き込んだ。

『ギャアオォ〜〜〜ン!?!』

柔らかな口蓋を貫いた手応えがあった。だがまずい。

思ったよりも深くめり込んで、小剣が抜けない。

慌てて左手を放そうとしたが、断末魔の首が一瞬早くエレナの左手を咥え込んで離さない。

右手の小剣でこじ開けようとしたところへ、〈番魔犬《ケルベロス》〉の左前脚が繰り出された。

「!!」

ネコ科の猛獣と違って、イヌ科の狩りは基本的に前脚は使わないものである。

そのセオリーから、まさか爪を使うとは考えずに盲点になっていたエレナは、つい反射的に右手の小剣でこれを受けてしまった。

だが、これはエレナらしくもない失態であった。

〈番魔犬《ケルベロス》〉の最後に残った真ん中の首が、エレナの頭を一呑みにしようと牙を剥いた。

左右の手は動かせず武器も封じられている。

なす術なし――と思われた一瞬、大きく首を振ったエレナの髪から銀製の櫛が宙に飛ぶ。

まさに間一髪、姿勢を屈めて〈番魔犬《ケルベロス》〉の噛み付きを回避したエレナ。

さらに櫛の板の部分を口で噛み締めたエレナは、目の前にあった無防備な首筋に向かって櫛の歯を横薙ぎに振るった。

『ギャン――オ……オオォ……』

頸動脈をざっくりと斬られた〈番魔犬《ケルベロス》〉は、噴水のように血を流しながら力尽きる。

（――ふう……。念のために歯の部分を磨いで暗器に使えるようにしておいた甲斐がありましたね）

〈影〉の習性で、プレゼントしてもらったその日のうちに、思わず武器に使えるように魔改造しておいたのは、我ながら慧眼だったと自画自賛するエレナ。

もっとも、人ならともかく魔物相手にはさすがに荷が勝っていたらしく、もらったばかりの櫛はボロボロに歯が抜け落ちて、修繕も利かない状態になっている。

血管をやられたらしい鮮血の滴る左手を、強引に〈番魔犬《ケルベロス》〉の口から引き抜き（口の中の小剣は諦めた）、欠けた櫛を胸元に戻したエレナは、間近まで迫ってきた追っ手の気配に急かされて、傷付いた体に鞭打って走り出した。

城壁まで残り約五十メトロン。

死ぬ気で疾走《はしっ》して突破しなければ！

（で、若君から新しい櫛をいただかないと割りが合いません！）

耳元をビュンビュン飛んでいく追っ手の攻撃を、半ば無意識に勘だけで避けるエレナ。

息も絶え絶え……出血で朦朧としながら、

（若君っ。これだけ血を流したのですからポーク食べ放題で、あと、デザートに生クリームが山ほど載ったケーキを所望します‼）

残った小剣を足場に一気に城壁を飛び越えながら、エレナはただそれだけを念じて、空中へと身を投じるのだった。

大冒険というか、大奮闘をしていたエレナの話が一段落ついたところで、ルネが大きく大きくため息をついたあと、決然とした表情で言い放った。

「第一王子は相変わらずの脳タリン。そして第二王子は馬鹿を利用して、コソコソと暗躍中。そして真っ当なアドリエンヌ様たちが、その陰謀の犠牲になろうとしている。これは由々しき事態ですわ！」

言われるまでもない。今回、エレナが命がけで持ち帰った情報は、僕たちの行動指針を大きく変える……どころか、木っ端微塵に吹き飛ばす超特大の爆弾として、僕たちに激震をもたらしたのだ。

一際巨大な歯車の音がギシギシと軋む。

ここが運命の分岐路だ。ここでの選択を誤ると、とてつもない状況へ陥る。そう警鐘を鳴らすかのような重々しさだ。

そのようなわけで、着替えもそこそこに、人払いをした（気配を感じさせないように、うちの〈影〉が物陰や床下、天井裏などに潜んで警護をしているのだろうけれど）居間に集まって、善後策を検討する僕ら四人。

具体的には、ソファから立ち上がっていきり立つルネ。

座ったままアフタヌーン・ティーを嗜みつつ、気持ちを落ち着ける僕。

エレナは体中に包帯を巻いているけれど、心配ないと誇示するかのように給仕を買って出て、ティーセットのほかにペストリー《ケーキ》やスコーン、サンドイッチが取り揃えて置いてあるティーワゴンの脇に立っている。

その隣には泰然たる笑顔を崩さず、自然体のまま直立不動でいるジーノという、いつもの面子だった。

「――というか、本宮から離れた独立塔とはいえ、この世界では〝絶対不可侵〟とまで謳われたオルヴィエール王宮に単身で潜入して、よくもまあ首尾よく脱出できたものだね。まったく……無謀というか、無茶をする。知らせを聞いたときには心臓が止まるかと。万一のことがあったら王宮正面から〈神剣ベルグランデ〉片手に血路を開こうかと、本気で思ったくらいだ」

顔以外は包帯まみれで、特に左手はグルグル巻きになってはいるものの、わりとピンシャンとして出迎えてくれたエレナの様子に、思わずその場に安堵のあまり蹲りそうになった僕としては、文句のひとつくらい言ってもバチはあたらないだろう。

「いや、難攻不落の謳い文句のわりに案外ざるでございました。仮に近衛騎士団や王都駐留の第一師団騎士が完全武装で雁首揃えていたとしても、〈神剣ベルグランデ〉装備の若君なら、チャールストンを踊りながら半時で、この国の中枢を制圧できると思いますよ」

伝説を相手にしれっと豪語するエレナ。

案外、伝説のほうが張子の虎だったのか、エレナの〈影〉としての実力が凄いのか、判断に迷うところだ。

ジーノは完全に前者（張子の虎説）という見解のようで、

「……まったく、王宮の警護も落ちましたな。かつては『勇者』に比肩する剛の者がゴロゴロひしめいていた記録がございますが、いまの世の中、〈影〉にしろ、騎士にしろ、かつてのように個人の技量を極限まで鍛えた『超人』を生み出すよりも、可能な限り組織化・分業化を図って、物量で圧すのが至上とされておりますれば、我らのような時代遅れの遺物は想定の埒外だったのでございましょう」

悔しがるでもなく、寂しがるでもなく、淡々と事実を口に出す……という口調で所感を述べるジーノ。

「そのせいで、卓越した個人には手も足も出ないという、本末転倒の事態に陥っているわけですけれどね」

笑止とばかり、ルネが鼻で笑って付け加える。

「それはそれとして、問題なのはいまいち影の薄かったジェレミー王子が臥薪嘗胆、捲土重来を狙って密かに暗躍していたこと。その手足となっていたのが許嫁であるコンスタンス侯爵令嬢であり、どうやら今回の騒ぎの実行犯だったということですわね」

ルネもほとほと呆れ果てた様子で、立ちながら自分のカップに手を伸ばして一連の騒ぎを総括した。

素早くエレナが「セカンドフラッシュですが、冬月に摘まれたウインターハーベストでございます」と蘊蓄《うんちく》を添えながら、比較的軽量で爽快なファーストフラッシュと違って、どっしりと濃い紅茶をカップに注ぐ。

「ありがとう。――まったく、面倒なことになりましたわ。予定ではエドワード王子派の暴走を静観する傍ら、動かぬ証拠を取り揃えたうえで、お義父《とう》様のお名前で国王陛下に奏上して裁決を仰ぐつもりでおりましたが」

紅茶を一口飲んで一息つくルネ。

「そうなった場合には、第一王子は廃嫡。繰上げでジェレミー王子が順当に王太子へとなる流れかと思っていたのですが、すべてジェレミー王子の画策であり、掌の上とわかったからには意地でも邪魔をしたくなりますわね」

「しかし、そうなりますと次なる王の後継問題が混乱する可能性がございますな」

ジーノが控えめに意見する。

実際、いまの段階で国王陛下には、直系の血族としては二名の王子と四名の王女しかいない。そして、国王に関しては建国以来、王国法により女子には王位継承権はないことになっているのだ。

「第一王子は著しく王としての資質に欠け、その所業と性癖を聞く限り、第二王子はそもそも人間として根本的に欠陥があるように思えます。で、法律上は王女が王位を継ぐことはできない……というか、第一王女と第二王女はいずれも国外の貴族や王族にすでに降嫁されておられますし、第四王女は海のものとも山のものともつかない子供。第三王女は第一王子並みに脳味噌お花畑でヤンデレ、おまけにお義兄様のストーカー。――あら、もしかして王家は、もう終わっているのではありませんか？」

ルネが指折り数えて列挙する根拠を前に、うんうんと頷くエレナ。

「この状況で、下手に第一王子と第二王子の所業を国王へ注進した場合、どうなるでしょうか？ 公正な判断をすればいまの王家は断絶……枢密院あたりの判断だと、五公爵家を含めた王族から次なる王を選定するのが通例でしょうか？　最も可能性が高いのはジェラルディエール公爵、つまりアドリエンヌ様のご実家ですわね。そうなれば次の代からは〝陰の王家〟が表へ躍り出て、現在の王家が没落するという流れですわね」

ルネが規定路線のように暗誦するのに、ふと思い立った僕が異議を唱える。

「ちょっと待った。確か現在の王家も四代くらい前に直系は断絶していたんじゃないかな？　あのときは直系王家全体が旅行先で得体の知れない名物料理をパカパカたらふく食べた結果、軒並み容死して、唯一の血族であった王女に王族の血を引く公爵家の男子を良人として、名目上の王配《おうはい》としての国王とした事例があるはずだけれど？」

そのあと、生まれた男子を即座に王太子として、件の父である公爵上がりの国王は摂政となったという歴史があるはずだ。その前例に倣《なら》うなら、未婚の第三、第四王女に適当な五公爵家の男を宛てがって一時的に玉座を護らせるという判断をする可能性がある。

そうした僕の反論に対して、なぜかルネとエレンが揃って嫌悪感を丸出しにした。

「それだけはありませんわ。その場合、第三王女にロランお義兄様を宛てがって王家の安泰を図るのが、一番可能性が高いでしょう。そうなればお義父様も嬉々として従うのが目に見えております。が、わたくしは嫌ですよ。あんな悪い意味での〝お姫様〟を凝縮したような女を義姉《あね》などと呼ぶのは」

「同感です。あのやたら病的に独占欲が強い彼《か》のお方が正妻になった場合、私たちが排除されるのは火を見るより明らか。そうなれば予定している、若君との将来の側室計画にも支障が出ますからね」

そのようなわけで全力をもってその流れは潰します、と宣言をするルネとエレナ。え、なにその側室計画って？　初耳だけど⁇？

「それに問題なのが、いまの段階ではすべて水面下で進行中という状況であることです。国王陛下は確かに英明な方ですが、いささか保守的で日和見《ひよりみ》主義な面がございます。なれば、いまこれらの状況を知ればどうなるか？　いまならいかようにも裏工作ができる。まして国の最高責任者となれば、わが子可愛さのあまりナアナアで済ませる……どころか、親馬鹿を炸裂させて逆に率先して第一王子の思惑に乗り、邪魔なアドリエンヌ派に無実の罪を着せて、ジェラルディエール公爵家以下を排除する動きに移行する可能性が、非常に高いのではありませんか？」

確かに。貴族社会においては人間の崇高さや正義は、あくまでお題目としてしか機能せず、既得権や家門を守ることに汲々《きゅうきゅう》としているのが現状である。

「つまりは下手に国王や親父殿（オリオール公爵家当主）に話を持ちかけたら、アドリエンヌ嬢は国を挙げての四面楚歌というわけか」

エライ状況だな……と、改めて頭を抱えざるを得ない。

「ジーノ。このことは父上へは、なるべく内密にしておいてくれないか？」

本来であればジーノは僕の付き人ではなく、オリオール家に仕えている立場である。こうしたことは、即座に当主である親父殿へ報告する義務があるのだ。

「さて、私はオリオール家の表裏を管理する執事《バトラー》ですので、旦那様に問われた場合には嘘偽りなく答えなければならない義務がございます」

当然といえば当然のジーノの返答だが、しかたがないと諦めるより先に含みを持たせた言い草に、ふと気付いてツッコミを入れる。

「それはつまり、聞かれなきゃ答えないという解釈でいいのかな？」

「そういうことでございますな」

「……なら、それで十分だ」

ジーノなりの最大限の譲歩に、心から感謝する。

ちなみにエレナは同じクワリヤートでも、完全に僕個人に忠誠だか愛情だかを誓っているので、改めて念を押す必要もない。いまのやり取りもどうでもいい表情で、もの欲しげに三段のケーキスタンドに並んだペストリー《ケーキ》を眺めていたので、今回の慰労を兼ねて手ずから皿にペストリー《ケーキ》を山ほど乗せて渡した。

「どうぞ。疲れたときには糖分が必要だろうからね。遠慮しないで食べてくれ」

「せっかくの若君のご好意だ。いただきなさい」

ちらりとエレナにお伺いを立てられたジーノは、鹿爪らしい表情で許可を出した。

「それにしても、馬鹿王子派の暴走にアドリエンヌ派が巻き込まれただけかと思ったら、いつの間にか第二王子も絡んで、三つ巴どころかこんがらがりまくって、結果的に国と王家の屋台骨を軋ます大惨事ですもの。伝説のゴルディアスの組み紐を解くみたいに、どこからどう手をつけていいものか……」

紅茶をちびちびと飲みながら、ルネが心底面倒臭そうに慨嘆した。

ちなみに〝ゴルディアスの組み紐〟というのは遠い昔の伝説で、とある国の王が神託によって編まれた組み紐を見せられ、『これを解ける者は中原……いや、世界の王になれるだろう』と言われて、よしならば儂が解いてみせようと言って剣を抜いて一刀両断にしてみせた。そのエピソードから、難題を一刀両断に解くことを〝ゴルディアスの組み紐を解く〟となったわけだけれど、本来この組み紐を綺麗に解ける者は宇宙の真理を知ることができるとまでいわれている。

「なんかないでしょうかね。全部をこう綺麗に片付けられるような、『冴えたやり方』ってものが？」

遠慮なくパクパクとペストリー《ケーキ》を頬張りながら、適当極まりない相槌を打つエレナ。とはいえ気持ち的には僕も同様であったけれど、そんな伝説の王のように一刀両断できるような、都合のいい方法があるわけがない。

頭の中身は凡人にしか過ぎない僕には、まずは日常の卑近な問題から少しでも片付けていくくらいしかできない。そう思った瞬間、頭の中で歯車が『ガチャ！』と気持ちよく、所定の位置へと嵌《は》まったような音が高らかに響いた。

それと同時に、ルネがはっと夢から覚めたような表情で顔を上げ、そしてこれまで見たことがないほど晴れやかな表情で、僕の顔を見据えて言い放った。

「――いいえ、ありますわ！　すべての問題を解決する、実に簡単な方法がございますっ‼」

「そんな都合のいい方法なんてあるの？」

思わず懐疑的な口調でそう尋ねたのは僕だったけれど、それに対するルネの答えは、この場にいる全員の意表を突いていた。

「簡単ですわ。現在の王家が盆暗揃いで役に立たないのなら、ロランお義兄様が王になり、そしてアドリエンヌ様が王妃となればすべては丸く収まるのですわ」

「………………は？」

刹那、思わず僕の口から間抜けな声が漏れてしまったのも、しかたがないだろう。

つーか、冗談でもなんてことを口に出すんだろうね、うちの義妹は。レストランで落ちたスプーンの交換を命じるような、自然な口調で王家の転覆を提案してきた。

これを迂闊に第三者に聞かれでもしたら、即座に国家反逆罪で告発されたうえで、一族郎党爵位剥奪のうえ、国外追放間違いなしの超危険発言だよ。

内輪話でも、口に出していいことと悪いことがあるんだからね。

そう苦言を呈する僕に対して、

「いえ、これは案外ナイスなアイデアでは」

「可能、不可能でいえば、不可能ではありませんな」

ところが、当然僕と同様にルネの暴走（妄想？）を窘めるべき立場のエレナとジーノが、案外その話に乗ってきた。

「いやいやっ。それって王位の簒奪《さんだつ》だよね⁉　仮にも国と王家に忠誠を誓う貴族とその郎党が、考えることじゃないよね⁉」

「わたくしたちが第一に考えるのは、オリオール家を支えてくれる領土領民の生活と安全ですわ。その延長でオルヴィエール統一王国という国家の安泰も願っておりますけれど、その過程で王家が弊害になるのでしたら――すでにそうなっているようなものですが――これを是正するのも貴族と国民の義務ですわ」

きっぱりと迷いのないルネと、まるで僕のほうが聞き分けのない子供のような態度で、空になった皿を置いて、やれやれと肩をすくめるエレナ。

「そもそも若君はなぜそんなに悲観的なのでしょう？　一国の王になるなど、男子の本懐ではありませんか。後宮を設けて酒池肉林ですよ。その際には、是非私にもお声をかけてください。個人的には側室のナンバー四くらいがベストですので、そのあたりで」

「あら？　そんな中途半端な位置でいいの？　正室は……まあアドリエンヌ様として、それに準じる地位を巡って、こうお互いに女として宮廷小説みたいに鎬《しのぎ》を削れるかと思ったのに」

「四番目ってところがいいんですよ。二番は上からの圧力と下からの突き上げで息が詰まる立場ですし、三番は上ふたりに代わって下の取りまとめをしなければなりません。そうなると四番目が一番気楽で、なおかつ周りから侮られない位置ですので」

「なるほど。さすがね、エレナ。名よりも実を取るってことね」

そうして、ふたり揃ってあり得ない未来設計に浸るのだった。

いかん。このままではのっぴきならない状況へと、否応もなく放り込まれる！　本能的な危機感を覚える僕。また、なぜかこんなときに限ってカチカチ音は聞こえない。『いいじゃん、王様やったらいいんじゃないの？』と、その無音が無責任に状況を丸投げしているような気がする。

「いやいや、ないから。れっきとした王家が存在するのに、勝手に王になろうとか。それって謀反だからやめようね。僕は統一王国の法に従う善良な市民として、そのような暴挙は容認できないからね」

即時却下する僕に対して、ルネはにこやかに笑って応じる。

「ええ、それはわたくしも同様です。我々は法に従う法治国家の人間です。つまり、王ではなく法に従うという解釈で、お義兄様とも見解が一致しているということですわよね？」

あ、これ絶対に、わけのわからない詭弁を弄《ろう》して言質《げんち》を取ろうとしているな。

警戒して無言を貫く僕に構わず、正論っぽい主張を重ねるルネ。

「そして、我が国での王とは枢密院の賛成のもと、国教である聖教徒大神殿において認められた存在でございます」

「慣習法として、現在の王家の一族に優先権があるわけだけど？」

「ですが、そこには抜け穴もございます。先ほど話にも出たように、いまより四代前には王女の王配としてご成婚なされた方が、一時的に国王となられた前例がございます。つまり――」
①王族の血統を継ぐ男子。もしくはその女性を伴侶とする、ある程度の身分の貴族であること。
②枢密院の許可のもと、貴族院での採決を得ること。
③以上をもって、聖教徒大神殿の大神官が認めて戴冠式を執り行うこと。
「この三点さえクリアできれば、別にいまの王家に繋がる王子でなくても、問題なく王になれるという理屈ですわ」

ちなみに、アドリエンヌ嬢の実家であるジェラルディエール公爵家は、裏の王家といわれるだけあって、その血統は王家に近しく濃い。同じ公爵家でも、うちはあくまで臣下という立場で、血統的には王家から独立しているのとは大違いである。

対してジェラルディエール公爵家は、二～三代にひとりは王家の直系である王女が嫁いだり、末の王子が婿入りしたりしているうえに、ほかの結婚相手も大なり小なり王族と繋がりがあるため、四代前に直系が途絶えた現王家よりも、あるいは血統的には正当王家の本流に近いとさえいえるのだ。

「さらに現枢密院議長は、アドリエンヌ様のご尊父であらせられるジェラルディエール公。そして貴族院名誉総長は、ご祖父に当たる先代の公爵」

まるで僕の逃げ道を塞ぐかのように、愉しげにルネが続ける。

「とどめ──なんといってもお義兄様は、およそ二百五十年ぶりに聖教徒大神殿に顕現した〈神剣ベルグランデ〉の使い手。それも紛いものではない《オリオールの祝福》を十全に授かった『勇者』『聖者』『神の子』と謳われる存在ですわよ！　神殿が否と答えるわけがございません」

（〈神剣ベルグランデ〉か……）

僕自身の半身ともいえるそれを持ち出されて、僕はなんともいえない気持ちでため息をついた。

この〈神剣〉については、いまだに謎に包まれている。

わかっているのは、最初に記録されたのはおよそ三千年ほど前だということ。

世界中に魔物が跋扈し、魔族が興隆を誇っていたその時代。脆弱な人間の祈りに応えるかのように、〈神剣〉はある日突然、地上へと顕現した。

最初は岩に突き刺さって誰も抜けなかったこれを、のちに〈初代勇者〉と呼ばれたひとりの名もない男が難なく引き抜き──そして、その剣を持った男によって人間の立場は一変する。

男が剣を一薙ぎすれば、鋼鉄の如き鱗を持ったドラゴンすら両断され、一突きすれば天を飛ぶ巨鳥を打ち落とし、魔族の魔法は男に届く前に霧散した。

そうして徐々に人の生活域は広がり、人々はこの男を英雄、現人神、選ばれた者と呼び称え、その剣を〈神剣〉と崇め奉った（ちなみに刀身に古代語で『チュエッラ』と刻まれていたことから〈神剣チュエッラ〉と呼ばれる）。

男は多くの者たちから慕われ、王となるように請われたが、その前に当時の魔王を斃すと同時に、地上での役目を終えて神となり、神々の住む世界へと〈神剣チュエッラ〉ともども旅立っていったとある。

これが聖教徒大神殿の聖典に書かれている〈神剣〉と『勇者』に関する記述であり、今日では子供でも知っているお伽噺だ。

このときの勇者が水色の髪と菫色の瞳を持った、神の如き麗しい男だった……というのは真偽の定かではない俗説だけれど、嘘か本当かそのあと、およそ五十年から百年周期で〈神剣〉は定期的に地上へ顕れ、魔族や魔物相手に目覚ましい力を発揮したらしい。

時代により顕れる場所も形状も銘もまちまちな〈神剣〉と、その使い手である〈神剣の勇者〉であったが、とりわけ強大な魔物や魔王に対するときに選ばれるのは、決まって水色の髪と菫色の瞳をした者たちであった。そうしてその一族の末裔がオリオールというわけだ。

もっともこの『オリオールの祝福』と呼ばれるこの特異な色彩は、かなりの劣性遺伝らしく、ここ六代ほどでは、水色の髪と菫色の瞳の両方を供えた血族は、直系の僕と本来は遠縁であるルネに見られるだけである（目だけ菫色というのは一般でも稀にあるが、水色の髪はオリオールのみの特色である）。

また、『オリオールの祝福』を持っていても、確実に〈神剣〉が地上に顕れるとは限らず、実際ここ二百五十年あまりは、一度も勇者だ英雄だといわれるような人物は輩出されなかったらしい。

そのせいか『オリオールの祝福』も与太話かお伽噺扱いされ、そのせいばかりではないと思うけれど、かつては絶大な権威を持っていた聖教徒大神殿の教えは形骸化し、最近では神学者や思想家などが公然と、『神は死んだ』と言い放つ始末である。

そこへ降って湧いた〈神剣ベルグランデ〉と、それを言い伝えの通り使いこなす勇者の出現――となった瞬間、大神殿が精彩を取り戻した。なにしろ死んだと思っていた神がどっこい生きていたわけだから、神殿関係者が狂喜乱舞したのはいうまでもない。

『まさに奇跡！　聖典は真実であった！　おお、迷える子らよ。括目《かつもく》して見よ。やはり神は天にましましたのじゃ！　〈神剣〉を崇めよ！　神を信じぬ不信者はすべて、今頃煉獄の炎に焼かれていることだろう!!』

という大神官の声明が大々的に国内外に放たれたのは、正式に僕が〈神剣の勇者〉と認められた十年前のことで、比較的記憶に新しい出来事だろう。

ちなみに〈神剣〉自体は僕が生まれるのと同時に、神殿の聖地へ文字通り降って湧いたため、早い段階から、オリオールの祝福を受けた子供＝神剣の勇者という図式は関係者の念頭にあったらしいのだけれど、モノがモノだけに万全を期して僕が七歳になるまで待ってから、満を持して〈神剣ベルグランデ〉を持たせてみたところ、普通に持てた（ほかの者では持つことはおろか、触ることもできなかったらしい）……という流れだったそうだ。

ま、そんなわけで凋落の一途をたどっていた聖教徒大神殿にとっては、まさに起死回生の切り札であり、結果的に救世主のような立場になった僕に対する聖教徒大神殿の扱いは、はっきりいって常軌を逸しているといってもいいほどの入れ込み……いや、文字通り狂信者と断言してもいいほどだ。

そんなわけで、連中は基本的にイッちゃっていて怖いので、現在はとりあえず〈神剣ベルグランデ〉を預けておくことを条件に（現在、〈神剣〉は神殿で見世物になって連日寺銭を稼いでいる）、余計な干渉をしないように王家を仲立ちにして協定を結んでおくことで、どうにか過度の干渉を抑えている感じである。

そんな神殿や大神官に、ぽろりと僕が「次の王になりたいな～」などと口走ったらどうなるのか。埃を被ってカビの生えた伝説を引っ張り出してきて、『初代勇者が本来なるべきだった偉大なる大王へロラン様を推挙いたす！　異論は認めんっ!!』とはっちゃけるのは、火を見るよりも明らかだろう。断言できる。

「つまり、条件としてはほぼすべてが整っている、そう申し上げても過言ではないですわね」

「僕本人にその気がないという根本的な問題があるんだけど……」

成り行き任せで僕を言い包めて、取り返しのつかない路線に乗せようとするルネだけど、さすがにそうはいくかと僕も反駁《はんばく》する。

「些細なことですわ。大儀の前にはお義兄様個人の意見など、なんの価値もございません」

「いやいや、そこが一番大事だろう！」

「それでは逆にお尋ねしますが、若君はアホの第一王子や、人を人とも思わない第二王子が次の国王になって、この国の未来を担うべきだとお思いですか？」

エレナに真正面からそう聞かれると答えに詰まる。

「それは……確かに容認しがたいものがあるけれど……それでも、もっとほかにいるだろう、適任者が……？」

そう言いながら、この場では一番の良識ある大人のジーノに視線を送って、援護を期待すれば、

「若君はご自分の立場をご理解されていないようですな」

軽く肩をすくめて受け流された。

「お義兄様は難しく考え過ぎなのですよ。できるできないではなく、王位のほうが尻尾を振って勝手にお義兄様の懐へ転がり込んできた……その程度に考えておけばいいのですよ」

あっけらかんと、この状況を総括するルネ。

エレナも、

「その通りですね。普通の人は欲しくてたまらないものでしょうけれど。若君くらいどうでもいいと思っていらっしゃる御方にこそ相応しいかも知れませんね。勇者らしく、これも天命だと諦めるのも肝心ですよ」

と、完全に他人事だと思って気楽だし。

なんでこう楽観的なんだ、うちの女性陣は⁉

長々とため息をついて、僕は妥協案を出した。

「……とりあえず二、三日じっくり考えさせてくれ」

自分でもその場しのぎの逃げ口上だと思うけれど、勢いに任せて軽はずみな答えは返せない。じっくりと考えるふりをして、断る口実を作るための執行猶予をもらうことにした。

「相変わらず煮え切らない勇者様ですね」

「こういうのを世間では『角を矯《た》めて牛を殺す』というのではありませんか？」

「左様でございます。エドワード殿下のときからなにも学んでいませんね」

まあ、当然のようにルネとエレナには顰蹙《ひんしゅく》を買ったけど……。いや、実際のところ申し訳ないけど、肩書はともかく中身はエレナの言う通り臆病者《チキン》なんだよ、僕は。

そりゃ確かに〈神剣ベルグランデ〉を携えて本気の全力を出せば、ドラゴンでも一刀両断、魔王だろうが魔国だろうが一晩で滅ぼせるけど、いまどきそんなことしたら犯罪者だよ。

なにしろドラゴンときたら年々数を減らして、特に知恵のある〈エンシェント・ドラゴン〉などは絶滅危惧種扱いで、個体ごとに各国で保護している現状だし……。

ふと、かつて出会った伝説の〈魔竜〉や、当代の〈魔王〉との邂逅が、まざまざと瞼の裏に甦る。

【証言その一】

「つーか、昔の連中は肉ばかり食っておったから早死にしたんじゃよ。選り好みせずに野菜も摂らにゃならんぞ。あと肉にしても人間は筋っぽいうえに臓物が臭くてかなわん。儂は焼いた牛や豚肉のほうが好きじゃな。炭火でじっくりと焼いて、大根と一緒に醤油を付けたら……くはあっ！　二度と人間なぞ食えんわっ」

確認されているだけで現在は世界に七頭しか存在しない、神代の時代からいるドラゴンの頂点にして、人類の天敵、力の象徴。うちの国にも一頭だけいる〈エンシェント・ドラゴン〉の通称《暗黒魔竜・ブリンゲルト》さんは、

「ま、若い頃は、儂もちょっとヤンチャだったが、いまではまったりとしたここの生活も板についたわい」

とのたまいながら、〈神剣〉に選定されて挨拶に来た僕に、国定公園の住処《ダンジョン》で手作りの漬物《ピクルス》とカモミールティーを手ずから振る舞って、そうしみじみ語ってくれたものである。


【証言その二】

有史以前から勇者の不倶戴天の天敵であり、そして年々衰退の一途をたどって、いまや隣国（国土が広いだけが取り柄で、なおかつその八十％が氷河と砂漠に覆われた不毛の連邦国家）の片隅で細々と自治領を統治しているだけの魔王曰く、

「いまどき殴り合って、強いほうが偉いとかの魔族式解決法では国が立ち行かんじゃろう？　それよりも金じゃ金。金があれば魔族じゃろうが正義じゃ。そんなわけで、速記と暗算の得意な官僚が早急に必要なのじゃが、どいつもこいつも使えぬ脳筋ばかりで……なぬ?!　勇者、おぬし算盤《そろばん》が使えるじゃと!?　ちょ、ちょっと手伝え！」

と、神殿で『勇者』認定されたのち、三年後に挨拶に行ったら愚痴をこぼされ、後半有無を言わ

さず五年分の資料を渡された（国家機密では？）。

そのまま黙々と書類仕事を手伝わされて半日後――

「――凄い！　書類の山が消えて執務机の天板が見えたなぞ、就任以来初めてじゃ⁉　おおおっ、勇者よ。将来隣国の公爵になどなるのは辞めて、本気で妾《わらわ》と添い遂げぬか⁉　ともに手を携えれば世界は思うが儘《まま》じゃぞ！」

と、熱烈に悪魔の誘惑《プロポーズ》をしてきた第百六十九代魔王ヤミ・オニャンコポン（ピンクの髪に赤い副眼を持った美少女。当時十二歳）と、鬼気迫る形相で書類片手に必死に引き留めにかかった過労死寸前の腹心の魔王軍幹部とか、いま思い出しても怖気《おぞけ》に震える出来事であった。

なお、『オニャンコポン』というのは相当に由緒正しい出自の姓らしく、もともと魔族の最高神に連なる血筋を意味するそうな。

そんなわけでドラゴンや魔物、魔王に対して絶対の力を持った〈神剣〉なんて、いまのご時世では特技算盤以下の無用の長物と化している。

その〈神剣〉の付け合わせ《ガーニッシュ》である勇者など、なおさらといえるだろう。

そんなわけで僕のモットーは『細く長く』『長いモノには巻かれろ』なのだ。

「それに実際問題、この場合の一番の難関は、どうやってアドリエンヌ様にお義兄様のよさを伝えるかですものね……」

ルネがまさに、僕が目論《もくろ》んでいたご破算にするための方法を口に出して懸念を示す。

そう。僕が王になるとか王位を合法的に簒奪するとかの戯言の第一の前提条件は、『アドリエンヌ嬢と僕が婚姻関係を結ぶ』こと。

つまり、上手いこと周りに波及しない形で第一王子との婚約を破棄させ、しかるのちに僕との婚約を改めて認めさせる必要がある。

……うん、無理。和解することすら至難の業なのに、婚姻関係とか絶対に不可能。

冗談でも口に出した瞬間、ビンタどころかグーでぶん殴られる。

そう忌憚のない意見を口に出したところ、ルネとエレナは不満そうに口を尖らせてぶーたれた。行儀悪いなあ……。

「お義兄様って、こと女性との恋愛ごとになると途端に尻込みしますわね。男女ともにおモテになられるのに……もしかして、女性よりも男性のほうがお好きな嗜好なのではございませんか？」

とんでもない言いがかりに、飲んでいた紅茶を危うく吹き出しそうになった。

「あ～、それって前から噂されていますよね。例の秘密結社から関連する物品《ブツ》も密売されてますし」

ルネの尻馬に乗ってエレナも口裏を合わせる。

「――って、なんだその秘密結社って？　もしかして、ハッシュ愛好者が秘密裏に結成した『人造楽園』のことかい？」

ここ数年、統一王国の上流階級《ブルジョア》や知識人層を中心にして広がりをみせている『ハッシュ』という麻薬があり（ちなみに有名な〈暗殺者《アサシン》〉という言葉の語源は『ハッシュ常用者』という意味を持つ現地語に由来するけれど、これは言いがかりに近い偏見らしい）、王国法で禁止されているのにもかかわらず、これの愛好者は後を絶たない。そうした背景に謎の秘密結社の存在が噂されており、その通称が『人造楽園』というらしい。

国の諜報機関もその全容の解明はできておらず、小売組織や密売人を捕まえるくらいで、現状はいたちごっこの状況であるのだが……その組織が僕とかかわり合いがあるのだろうか？

そう気になって尋ねたのだけれど、

「ああ違いますわ、お義兄様。この場合の秘密結社は、主に学園のOGによって結成されている秘密倶楽部《クラブ》『腐女子の恋愛関係《スラッシャー・シップ》』のことですわ」

「〝切り裂く者の船《SLASHER・SHIP》〟？」

なんだろう、それは？

「ちなみに『腐女子《スラッシャー》』というのは、妄想上で勝手に男同士を番《つが》わせて、同性愛的創作活動をする女性のことを差します。具体的にいうと『若君／《スラッシュ》エドワード王子』で、若君が攻めでエドワード王子が受けの淫猥な薄い本を制作して、それを密かに密売するという商売です」

「なんでそうなるんだ、やだよっ！」

なんかもう、一生涯知らないで過ごしたかった無駄な知識に脳味噌を使って、死ぬほど後悔した気分である。

「そうでしょう、そうでしょう。この話題に関してはエレナとは絶対に相容れないわ。なんといってもお義兄様とエドワード殿下でしたら、『エドワード殿下／お義兄様』で決まりでしょう。見るからに！」

憤懣やるかたない表情で反対の立場を取る――ようで、実際はエレナと同じ土俵に立って角突き合わせているルネ。義妹よ、お前もそうなのか!? そっち側なのか!!

「いやいや、あり得ませんって。王子にご奉仕する美貌の腹心、それこそが美ですよ」

「ないですわ〜。ありませんわ。王子とそれに従う美貌の腹心でしたら、王子のためにその身のすべてを委ねるのが筋ですわ」

「王子の裏も表も知っているからこそ海よりも深い心で、王子の深いところもズンドコズンドコ掘り下げて、王子の苦悩も哀しみも、その心と体で包み込むんですよ！」

「包み込むって、体格的にどう見てもお義兄様は受けでしょう！ この華奢な体で無駄に体だけ大きな王子の高ぶりを受け止めて――」

興奮して淑女にあるまじき威勢のよさと、聞くに堪えない単語を並べるルネとエレナ。ジーノがいつの間にか空になっていた僕のカップに紅茶を注いでくれて、そのまま背後に回って両手で僕の耳を塞いでくれた。

そんな世界一どうでもいい不毛な論戦が小一時間ほど続いたところで、双方とも一周回って、

「この際、リバで手を打ちましょう。ルネお嬢様。かの伝説の覆面作家クリスティーヌ・ゴーダ先生もおっしゃいました。『ヤマもオチもイミもなくていい。自分の愛する殿方同士が結ばれれば満足だから』と」

「その手がございましたね！ さすがは『殿方秘穴』と『殿方秘汁』の概念を取り入れ、ここ一年余りで一躍この業界を飛躍させた伝説のクリスティーヌ・ゴーダ先生だけのことはございますわ。

含蓄のある言葉ですわ～～っ」

なにやら妥協点が見えたようで、笑顔で握手を交わしていた。

多分、いい話……なんだろうけど、なんだろう？　聞いている僕の背筋に薄ら寒いものがどんどん這い上がってくるのだけれど……。

「……というか、もともとは若君とアドリエンヌ様のお話でしたよね？」

「そういわれてみればそうでしたわ。お義兄様があまりにもヘタレなせいで、話が脱線してしまいましたけれど……」

挙げ句に人のせいにしはじめた。

「なんとか上手いこと丸め込めないかしら？」

「この際、当人の意思を無視して外堀から埋めていくのはどうでしょう」

「つまり、エドワード殿下の悪意と先行きのなさを国王陛下……だとちょっと不安なので、搦め手で太后陛下へ告げ口をするとかかしら？」

「なんなら第一と第二王子をさくっと亡き者にするのはどうでしょう？　後腐れないですよ」

「それはさすがにバレるとリスクが高いので、やるなら最後から五番目くらいの手段にしましょう」

世間話でもする口調で、のっぴきならない計画を策謀するルネとエレナ。

無言のまま紅茶を啜る僕の脳裏で、チッチッチッチッ……と、歯車の音が時限爆弾のカウントダウンのように聞こえてきた。

side：男爵令嬢の華麗でない生活（わりと限界です）

田舎から驢馬《ろば》の牽《ひ》く乗合馬車を乗り継いで王都へやってきた山出しの小娘が、なんの因果かここに編入してもうすぐ一年。

いまだに日常とは乖離した別世界――あるいは遠い外国にある世界的な観光地に間違って紛れ込んだかのような居心地の悪さを、この世に生まれて十七年あまり、その十年あまりを母とともに旅から旅の生活で糊口《ここう》をしのいでいたクリステルは感じ、貴族たちが空気のように当たり前だと思えるこの空間にも、どうにも馴染めないでいた。

「ああ、そうそう。明日から週末の休み明けまでの三日は、この図書館も含めた敷地内の模様替えをするので、その間はバイトに来なくていいわ」

いつも通り、講義が終わったその足で顔を出した図書館の、顔馴染みの二十代前半だろう司書のマチルダ――もともとこの学園のOGであるが、貴族とは名ばかりの地方騎士爵家の三女ということで、立場が似ているクリステルに同情的で、比較的良好な関係を築いている、学園内で数少ない女性のひとり――が、美人とはいえないが愛嬌のある顔に困ったような表情を浮かべてそう口に出した。

「はあ……掃除かネズミの駆除でもするのですか？」

と、イマイチ不得要領《ピンとこない》の面持ちで尋ね返すクリステル。

腰まで伸ばしたさらさらの銀髪――ただ単に切るための道具がなかったために不精をして伸ばしただけの髪だが、基本的に貴族や上流階級のご令嬢は長い髪をステイタスにしているので、いまになってみれば大いに助かった――に小柄かつ優美な姿態、やや表情が乏しいものの非常に整った顔立ちをした、どこから見ても貴族のご令嬢である美少女のクリステルだが、中身は結構庶民的……というか、庶民そのものであることを、それなりに付き合いのあるマチルダは心得ていた。

おそらくは学園中でも自分と女子寮の寮母であるサラくらいしか理解していないであろう、クリステルの無知ゆえの淡白な反応にも慣れた様子で、

「そうじゃないのよ」

苦笑を深めたマチルダの説明によれば、この学園では廊下に飾られている何十点……もしかすると何百点もの高そうな絵画があるのだが（実際、どれも有名なアーティストの作品でかなり高価で取引きされているらしい）、季節感を出すためにという理由で、三カ月に一度はすべての作品が撤去されて一新される恒例行事があるらしい。そのため、その期間中は生徒の校内への立ち入りを禁止する旨の通達が出されるのが通例であるとのことなのだ。

「そんなわけで、その間は写本のアルバイトは中止ってことね」

「……なんとまあ」

――無駄金を使うんだろう。

そう言いかけて、続く言葉を呑み込むクリステル。

この手の感想をこの学園で口に出すだけ無駄である。というか、貧乏臭いと馬鹿にされる。

「クリステル様は文化的な生活というものをご存じないのね」

「食べて寝るだけで満足する生活が馴染んでいらっしゃるのねえ」

「まるで野蛮な動物の生活ね。お洒落や教養にかける時間とお金を惜しむなんて」

「ほら、やはりいくら取り繕っても生まれ育ちの違いというものが……」

それでも、編入当初は周りに溶け込もうと会話を試みたが、その結果は無残なものであった。

返ってきたのは、くすくすという蔑みの視線と侮蔑の嘲笑《あざわら》い。

人間関係において明確に上か下か。下とみなした者に対しては、とことんマウントを取らねば気が済まないご令嬢方――まあ、貴族という階層社会の上辺に位置するのだから、そこには疑問がないのだろう。

とにかくも、自分たちを特別なものであると、それが当然という価値観のなかにあって思考停止している彼女たち。それに迎合することも対立することもできず（なにしろ形ばかりとはいえ、自分も貴族の一員であり、その恩恵を享受している身である）、結果クリステルが孤立するのもあっという間だった。

（……『勿体ない』とか『無駄を省いた生活』とか言っても、『バカじゃないの』って言われるのが関の山だし）

実際、クリステルなどいま着ている学園の制服は一張羅で、私服といえばなんの染色もしていない麻のワンピースが三着だけ。うちひとつは寝巻きに使っているので、実質二着を着回しているだけであるが、下級貴族であっても最低でもいくつもの普段着を季節に合わせてコーディネイトするのが当然であり、上級貴族に至っては、よほどのお気に入りでなければ『日常服を洗濯して使う』という概念すら存在しないらしく、一度着たら家人にお下がりとして渡すのが文化・慣習なのだとか。

で、今回の模様替えもそんな『文化的な生活』の一環なのだろうが、破損したわけでもない高級絵画を総入れ替えするなど、正直クリステルには壮大な無駄としか思えなかった。

「ほんと、貴族だわ……」

しみじみ実感を込めた彼女の呟きに、似たような感性のマチルダが苦笑を深める。

まあ別に、学園と貴族がいくら無駄金を使おうとも自分の懐は痛まないので関係のない話であるが、そのとばっちりで三日も写本のバイトが休みになるのは痛い。

「なにか代わりにできる作業は……？」

「ごめんね～。特にないわ」

本気で申し訳なさそうなマチルダの謝罪の言葉に、内心で大いに落胆しながら、

「──わかりました。その分今日のノルマを増やして頑張ります」

表面上は普段通りの淡々とした口調で返すクリステル。

（しかたがない。バイト代は出来高なんだから、その分、角燈《ランタン》の光量を落として今日はギリギリまで残業しよう）

「う～～ん、それはいいんだけれど。あまり無理しないでね。それに使える油の量は決まっているんだから、倹約して時間を延ばそうと薄暗いところで作業をしては駄目よ？　あとで様子を見にい

きますからね」

　こちらの思惑などお見通しとばかり事前に釘を刺されて、クリステルはぐうの音も出ないまま、写本のもとになる本と筆記用具、角燈《ランタン》を渡されてその場をあとにした。


　薄暗闇の中、カリカリとペンを走らせる音が響く。

『〝昏《くら》き深遠の森よりいでしその魔獣の遠吠え、まさしく鬼哭の咆哮なりて城塞都市アルビオンの夜と民とを震撼さし。かの凶事を前に聖ケルサス師曰く、「此れすなわち不吉の前触れなり。かの魔獣目覚めし後、都市は荒廃し、疫病が蔓延し国が滅びるは必然」。アルビオンもまた、同じくかの魔獣に蹂躙されその骸《むくろ》をさらす運命か。魔獣の出現は聖ケルサス師のお言葉によれば過去にもあり、その畏怖すべし名をみだりに唱えぬよう禁句とすべしとのこと。されどあえてここに記す、その名は〈魔獣ボゲードン〉といい、牡牛の角を持ち輝く目と巨人の如し腕を持ち巨大な犬の姿を持つ厄災なり〟』

　学園にある図書館のホコリ臭くてカビ臭い、おまけに蜘蛛の巣までそこかしこに散見できる屋根裏部屋で、角燈《ランタン》の明かりを頼りに（直射日光は本を傷めるので、暗いところで作業するのが一般的である）四百年前に滅びた国の古ローテ語で書かれた歴史書を紐解いて、黙々と写本のバイトに精を出す彼女――クリステル男爵家令嬢。

ほかの者……特に彼女を信奉する男子生徒や、逆に彼女を毛嫌いする女子生徒が見れば目を疑う光景であるが、名ばかり令嬢であるクリステルにとっては、このバイトは死活問題である。

なにしろ貴族といっても三代前に金で爵位を買った成金貴族。それも年を経るごとに商売は斜陽化し、おまけに彼女は、父親がどこの誰とも知れない相手に生ませた妾腹の娘ときた。

そんなわけで実家からの援助も最低限で、こうしてバイトで食い繋ぐしか手がないのだ。

父であるチェスティ男爵は学費と寮費、そして僅かばかりの小遣いさえ渡しておけば、三食付きの女子寮でのうのうと暮らせると思っているらしいが、甘い、甘すぎる！　所詮は成り上がりの三文貴族。必須科目以外の選択科目（歌やバレエや乗馬など）にどれだけお金がかかるか理解できないらしい。

いや、わざわざお金を出してまで、卒業の単位に関係のないそれらの講義を受講する意味を見出せないのだろう。

だが、なんの後ろ盾も財産もない彼女にとっては、ここで得られる知識や資格は、なにものにも代えがたい自分だけの財産であった。

とにかく卒業後も食いっぱぐれないように、取れるだけの資格は取るし、単位も取る。ほかの下級貴族や富豪などの令息令嬢のように、可能であれば人脈を広げて今後の布石にする……あるいはいい男を捕まえて永久就職ということも考えていたが、早い段階でその方面は諦めた。というか諦めざるを得なかった。

あまりにも世界が違い過ぎるエドワード王子と、その取巻きたちの悪意なき厚遇によって。

「それに甘えちゃ、また根も葉もない噂を立てられるだろうし、そもそも……」

小さく呟きながら慣れた手つきでペンを走らせるクリステル。

『〝かつて目覚めし時は高貴なる者。時の王シルヴェストルの側妃にして、湖の妖精の祝福を賜りし聖女フロランスを貢物とし、再びその眠りを誘うものとする。慈悲深き王シルヴェストルは嘆きしもその別離は悲劇に非ず。国の礎となりその高貴なる魂は未来永劫護られるが故に。されど此度の〈魔獣ボゲードン〉の目覚めにより――〟』

「――ほんと昔って魔物とか妖精とかが脅威だったのね。いまどきは魔獣も妖精も絶滅危惧種だっていうのに。まああたしが言うのもなんだけど」

すっかり癖になった独りごとを口に出しながらも、その手つきによどみはない。

学園には貴族以外にも庶民階級出の生徒もある程度在籍しているが、あくまで貴族から見ての庶民レベル――いわゆる中流階級《ミドルクラス》で最低限でも使用人が三人（コック、食事に侍る《パーラー》メイド、家事《ハウス》をするメイド）はいるのが当然――というお嬢様、お坊ちゃまばかりであり、仮にバイトをするとしても、もっと小さい子の家庭教師をするなどを好むために、こうして暗くて狭くて汚い部屋に閉じ籠もって、地道な作業をする写本のバイトは人気がない……はっきりいってクリステルの独占状態であった。

彼女としては賃金のわりがよく、人と関わることもないこのバイトは天職であり、なによりもこの雑然ととっ散らかった狭い屋根裏部屋は、まるで実家にいるような安心感を与えてくれる、学園における唯一の聖域《サンクチュアリ》といっても過言ではなかった。

「……ふう。そろそろいいかな？」

一区切りついたところでペンを置いたクリステルは、いったん机の上の写本のための道具を片付けると、私物として持ってきた鞄から描きかけの原稿を取り出した。

「本当はバイトを優先するべきなんだろうけど……」

小さな罪悪感を覚えながらも、これも趣味と実益を兼ねたバイトの一種。意外とバカにならない売り上げがあるし、なによりも新刊を期待してくれる同好の士がいるものね、と自分を納得させて原稿を広げる。

使えるのはインクとペンだけなので白黒の原稿にならざるを得ないが、意外とそれが瓢箪から駒でウケているらしい（それまでは彩色したフルカラーが当然だった）。それに合わせて、自分としては当然の手法としてコマ割りやフキダシ、集中線などを多用していたのだが、そのあたりも斬新に映ったらしくかなりの反響があるとか――まあ、ニッチな市場なので大反響といっても高が知れているが、それでも他人から評価されるというのは心地よいものである。

惜しむらくは、ものがものだけに本名を名乗ることも、ましてや顔出しすることなどできないため、余分な手数料が差し引かれるという点にあったが。

「芸は身を助けるとはよくいったものね」

次の新刊が発売できれば、その売り上げでたまの贅沢にビストロくらいに行けたらいいな、と希望を馳せるクリステル――そして謎の覆面作家として一部で知らぬ者のいない彼女は、しばし現実を忘れて妄想にのめり込むのであった。

第四章　エドワード王子VSアドリエンヌ嬢（前哨戦）

まんじりともせずに夜明かしをした僕だが、時間はお構いなしに過ぎていく。

翌日、眠気を堪えてルネと一緒に馬車に乗り、学園へ到着した僕たちだけれど、正面玄関に入った瞬間、どことなく浮ついた……いや、大多数が息を潜めて嵐が通り過ぎていくのを待つような、それでいて、物見高く集まっているような、おかしな雰囲気を肌で感じて、従者として同行したエレナともども、三人揃って首を傾げた。

「なんだろうね。妙に学園内が騒がしいような、それでいて緊張しているような、変な空気だね」

「ええ、こんなことは初めてですわ。昨日の午前中までは変わりなかったですのに、昨日の今日でなにかあったのでしょうか？」

「適当な学生に聞き込みでもしてきましょうか？」

「そうねえ……」

エレナの提案にルネが返事をしようとしたところへ、

「ルネ様、おはようございます。ご機嫌麗しゅうございます」

オリーブ色の髪をワンサイドアップにした十五歳くらいのご令嬢が、ルネへにこやかに朝の挨拶をする。

「あら、エディット様！　ご機嫌よう。先日は災難でしたわね」

親しげに腰を曲げて挨拶を返すルネ。

にしても『エディット様』？　大富豪であるラスベード伯爵家のご令嬢の？　思わずマジマジと不躾な視線を向けてしまった。

数カ国語を流暢に操る才媛だと聞いていたので、もっと怜悧な『デキル女』『エディット女史』とも呼ぶべき人物像を予想していたけれど、あに図らんや実物はルネとさほど背丈も変わらない、どちらかといえば地味な顔立ちに好奇心旺盛な碧色の瞳をした、悪戯っ子っぽい少女である。

和気藹々とした雰囲気で当たり障りのない朝の会話をするふたり。だけれど気のせいか、時折エディット嬢が僕に微妙に熱っぽい視線を寄越す気がした。

「――む？」

背後に控えるエレナが、僕にしかわからないレベルで警戒心を上げる。

はて？　エドワード王子派の取巻き筆頭と見られている僕を警戒してか。いままで直接話したことはなかったはずなんだけれど。なんだろう、この意味ありげな態度は？

そんな友人の様子に気を利かせたルネが、さもいま気が付いたとばかり、

「ああ、そうそう。ご紹介いたしますわ。お義兄様、この方はエディット・マルレーヌ・ラスベード様。いつも大変親しくさせていただいております。エディット様、こちらは私の義兄である……」

「ロラン・ヴァレリー・オリオールです。はじめまして、エディット嬢。いつも義妹がお世話になっています。ご迷惑をかけておりませんか？」

「とんでもございません。ルネ様にはいつも私の愚にも付かない話に付き合っていただいて――あ

あ、それよりもお礼が先でした。先日の〈ラスベル百貨店〉では……」

テンパっているのか、玄関先で秘匿事項を口走りそうになったエディット嬢。

昨日のエドワード第一王子に続いて、事件の舞台である〈ラスベル百貨店〉のオーナーのご令嬢がバラしたら、さすがに誤魔化しようがないよ、これは⁉

「そうそう。聞いてください、お義兄様っ。エディット様はとっても博覧強記《はくらんきょうき》で、特に古今東西の魔物や幻獣に造詣が深くていらっしゃるのですわ！」

淑女としてはいささか嗜みに欠けるけれど、咄嗟にエディット嬢の台詞に覆い被せるようにして、ルネが話題を無理やり変えてくれた。

「へえ、珍しいですね。女性は魔物を奇怪だとか野蛮だとかいって忌避するものかと思っていましたけれど……ま、〈エンシェント・ドラゴン〉とか〈魔王〉とか、実際に見たり話したりすると、また別な感想が出るとは思いますが」

なので僕も、その尻馬に乗って話題を変える。

だが、その効果は覿面だった。

「〈エンシェント・ドラゴン〉⁉　〈魔王〉‼　もしや本物に会って話したことがあるのですか⁉︎!　さすがは〈神剣の勇者〉様ですわ！」

思いっ切り身を乗り出して瞳を輝かせるエディット嬢。

「あ……っ。も、申し訳ございません。私ったら、なんてはしたない真似を……」

「あ、いえ。ちょっと驚いただけで。それにしても、冗談ではなく本当に魔物や幻獣が好きなのですね」

僕の正直な感想に、身を引きかけたエディット嬢はその場に留まり、我が意を得たりとばかり何度も頷いた。

「いえ……ええ、左様にございます。といってもほとんどが剥製か図鑑でしか見たことがありませんけれど」

それから、ふと懐かしいような遠い目をして口に出す。

「父とともに子供の時分から諸外国を巡るたび、『この道には昔、人喰鬼《オーガ》の群れがいて旅人が避けて通った』とか『この大河の中州にはかつてセイレーンがいて、月夜の晩は船乗りが絶対に通らなかったんだよ』とか、聞くたびにどれほど心が躍ったことでしょう。そうした場所は世界中に、枚挙に暇《いとま》がありませんわ」

それから一転して、悄然と肩を落とす。

「ですが、いま彼らは滅びの道をたどろうとしています。我々人間の手で。私はそんな彼らに哀惜の意を送るとともに、惜別の情と滅びの美学……浪漫《ロマン》と言い換えてもよろしいかと思いますが、そうしたシンパシーを感じずにはいられないのです」

「……なるほど」

脳裏に、茶請けに漬物《ピクルス》をバリバリ食べている暗黒魔竜と、ねじり鉢巻きで書類事務をしている魔王の姿が去来した。

多分、当人たちはそんなことを考えずに達観しているか、明日の食い扶持を稼ぐのに二進《にっち》も三進《さっち》もいかない状況で悪戦苦闘しているから、そんな優雅なこと考える暇もないと思うのだけれど……。

「〈神剣の勇者〉であるロラン様なら、さぞかし珍しい体験をなされているでしょう。是非とも伝聞ではない、真実の魔物たちの姿について、忌憚のないご感想をお伺いしたいと……本当はずっと前から思っていたのです」

うっとりと憧れに潤んだ瞳で、僕の向こう側を透かしながら告白するエディット嬢。

「……なるほど。憧れは憧れでも、『勇者』という珍獣枠であり、同時に背後に控える魔物や魔族に対する知的好奇心ですか。安心しました」

エレナが僕にだけ聞こえる声で小さく呟いて、警戒心をすっと解く。

「そういうことであれば、このような玄関先の立ち話もなんですので、近々お互いに時間を取って歓談いたしませんか？　ねえ、お義兄様」

「そうだね。お互いの立場があるので気を付けないとね」

これは、思いがけなくエディット嬢とお近付きになれるかも……と、僕は内心で捕らぬ狸の皮算用をした。

なにげない注意のつもりだったのだけれど、途端にエディット嬢は夢から覚めた様子で顔を強張《こわば》らせて、周囲となによりも僕に警戒する様子で、そわそわと気もそぞろに挙動不審になった。

「どうかされたのですか、エディット様？」

「あ、いえ……いえ、あっ、もしかしてルネ様もロラン様も、昨日の事件をご存じないのですか⁉」

「なにがですか？」

「なんのお話ですの？」

僕とルネが困惑してそう尋ねると、エディット嬢はなにやら小考してから、

「どうやら本当にお二方ともご存じないご様子ですね」

「「？？？」」

小首を傾げる僕たちの表情を見比べて、そこに嘘がないと見て取ったのか、エディット嬢は覚悟を決めた様子で、その理由を口に出した。

「――昨日の午後のことですわ。休み時間に講義の移動のため、混雑している階段を利用していたクリステル男爵令嬢が、途中で何者かに突き落とされたとか。そして、その犯人としてアドリエンヌ様と近しいご令嬢が槍玉に上げられ、いま学園内は一触即発の状態なのです」

当然、槍玉に上げているのはエドワード第一王子派だろう。

その取巻きである僕に、事件の概要をありのままに教えてくれたエディット嬢。どれほどの決断だっただろうかと、頭が下がる思いだ。

ま、それはそれとして、『クリステル男爵令嬢が何者かに危害を加えられた』と聞いて、真っ先に思い浮かんだのは、

「男爵家の小娘に対する、直接的な行動も辞さない」

エレナが盗み聞いてきた、コンスタンス侯爵令嬢がジェレミー第二王子に語っていた内容だった。

「「しまったぁ、出遅れた～～っ!!」」

まさか話を聞いてきた当日中に、休み時間に階段から突き落とすなどというベタな行動を起こすとは、ありきたり過ぎて完全に盲点だった。

同時に頭を抱える僕とルネとエレナを、エディット嬢は怪訝そうに眺めている。

とはいえ、いつまでも頭を抱えてはいられない。

「ともかく、ここで雁首並べて頭を抱えてはいられませんわ。『拙速《せっそく》は巧遅《こうち》に勝る』とも申します。まずは動くべきです、愚図愚図しては手遅れになりますわ！」

うちの格言大好き義妹《いもうと》が僕を急き立てる。淑女らしからぬ落ち着かない様子で、はしたなくも、いまにも僕の手を引っ張って先導しそうな勢いだ。

けど、どこに行くつもりだろう？

まあ、落ち着いて……と、ルネの肩に手をやって宥めながら、僕は次の行動指針について思案した。

なにを悠長なといわれるかも知れないけれど、ルネの好きな格言でいえば『勝兵は先ず勝ちて而《しか》る後に戦いを求め、敗兵は先ず戦いて而る後に勝を求む』であり、要するに『勝つ者は先に勝ってから戦いをするのである、負ける者は戦ってから勝つ方法を考える』というわけで、勝負というモノは出たとこ勝負の博打ではまず負けるので、先に勝てると判断した戦いしかするなという意味になる。

こうした場合、無策で首を突っ込んでも状況は悪くなるばかりだ。まずは事前準備を周到にして、勝利の方程式を確実にしなければならない。

「そうだね。まずはエドワード第一王子が、思い込みで先走ってアドリエンヌ嬢と対立しないように、当事者と第三者から情報を収集しつつ、感情的に動かないように、僕とルネとでふたり（第一王子とアドリエンヌ嬢）に言い含めて、性急に直接対峙などしないように誘導しないと」

おそらくは十中八九、クリステル嬢が階段から突き落とされたというのはなにかの間違い、勘違いであるだろう。その場合は冤罪なのを証明して、なおかつなるべく第一王子派に遺恨を残さないように、落としどころを見つけて『妥協してやったんだ』と、阿呆の自尊心を満足させる結論を出すように会話を誘導する必要がある。

問題なのは、もしも本当にクリステル嬢を突き落とした犯人がいて、それがアドリエンヌ派だった場合、どこまで庇うのが適切なのか……。

こう言っちゃなんだけど、クリステル嬢は所詮は法衣貴族である男爵家の、それも庶子だ。国内外の貴族があまねく通う学園生のカーストでは最底辺に位置する。

で、諍《いさか》いの相手はまず間違いなく、彼女よりも高位貴族のご令嬢であるはずだ。

貴族制度の悪しき弊害だとは思うけど、イジメや嫌がらせがあっても、相手の家柄が上であった場合、通常であればやられたほうは泣き寝入りをするのが一般的だし、それで納得がいかなければ、学園の教務課に訴えることも可能となっている。そこで和解案を提示してもらい、謝罪及び賠償などの形でお互いに合意し、水に流すのが紳士淑女の対応ということになる。

どちらにしても、あくまでこれは犯人のご令嬢（がいるとして）とクリステル嬢との個人的な問題であり、たとえその令嬢がアドリエンヌ嬢と親しいとはいえ、あくまで一個人の暴走であり、アドリエンヌ嬢にまで責任が及ぶものではない。と割り切れるのなら問題はないのだけれど、あの公正でありながら情に篤いアドリエンヌ嬢が、黙って静観するかどうか……非常に疑わしいだろう。

肯定するように、カチカチカチカチと歯車の音が高速で回転しはじめた。

まったくの濡れ衣であった場合――まず間違いなくそうだろうけど――その公正さから、冤罪を晴らすために身内の弁護に立つのは確実だろう。逆に本当に身内のご令嬢が暴走をして、誰かを傷付けたと知れば、怒髪天を衝《つ》く勢いで不義を糾弾せずにはいられないだろう。

それはいい。ルネならやり過ぎないように取り成しをするだろう（同じ公爵家のご令嬢ということで、ルネなら立場上ある程度発言力もあるだろうから）から、問題はない。

むしろ、問題だらけなのはエドワード第一王子だ。

まかり間違ってこの問題に直接首を突っ込んできたら問題――どころか、取り返しのつかない大騒動へと発展することは確実だ。

そもそも令嬢同士の諍いに男子が口を挟むなど、紳士としてあまりにも無粋な行動である、というのが一般的な貴族間のマナーである。

これが兄弟や親戚、最低限婚約者という立場であれば、まあギリギリ許される範囲内だろう。だが、第一王子とクリステル嬢では、公式にはまったく接点がないし、私的にも『親しい間柄である』と明言したことは、少なくともクリステル嬢にはない。

つまり、現段階でエドワード第一王子がしゃしゃり出るということは、アドリエンヌ公爵令嬢という立派な（立派過ぎる）婚約者がいる身でありながら、まったく関係のない未婚の女性に色目を使って一方に肩入れをした挙げ句、王族の権威を笠にほかの貴族のご令嬢を脅すという、統一王国の法と貴族としての良識と人間としての倫理すべてに、真っ向から唾を吐く行為と見られるということだ。

ましてや、弁護側としてアドリエンヌ嬢が矢面に立っていた場合、自分の婚約者と対立して浮気を公言した屑……となって、下手をすればこの段階で宮廷に話がいって、真相究明……第一王子とアドリエンヌ嬢との婚約は解消。だが、現段階ではジェラルディエール公爵家と王家との結び付きを切るわけにもいかないので、阿呆を廃嫡にして、第二王子のジェレミーを正式に王太子として、改めてアドリエンヌ嬢と婚約させる……いや、一気に結婚まで持ち込む荒業に出る可能性があるな。

どっちにしても、アドリエンヌ嬢にとって明るい未来とはいえない。

「時間との勝負だ。僕は第一王子派の様子を確認してくる。ルネはアドリエンヌ嬢のほうを」

「承知いたしました」

即座に了承をしてくれる頼もしい義妹。

「それと、エレナはクリステル男爵令嬢の怪我の具合や、現場の確認と……」

と、指折り数えながら指示を飛ばしかけていたところへ、無言で様子を窺っていたエディット嬢が、おずおずと……周囲を見回しながら、なぜか非常に後ろめたそうな様子で口を挟んできた。

場所が場所だけに、興味ありげにチラチラこちらを窺いながら通り過ぎていく学園生は多いものの、そこにいるのが公爵令息《ぼく》と令嬢《ルネ》、そして統一王国最大の財閥であるラスベード伯爵家のご息女《エディット嬢》という錚々たる面子であるのを一目見るや、触らぬ神に祟りなしと足早に通り過ぎていくばかりで、いまのところ話が外に漏れている危険性は少ないだろう（エレナが注意していることもあるし）。

「あのぉ……失礼ながらロラン様は、アドリエンヌ様もしくは中立寄りで事を収めようと奔走されるつもりでいらっしゃるのですよね？」

「ええ、まあ。大きな声では言えませんが、紳士として淑女のために労を惜しまないつもりではいます」

下手に耳目を集めるわけにはいかないので、あくまで雑談の延長のような気楽な態度は崩せないものの、それでも僕はエディット嬢の目を真っ直ぐに見詰め返して頷いてみせる。

エディット嬢の瞳にほっと安堵の色と精彩が戻って……そして、なぜだかまたすぐに翳りが落ちた。

「――で、あるならすでにもう、手遅れかも知れません」

「は？」

思わず聞き返すと、彼女はどうにも歯切れの悪い口調で続ける。

「はい、その……実は私は朝、誰もない時間に校舎内や庭を巡るのが趣味なのですが」

なるほど。朝の清涼な時間に、誰もいない校舎の静けさや、朝露に濡れる新緑を眺めて風情に浸るというわけか。実に淑女らしい穏やかな趣味だねえ。……なんでドミニクの奴が婚約破棄しようとするのか理解できないな。

「なぜかといえば、緑が多く敷地が広大で、建物や収蔵品にも歴史やいわくあるものが多いせいか、ここは夜中に害のない野生の魔物や小妖精が徘徊……もしくは住み着いている跡が多く散見できるのです」

ああ、なるほど同時に知的好奇心を満たすための趣味というわけか。無邪気でいいじゃないか。

「いまでは校舎を管理している〈家妖精《ブラウニー》〉さんたちとも一緒にミルクを飲む仲になりましたし、こっそり学園の敷地内に住み着いている〈黒妖犬《ブラックドッグ》〉（※見ると死ぬとまでいわれる魔物）さんなど、すっかり打ち解けて毎朝糞の始末をして、あと口の中に顔を入れて色艶の確認、肛門に指を突っ込んで健康状態を把握するなどしています」

ああ……うん、ドミニク。君の気持ちがちょっとだけ理解できた気がするよ……。

「それで、今朝のことなのですが。校内でこのようなものを採取いたしまして」

そう言いつつ、エディット嬢はポケットからコルク栓で封がされた小さな硝子《ガラス》瓶をふたつばかり取り出して見せる。片方はキラキラ光る燐粉で、もう片方は黒い獣毛と細かな鱗だった。

「こちらは古代精霊語に関する講義室で見つけた『妖精の砂』。これを瞼《まぶた》にかけられると、たちまち眠りに落ちるという代物で、これはわりとよく落ちているのですが、問題はこちらです。もう片方は件の事件があったという階段の途中で見つけたのですが、私も初めて見たものでして、なおも注意深く探っていたところ、そこへエドワード殿下が取巻きの皆様とともに、今回の事件の容疑者である怯える女生徒を、半ば無理やり連行してきまして、この場で吊るし上げ……いえ、事件の真相を明確にすると息巻いて――」

「「なっ……!?」」

あまりといえばあまりの浅薄な第一王子の行動に、僕とルネが絶句する。

「夜討ち朝駆け上等か！　くっ、第一王子の爆発的行動力を甘く見すぎていたか⁉」

臍《ほぞ》を噛んでももう遅い。いまごろ真相究明という名の謂れのない魔女裁判が始まっているだろう。

「それで、その場には婚約者であるドミニク様もおられたのですが、私に一瞥もくれることなく、抗議しても取り合わず……それで、急ぎ私付きの従者に、アドリエンヌ様へ緊急を知らせる伝言を立て、取るものもとりあえず、協力してくれそうな皆様を探していたところなのですが……」

そこでたまたま僕らに会ったというわけか。

最初、世間話をしていたのは、僕を警戒して第一王子のところへ助っ人に行かないようにさせるための牽制か、時間稼ぎをしていたのかも知れないな。

だけれど、いまは少なくとも味方だと信じようと思いかけている、そんなところだろう。

ならば、その信頼に応えなければ男が廃るというものだ。

「……行こう。これ以上、事態が取り返しのつかないことになる前に！」

そう三人に促しながら歩みを進めると、ルネ、エレナ、エディット嬢は真剣な、そして嬉しげな表情で頷いて、黙って僕についてきてくれた。


三階建ての本校舎にある吹き抜けのエントランスホールを縦断する形で、真っ直ぐに伸びる大理石の階段。

中原の山繭（仔羊の胸の毛）のみで織られた絨毯が敷かれた階段の最上段に位置する踊り場において、いままさにエドワード第一王子と、その婚約者であるアドリエンヌ公爵令嬢とが対峙していた。

場所が吹き抜けになっているので、下にいてもふたりの声は朗々と反響して、容易に耳に入ってくる。

ま、それがなくてもエドワード第一王子は無駄に声が大きいし、アドリエンヌ嬢はオペラ歌手のように発声がいいので、嫌でも聞こえてくるけれど。

「場所柄を考えずに婦女子を恫喝《どうかつ》するなど、紳士の所業とも思えませんが？」

「黙れっ、お前の意見は聞いていない。用があるのはお前の背後にいる娘たちだ！」

上座に当たる、正面に対して右端に陣取って、有無を言わせない口調で怒鳴りつける金髪の美丈夫——エドワード第一王子。

対して、同じ壇上でも下座に当たる左端（東洋の東陶国などでは逆の配置になるらしい）に佇み、優雅な仕草で傲然と腕を組んで、冷やかに第一王子を見下すアドリエンヌ嬢。

彼女の背後には、十五～十七歳ほどのいずれも卑しからぬ身なりの貴族の令嬢が三人ほど、いまにも倒れそうな表情で震えながら、お互いに身を寄せ合っていた。

そんな彼女たちの怯えようにもまったく頓着せず、それどころか憎々しげに睨みつけている第一王子と、その背後に付き従う僕以外の取巻きたち。

さしずめ取巻きBにあたる、栗色の髪にやや酷薄そうな目つきをしたイルマシェ伯爵家のドミニク。

取巻きCにあたる、黒髪黒瞳で、鍛えられた体躯をした偉丈夫であるレーネック伯爵家のフィルマン。

取巻きDである、赤茶けた髪をオールバックにして銀縁の眼鏡をかけたバルバストル侯爵家のエストル。

取巻きEといえる、刈り込まれた灰色の髪をしたカルバンティエ子爵家のアドルフは、フィルマンよりさらに頭一つ大きな巨漢だ。

そして、最後の取巻きFである、やや小柄で俊敏そうな深緑色の髪の少年が、シャミナード子爵家のマクシミリアンとなる。

まあ、こうして遠くから見ても目立つ集団だよ。

全員が高位貴族の御曹司で、なおかつ人目を惹く美男子ばかりなんだから。

もっとも、いくら顔の造作がよくても、ああも全力で殺気と敵意を放っていたら、気の弱いご令嬢は勿論のこと、豪胆な男子でもちょっと近付きたいとは思わないだろう。

「……背後の皆さんも見目はいいだけに、ああして無言で睨んでいらっしゃると威圧感が凄まじいですわね。もっとも威風堂々、まったく臆しないアドリエンヌ様と対比すると、ただの雑魚《ザコ》集団にしか思えませんが」

いちいち足元へわだかまる下々の様子など気にもかけないのだろう。

階段の下から仰ぎ見ている僕たちの接近にもまったく注意を払わずに、睨み合いを続けているエドワード第一王子と取巻き集団対アドリエンヌ嬢。

その様子を遠目に眺めながら、ルネが皮肉たっぷりに感想を口に出す。

「まったくだ。婦女子を相手に数を頼りに脅しつける。どう言い繕っても恥ずべき行為だね」

しかし……いまさらだけど、僕もこの間まであの集団に馴染んでいたんだよねえ……。

というか、取巻き筆頭だったし。

同意する僕の胸中で、この瞬間、あいつらと過ごした過去は絶賛黒歴史と確定した。

できればこの場で回れ右をして、他人を装いたいけれど、ルネとエディット嬢がキラキラと期待に満ちた瞳でもって、僕がアドリエンヌ嬢を助けにいく瞬間を見守っているし、

「殺《や》りますか？」

エレナはさらにギラギラと殺意に満ちた目で伺いを立ててくる。

やめないか！　と、僕が視線で制した瞬間、凛としたアドリエンヌ嬢の声が響き渡った。

「彼女たちは私の友人でございますが、殿下を筆頭に皆様と直接ご挨拶をした覚えはないはず。しかるべき手順も踏まずに婦女子を呼び出すなど、破廉恥かつ貴族として良識に欠ける行為であると思いますが？」

「恥じ入ることなどなにもない！　そんなものは下種《げす》の勘ぐりだ。捨て置け！　我々はその娘たちの罪を暴くために呼び出したのだ」

怒髪天を衝く勢いで指弾され、三人のご令嬢方が跳び上がり、顔色が蒼を通り越して気死寸前の色になる。

そんな彼女たちを振り返って、「大丈夫ですよ」と柔らかな微笑みを送り、すぐに厳しい表情で再び第一王子と向き直ったアドリエンヌ嬢は、いかにも困惑したという口調で問い返した。

「罪……とはなんのことでしょう？」

「クリステル男爵令嬢のことだ！　まさか知らんとは言わせんぞ‼」

「存じませんわ」

打てば響く調子で即答するアドリエンヌ嬢。

あまりにもあっけらかんと言われて、思わず続く言葉に詰まったエドワード第一王子の一瞬の隙を見逃さず、彼女は怒濤の勢いで捲し立てる。

「この学園に男爵家のご令嬢が何人いらっしゃるかご存じですか、エドワード様？　およそ四百人といったところですわね。うち、私の知る男爵令嬢といえば、確かボルーニ男爵家、カッテラ男爵家、コスタ男爵家、クレーティ男爵家、ガッディ男爵家、ジナスティラ男爵家、マウロ男爵家、モンターニャ男爵家の関係者といったところですわね。そのクリステル男爵令嬢とはどのような方でしょうか？」

ちなみにいま挙げられたのは、家柄は男爵とはいえ、有力な議員や、実家が大貴族であるなどといった、背後関係のしっかりした有名な貴族ばかりである。

そうでなければ（僕が言うのもなんだけど）たかが男爵家の令嬢が、この国の貴族の筆頭にして、雲の上の存在である五公爵家のさらに頂点に立つジェラルディエール公爵ご令嬢に挨拶ができるわけがない。

いくら学園生同士だとはいえ、平民のように廊下や講義の際に顔を合わせたからといっても、いきなり直接挨拶を交わすなどという不敬と不作法は、許されるわけがない。

手順としては、一見さんお断りの高級レストランのように、間に中級貴族あたりを挟んで紹介してもらう形でしか、男爵令嬢と公爵令嬢が知り合う機会などない……というのが原則となっている。

そんなわけで、クリステル嬢からアドリエンヌ嬢に対して挨拶があったわけがなく（当然、エドワード第一王子派が仲介に立つわけがない）、それゆえアドリエンヌ嬢はクリステル嬢のことを「知らない」と答えるわけだ。

ま、実際に知らないわけはないだろうし、エドワード第一王子が入れ揚げていることは十分に承知のうえですっとぼけているのは、彼女なりの韜晦《とうかい》か諧謔《かいぎゃく》、あるいは不実な婚約者《エドワード王子》に対する無言の圧力だろう。

『貴方が擦り寄っている浮気相手でしょう？　説明できるものなら説明してみやがれですわっ』

と、その冷笑が如実に物語っていた。

「――っ。この性悪女が！　彼女はなあ、お前などと違って――」

あ、やばい。一瞬で追い詰められたエドワード第一王子が暴発して、半年後を予定していた婚約破棄を、いまいきなり実行しようとしている。

「エドワード殿下！」

そう見て取った僕は、ふと思い付いたことがあり、ルネたちにいくつか指示を出して、とりあえずその場から動かないようにしてから、足音も高く階段を三段飛ばしで上っていった。

「おっ⁉　ロランか！　待っていたぞ、遅いではないか。ドミニクからの連絡を聞いていなかったのか？」

途端に百万の援軍を得たような表情でエドワード第一王子が満面の笑みを浮かべ、

「…………」

対照的にアドリエンヌ嬢は対応に苦慮するような、複雑そうな表情になった。

先日の件で一方的に僕を非難したものの、冷静になってみて気まずいと感じるようになった……といったところだろうか？

そんな彼女の後ろめたさを弱気、あるいは僕に対する苦手意識とでも受け取ったのか、いままで一方的にやり込められていたエドワード第一王子は、途端に余裕綽々《しゃくしゃく》の表情になって、僕に向かって隣に来るように手招きをする。

「――ちっ」

諸手を上げて歓迎する第一王子の陰に隠れて見えないところで、ドミニクが微かに舌打ちをした。

周りには聞こえないと思ったのだろうけれど、生憎と僕の耳は特別製なので、針の落ちる音でも拾える。

先ほどの第一王子の台詞（「ドミニクからの連絡を聞いていなかったのか？」）と合わせて思うに、どうやら僕に対して隔意があるようだね、取巻きナンバーⅡである彼には。

（別に王子の取巻き筆頭なんて地位は欲しくないんだから、堂々と下剋上すればいいものを……）

そんなことを思いつつ、いかにも殊勝な表情を作って弁解する僕。

「昨日午後から私事で慌しくしておりましたので、どうも連絡が行き違いになったようですね。申し訳ございません」

ドミニクの表情が一瞬歪んだ。

ふと、〈ラスベル百貨店〉に行く途中で、逃げるようにあの場を立ち去っていった彼らしい人物のことを思い出して、この場で確認したい気になったけれど、とぼけられておしまいになりそうなので、ぐっと呑み込んで続ける。

「ところで道すがら聞いたのですが、クリステル嬢が昨日階段から落ちて怪我をされたとか。今日は登校されていらっしゃらないのですか？」

この場にいないことは一目瞭然だけれど、一応周囲を見回して確認を取る。

「ああ、昨日は医務室へ運び込まれたと聞いてな。藪医者に見せられてはかなわんので、即座に神殿に連絡をして治癒術が使える神官を招聘した。傷は治ったそうだが、大事を取って今日は休ませている」

神殿の治癒術が使える神官とか、最低でもお布施が金貨二十枚からの世界だ。

その代わり命にかかわる医者が匙を投げた大怪我でもけろりと治る、いまや数少ない神殿の目玉といっても差し支えない（ちなみに神の奇跡とかではなく、生命に関する精霊魔術の一種であるのは百年前に解明されている）。

「そんな大怪我だったのですか⁉」

怪我と聞いてもわりと楽観視していた僕は、逆にそれほどの大事だったのかと驚いて聞くと、第一王子は沈痛な表情で大きく首肯した。

「ああ。階段を三段も踏み外して転んだ拍子に手首を捻ったそうだ。なんと痛ましい……硝子細工よりも繊細なクリステル嬢の心と体にどれほどの傷が付いたことか。本来なら一日中でも看病して差し上げたいところだが……」

——え？　それで終わり？　階段でこけて手首挫《くじ》いただけで神官の治癒を受けて翌日休み？

クリステル嬢ヤワいな。うちのメイドは、王宮の塔から飛び降りて、〈番魔犬《ケルベロス》〉を向こうに回してアウェーで戦った挙げ句、左手を犠牲にして勝利した当日に、夕飯に追加の肉とケーキをもりもりと食べて復活したのだけれど。

冗談はさておき、これは些細な怪我で大騒ぎしているクリステル嬢周辺が大袈裟なのか、重傷をおしてケロリとしているエレナが非常識なのか、微妙なところである。

「う～～ん……」

考えれば考えるほど、わけがわからなくなってきた。

「だが、上に立つ者として責任の所在は明確にしなければならん。そのために俺——いや、私はそこにいる実行犯である三人の身柄を引き渡せと命じているのだが……」

「〝実行犯〟などと軽々しく口に出さないでください。彼女たちは単なる第三者であり、いま現在はエドワード殿下に謂れのない罪を被せられようとしている被害者ですわっ！」

「それを決めるのは公爵令嬢《お前》ではない。第一王子たる私だっ」

第一王子という立場を利用して、アドリエンヌ嬢の弁護をまったく聞き入れようとしない盆暗と、当然という顔で頷くだけの取巻きたち。

この情景を眺めながら、ふと、かつて聞いた逸話を思い出した——

我が国とは国境を四つばかり隔てた場所にデイングスブムス帝国という国がある。

内陸部の山岳地帯が国土の半分を占めるというお国柄のせいか、昔から周辺国にちょっかいをかける軍事国家として有名な国なのだけれど、そこに所属していた有名な某上級将校（冷徹な参謀にして毒舌家。四十三歳のときに十四歳の妻を娶ったロリコン）があるとき語ったそうだ。

『怠惰で賢明な者は上の地位に適している。なぜなら司令官は機知に富んだ頭脳と、ふてぶてしいまでの胆力がモノをいうからな。

勤勉で賢明な者は参謀か現場を指揮する立場に適している。まあ、そんな優秀な人間は一握りだが……。

怠惰で愚鈍な者は……ふん、九割方の人間がそれに当てはまるが、そいつらでも単純作業の兵士くらいは務まるだろう。

だが、最も気を付けなければならないのは、勤勉で愚鈍な者だ。奴らは確実に損害を出すことしかしないからな。間違っても上の地位にしてはならない』

確かに一面の真理ではある——と、昔読んだ軍事ドクトリンに書いてあった一文を思い出しながら、ふたりの人物を見比べた。

僕という味方を得たことで精彩を取り戻し、肩をそびやかして高慢な嘲笑を浮かべる隣のエドワード第一王子。対して、三人のご令嬢方を背中に庇う姿勢のまま、なおも怯むことなく不退転の決意で立ち向かうアドリエンヌ嬢。

誰がどう見ても、どちらが正義でどちらが悪役か。賢者か愚者か。大物か小物か。器量がくっきりと分かれる構図である。

でもって、はなはだ不本意ながら、外から見た僕の立ち位置は、明らかに第一王子《アホ》の参謀であり、側近にしか見えないという場所にあり、実際アドリエンヌ嬢も十把一絡げという眼差しで僕と第一王子とを見据えていた。

ああ、痛い。アドリエンヌ嬢の敵意に満ちた視線と、怯えるご令嬢方の畏怖の視線が、痛いなんてものじゃないな……。

こういうときに限って、方向性を指示してくれるようないつものカチカチ音もしないので、純粋に僕の裁量でこの場をなんとかしなければならない……となると。

考える間もなくエドワード第一王子は舌鋒鋭く、

「クリステル嬢は『何者かに突き飛ばされた格好』で階段から落ちた。それは多数の生徒の証言もあり、また当人の口からも肯定的な言葉が得られている！」

人喰鬼《オーガ》の首でも獲ったかのような口調で断言しているけど、これは絶対に双方の言質を取ったうえでの確定じゃないだろうなぁ。クリステル嬢はきっといつもの調子で曖昧に言葉を濁したのを、阿呆が拡大解釈したんだろう。その有様が目に見えるようだ。

また目撃証言をしたというほかの生徒にしても、「クリステル嬢が何者かに突き飛ばされたのに間違いないな？」と、この面子が頭から決めつけて聞いてきたら、そりゃ「ＹＥＳ」と答えるご機嫌取りや、日和見主義者は出てくることだろう。

とはいえ偽証した彼ら、彼女らの罪を問うのは酷というものだ。誰だって権力を前には萎縮するものだし、まして学生であっても貴族学園に通う以上、一族の代表として家門を背負う責任がある。ならば、長いものに巻かれる処世術は必要不可欠というものだ。

「そして、クリステル嬢が転落した瞬間、彼女の背後を歩いていたその娘たちは、助けの手も差し出さず、それどころか血相を変えて踵を返し、下りかけていた階段を逆方向に駆け上って逃げていった――そうした証言も多数得られている！　人物の特定をするのに少々手間取ったが、お前たちが犯人であるのは明白！　そして、その犯人を隠匿するかのように邪魔をするアドリエンヌ、お前も共犯者……黒幕なのではないのか⁉」

悦に入ってドヤ顔で穴だらけの推論……もとい妄想を、さも事実であるかのように開陳する第一王子。

公衆の面前で面罵され、犯人扱いされた三人のご令嬢方は、この世の終わりのような表情でその場にへたり込み、ほとんど卒倒しかけているようだ。

なにしろ、次の王太子と確実視されているこの国の正統な第一王子に、罪人扱いされているのだから、その絶望感はいかほどであろうか。想像もできない。

なお、ここではまったくの余談なのだけれど、エドワード王子はいまのところ、いわゆる『王太子』（王位継承権第一位の王子）ではない。何度か宮廷から要望はあったらしいのだけれど、枢密院が「時期尚早」といって認めず、その認定行事である立太子礼の開催を突っぱねているらしい（現在の王位継承権第一位は、先々代国王の弟に当たり、五公爵家のひとつベイエルスベルヘン公爵家の家長であるフランシスクス大公、通称フランシスクス大公・六十八歳にある）。

ちなみに枢密院の議長はアドリエンヌ嬢の父であるジェラルディエール公爵であり、半年後に婚約破棄をするため頭脳戦を仕かけているつもりの第一王子《バカ》らと違って、彼は本気で国の浮沈に関わる表裏を掌で転がしてきた妖怪変化みたいな人物であるので、もしかしてなにか僕のような青二才には想像もできない目論みがあるのかも知れないけれど……。

ともあれ、だいたいの状況は掴めた。

うん、明らかに言いがかりだし、客観性はゼロだ。

とはいえ第一王子派は『アドリエンヌ派が悪い』という前提と結論ありきでしか考えていないため、理知的な反論や反証はおそらくは無意味だろう。なにを言っても悪いほうにしか取らない。

で、彼女たちの弁護人であるアドリエンヌ嬢も、これまでの会話で理解したのか、不愉快そうにこめかみのあたりをピクピクさせ、胸のところで組んでいた腕を下ろして腰の前で交差させ——多分「この馬鹿～～っ!!!」と怒鳴って、第一王子のアホ面をぶん殴りたいのを押さえているんだろう。

——ゆっくりと、子供に言い聞かせるように答えた。

「……なるほど。ですが私が彼女たちから聞いた話では、その男爵令嬢とは、ざっと五段以上距離が離れていたそうでございます。そして、突然につんのめるようにして階段を踏み外された彼女の事故を目撃して、恐ろしくなってその場を離れた——まあ、咄嗟に救助や介護をしなかったことについては、彼女たちにも問題がありますが、なにしろこの三人は全員が伯爵家、子爵家のご令嬢方ばかりですので、ドン臭くも階段を三段ばかりコケて心身ともに傷を負う男爵令嬢以上に繊細でございますれば、それ以上に動転してしまったゆえの仕儀と、聡明にして紳士たるエドワード様にはご理解いただけるものと確信しておりますわ」

「――ぐ……」

悔しげに、続く文句の言葉を呑み込むエドワード第一王子。しかしなんだね。彼もこれで学園の成績はわりと優秀なほうなんだよねえ。人間は恋をすると、ここまで馬鹿になるものなのだろうか？と、考え込んでアドリエンヌ嬢の反論の揚げ足を探していたらしい第一王子の視線が、隣で内心辟易している僕の横顔を捕らえて、途端に明るくなった（僕としては嫌な予感が限界突破だけれど）。

「はははははっ！　アドリエンヌ、お前はその三人が離れていたのでクリステル嬢に危害を加えることは不可能。突き飛ばすことなどできないと言ったな？」

「……ええ。左様でございますが」

慎重に言葉を選びながら首肯するアドリエンヌ嬢。

その途端、第一王子の口角が吊り上がり、勝ち誇った表情になった。

「できるぞ！　実際に私はこのロランが手を触れず、〝遠当て〟と呼ばれる技術を使って、丘ひとつ隔てた反対側の〈一角獣《エラスモ》〉を一撃で仕留めたのを見たことがある。ロランと同じことはさすがにできんだろうが、女の細腕でも突き飛ばすくらいは可能だろう。よって犯行は可能だ！」

「そんなことできるわけありませんわ！」

反射的にそう返したアドリエンヌ嬢だけれど……まずいな。これは非常にまずい展開だぞ。

なにしろ第一王子が語った逸話は本当なんだから。

いや、ジーノから素手の格闘技を習った際に『隔山打牛《けっさんだぎゅう》（山を隔てて牛を打つ）』という技があるというので、頼み込んで教えてもらったらあっさりできた……もので、つい、当時はマシだった第一王子に吹聴して、実演して見せたんだよね。

「…………」

アドリエンヌ嬢が思わずという感じで僕に視線を寄越す。

その瞳はペテン師の共犯者を見るような目だけれど、それでも僅かにその奥に揺らぎがあるのは、〈ラスベル百貨店〉の一件で、ルネやエレナから僕に関するさまざまな逸話を（頭から疑っていたとはいえ）聞かされていたからだろう。

「それほど疑うなら、このあとにでもグラウンドか修練場で試してみるがいい。だが、それができると証明されたら、そちらも出すことだな。その三人がクリステル嬢を突き飛ばしていないという証拠を。そうでなければ、俺はそいつらを犯人とみなす」

いや、それ悪魔の証明だよ!?　ないものを証明することなんてできっこないじゃないか！

そう言ってアドリエンヌ嬢のために反論したいけれど、表向きの立場上それができないのがもどかしい。

「――なっ!?　そ、そんな詭弁……いえ、そもそもですが、先ほどもお尋ねしましたが、エドワード殿下はどのようなお立場で、彼女たちを追及しているのですか？　たとえ王族であろうとも――いえなおのこと、すべての貴族・国民に対して公平であるべき王族が、単なる一男爵令嬢の肩を持って、無関係である私の友人たちを貶める権利はないはずでございます。それでもなお横車を押すというのであれば、それはもう王子というお立場を逸脱した、貴方様個人の暴走といっても過言ではございませんよ？　そのお覚悟がございますか！」

さすがはアドリエンヌ嬢。わけのわからない第一王子の屁理屈とがっぷり四つになって応戦する愚を犯さず、最初の問題提起に戻った。

けれど、これだとまた第一王子がクリステル嬢との関係を暴露して、アドリエンヌ嬢に対して婚約破棄を宣言しかねない。

なので、馬鹿が反応する前に、機先を制して僕が一歩前に踏み出した。

「僭越《せんえつ》ながら一言よろしいでしょうか？」

そう、第一王子とアドリエンヌ嬢に確認する。

さすがにお互いに感情的になり過ぎてマズイ流れだと感じているのか、ふたりとも不承不承頷いた。

「――では。アドリエンヌ嬢に、エドワード殿下に代わり最前の問いに対して回答させていただきます。なるほど、確かに殿下は一学園生でありますが、同時に生徒の代表である『生徒会』の会長でもあります」

ま、実際には単なる名誉職で、王族の子弟が入学した際には貴賓室である『専用サロン』を与えるための方便でしかなく、実際にやることといえば、年に一回の入学式に生徒代表として挨拶するくらいなんだけどね。

「つまり学園においては生徒の代表者であり、教員にも伍する公人という扱いになっております」

そう指摘したところ、「あっ」という顔になるアドリエンヌ嬢とエドワード第一王子本人（あと取巻き連中）。いや、関係ないアドリエンヌ嬢はともかく、自動的に生徒会長と役員に任命されている（僕は副会長）あんたらが、揃《そろ》いも揃って自覚ないとかどーなんだろうね。

「その立場から、クリステル嬢の事故が起こった場所を確認し、事故の原因究明と再発防止のために働くのは当然の責務と考えられませんか？」

「ふははは。そう、その通りだ！　俺……私もそれを言いたかったのだぞ、アドリエンヌ」

「……なるほど」

案の定、尻馬に乗って増長する第一王子。

アドリエンヌ嬢のほうも僕の台詞を噛み締めるように小考してから、納得したように頷いた。聡い彼女なら理解しただろう、有耶無耶のうちに事実を事件ではなく『事故』として、第一王子の立場を『生徒会長』と限定した僕の思惑について。

ふう……。これでどうにかこの茶番劇を『学園内で生徒が巻き込まれた事故を、生徒会が主導して調査する探偵劇』という体《てい》に持ち込めた。

そう密かに安堵する僕。人前でなければハンカチーフを取り出して、冷や汗を拭っていたところだ。

こんな綱渡りの状況で焦ったのは、錯乱した〈大巨獣《ベヒモス》〉を取り押さえ、そのあとでトチ狂ったロズリーヌ第三王女からもの凄い勢いのアプローチを受けたとき以来だろうか。

あのときは、表ではルネが神殿とタッグを組んで防波堤となり、裏ではエレナとジーノたちが王国の暗部を向こうに回してスッタモンダの妨害工作を行い、さらには隣国の自治領にいる魔王オニャンコポンの耳にまで騒ぎが届いたものだから、さあ大変っ。

「たかだか第三王女如きが、妾の勇者に取り入るつもりであるか!!」と、激怒。

「え～～っ……」と、宥めに隣国まで足を運ばされた僕。

形として『神殿』『勇者』『王女』『魔王』が出揃って、役満での四つ巴の最終戦争直前までいったんだよねえ（諸悪の根源が王女様というわけなので、表には出さなかったけど）。

今回もまあ心底バカバカしいことに、客観的に見れば第一王子派が無駄に大騒ぎしているだけで、その実態は『クリステル嬢が階段で転んだ』というだけの迂闊な話だものなぁ。

これって蒼陶国の諺にある『大山鳴動して鼠一匹』の状況じゃないのかな？　いや、もっと適当な喩えがありそうな気がするけど、一家言あるルネはこの場にいないから、微妙に物足りないなあ……と思うのだった。

その当人《ルネ》だけれど、現在はエディット嬢ともども僕の指示に従って〝証人〟を連れてくるべく奔走しているところなので、文句はいえない。

ふたりが戻るまで、なんとか時間を稼ぐのが僕の役割だろう。

一方でエレナといえば……ときたま柱の陰や物陰でチラチラとスカートの裾が覗いているのが、わざとらしいというかあざといというか。

（段取り通りなら周囲に十八番《おはこ》の〝糸〟を使った結界を張って、それから追い込んでいるってとこ

ろかな？　意外と手間取っているっぽいな）

左手が本調子でないせいか、案外手強いのか、あるいは単に手を抜いて、シミーズの白をチラ見せすることで、ほんのり「うっふん♪」アピールしているのか……エレナの場合は判断に迷うところだ。

ま、できればこんな小細工を弄せず、無難に学園の教職員にあとを任せて、この場にいるエドワード第一王子以下取巻き連中には解散してほしいところなのだけれど、

『裏で策謀を巡らし幼気《いたいけ》なクリステル嬢をイビリ倒す、まさに悪役令嬢たるアドリエンヌに正義の鉄槌《てっつい》を下す！』

と息巻いているこの連中に、通り一遍の常識的な提案をしても納得しないだろう。

そうなると、この場で事実と連中が納得できる結論を提示して、なおかつアドリエンヌ嬢が譲歩できるラインまで擦り合わせをしなければならないだろう。

それもアドリブで。

（うわ〜〜っ、面倒臭《くせ》え〜〜っ）

そう思って、事の元凶である第一王子に、思わず恨みがましい一瞥を投げてしまったところ、

「ん？　なんだロラン、なにか気苦労でもあるのか？　気のせいか厄介者を持てあましているような……まさか私のことではないだろうな？」

なんで普段は鈍いのに、変なところだけは無駄に直感が働くんだろうなあ。

「いえ、とんでもございません。このような些事《さじ》で殿下の貴重なお時間を浪費するなど、本来であ

れぱあってはならぬこと。力及ばぬ我が身の非才さを憂いていた次第でございます」

取って付けた言い訳に、エドワード第一王子は「そうか」と肩をすくめて見せてから、不意に目つきを鋭くして、僕の底意を測るような表情になった。

「だが、いまの視線はそれだけではないだろう？」

意味ありげな口調と視線に、まさか馬鹿の直感で、僕がすでに第一王子を見限ってアドリエンヌ嬢側についた、その翻意を見破られたか⁉　と、内心大いに焦りながら、

「……と、おっしゃいますと？」

しらじらしく白を切る。

「ふふん。ロラン、お前はいま俺を恨んでいるだろう？」

「まさか！　そのようなことは……」

「ふん、白々しいぞ。わかっているさ。昨日、午後から帰ったお前を差し置いて、俺たちだけが医務室にいたクリステル嬢を見舞って、ねぎらいに対する礼の言葉をもらったからな。出し抜かれたと思って恨んでいるんだろう？」

俺はわかっているぞ、という自信満々の表情で、思いっ切り明後日の方角に考えを飛躍させる第一王子。

うん。よかった。この人、直感は凄いけど、それ以外の部分が幸せに残念だったんだ。

「――ふっ、おわかりになりましたか」

なので適当に合わせておく。

「ご明察でございます。私ひとりが蚊帳《かや》の外であったことに、少なからず気持ちが落ち着かないものを感じておりました」

「すまんな。なにしろ時間がなかったし……事を秘密裏に進めたほうがいいという意見もあってな」

そう口に出しつつ、第一王子の視線が再びちらりとドミニクへ巡らされ、ドミニクはわざとらしくソッポを向いた。

（なるほど、これもドミニクの進言か。ご苦労なことだ……）

そう察した僕が苦笑したのを不本意な苦笑いと判断したのか、決まり悪げに「悪かったな」と鷹揚に、王子様らしく謝罪も胸を逸らせて済ませるエドワード殿下。

第三者が見たらとても謝っている態度ではないけれど、僕の知る限りこうして彼が陳謝の言葉を口にするなど、三年前に姉姫である第二王女の嫁入りのため一年がかりで編み上げたヴェールを破いたときと、五年前に弟であるジェレミー王子が愛用していたティーセット（国王陛下が下賜された国宝級）を割ったとき以来の快挙である。

一応は最大限に配慮して、落とし前をつけたつもりでいるのだろう。多分。

「勿体ないお言葉にございます。申し訳ございません。我が身の幸せは殿下の幸せ。殿下がクリステル嬢より感謝の言葉をいただいているのであれば、それは我が身にかかった幸福も同じこと。そのような臣下として自明の理も失念するとは……心より陳謝いたします。まこと殿下のお言葉で蒙が啓けた思いでございます」

さすがは第一王子の取巻き（幇間《ほうかん》ともいえる）歴十一年。我ながら呼吸をするように、無意識に太鼓持《ヨイショ》ちできる。そんな自分の口車が怖いわ。

僕らのいつものやり取りに苦々しい表情をしているアドリエンヌ嬢と、訳知り顔でウンウン頷いて追従している、ほかの取巻き連中。

「ふっふっふっ。さすがは我が股肱の臣よ。ならばわかっているだろう。その調子で俺に代わって、こやつらの罪を思い知らせてやれ！」

上手い具合に丸投げしてくれたエドワード第一王子。

「承知いたしました。――そろそろよろしいでしょうか、アドリエンヌ公爵令嬢？」

猿芝居と腹芸の準備は整っていらっしゃいますか、アドリエンヌ嬢？　と、言外に匂わせながら、改めて彼女と視線を合わせる。

「さて――」

「「………」」

続く僕の台詞を待って固唾を呑んでいる第一王子（プラス取巻き連中）とアドリエンヌ嬢。

全面的に自分たちの味方だと頭から信じて疑っていない第一王子たちは、当然、僕がアドリエンヌ嬢をやり込めるのを期待しているのだろう。

アドリエンヌ嬢は、先ほどの台詞で僕が考えるこの騒動の落としどころを理解しているだろうから、ある程度腹芸にも応じてくれるだろうけれど、僕らに対する不信感が根強いのは想像にかたくないため、理屈はわかっていても理性よりも感情を優先する可能性がある。

先日の〈ラスベル百貨店〉でのやり取り（一方的に罵られただけのような気もするけど）で、多少なりとも僕に対する感情がプラス方向に働いてくれればいいのだけれど……。

　そんな希望的観測とともに、僕はアドリエンヌ嬢から僅かに視線を外して、その背後で一塊になっている三人のご令嬢方を凝視した。

「これまでの双方の話を聞き、また、現場であるここを見て、僕は確信を持ったことがあります」

　頼むから僕を信じてくれよ。と、願いながら僕ははっきりとした口調で、ご令嬢方を糾弾した。

「それは貴女方三人が嘘をついている。真実を偽証しているということです！」

「なっ――!?!」

　反射的に気色ばむアドリエンヌ嬢と、してやったりとばかり喝采を叫ぶ第一王子たち。

　時ならぬ喧騒が踊り場に巻き起こった。

第五章　探偵は遅れてやってくる（打ち合わせ通り）

半分気を失っていた三人のご令嬢方だったけれど、僕の声は辛うじて聞こえていたのだろう。もとから蒼白だった顔色がさらに白くなった。

「そ、そ、そ……」

「そのようなわけがありません。そのように無体なお言葉を口に出されるのでしたら、それ相応のお覚悟があるのでしょうね？」

うわ言のように「そ」を繰り返す被疑者であるご令嬢の言葉を取り成して、通訳してくれるアドリエンヌ嬢。ま、彼女の即興の文句も多分に含まれている気がするけれど……。

う～ん、やばい。まだ喧嘩腰ではないけれど、深く静かにドロドロと怒りを溜めている口調だ。気のせいか怒りのオーラが般若顔で透かし見える。

「無論です。先ほどエドワード殿下は〝遠当て〟について言及されましたが――ああ、実際にやったほうが早いだろうね。ドミニク、悪いけれど協力してくれ。階段を下りて背中を向けてくれないかな。五段ばかり下がって」

気楽な口調でそうドミニクを振り返って頼んでみたのだけれど、

「なっ……なんで私なんですか、ロラン公子⁉」

そんなもん当て付けに決まっているじゃないか。

「いや、一番階段を下りやすい位置にいるからさ。それだけなんだけれど、嫌かい？」

そう言ってもなおも躊躇するドミニクに向かって、第一王子が鶴の一言を投げかける。

「ロランにはなにか考えがあるようだ。それとも俺の右腕であるロランを疑う気か？」

さすがにそうまで言われて従わないことには、逆に不興を買う。そう判断してしぶしぶ階段を下りるドミニク。距離を置いて立ち止まったところで、露骨に警戒しながら首だけ振り返って僕を睨め付ける。

「――これでよろしいかな、ロラン公子？」

背後から味方を撃つつもりじゃないだろうな？　と、猜疑心に溢れたその顔に、爽やかな笑顔を返す僕。

「ええ、ではいまから背後から撃ちますので、ご注意ください」

「なあ……ちょっ⁉」

「大丈夫、十分に手加減しますので――ほいっ」

「待て――痛っ‼」

手加減というのも生温い、小指の先で蟻を潰さないように細心の注意で払い除ける、その程度の感覚で放たれた〝遠当て〟がドミニクの頭を掠め、吹き抜けのホール全体を揺らした。

髪の乱れた頭を抱えてその場に蹲り、恨みがましい視線を僕に向けるドミニク。

そんな彼に「申し訳ない。ご協力感謝するよ、ドミニク」と慇懃に礼を述べてから、興味深そうに実験の結果を眺めていた第一王子に向き直った。

「――と。位置関係でどうしても当たる箇所は頭になります」

まあ、達人級《マスター》なれば自在に操ることも、空を足場にして位置を変えることも可能だけれど、そこまで言及しなくてもいいだろう。

「さて、不意に頭に衝撃を受けた場合であれば、ああして本能的に頭を抱えて身を守るのが普通でしょう」

「うむ、確かにそうだ」

「しかるにクリステル嬢は、咄嗟に前に手を突き出して体を支えようとした……間違いございませんね？」

「ああ、そう聞いている。その直前に衝撃を感じたそうだ」

我が意を得たりとばかりに頷く第一王子と、

「……前のめりに転んだ、というのは彼女たちの証言とも一致しています」

不本意そうな表情ながら、そこは公正に答えてくれるアドリエンヌ嬢。

「普通に考えて階段で転ぶときは、雑談などで足元が疎《おろそ》かになっていた……そう考えるのが妥当ですが。当時はクリステル男爵令嬢はひとりだったのですよね？」

「ああ、俺も午後から公務の予定があったので帰り支度をしていたし、ほかの者たちもクリステル嬢とは別な講義や実技を履修していたのでな。迂闊だったが……」

情感たっぷりに嘆き節を炸裂させる第一王子だけど、本来、この学園は単位制なのだから、僕を含めて最高学年にもなれば、講義を受講する必然性はほとんどない。

領主貴族の跡取りや王族ともなれば、普通なら領地経営や帝王学、実務を積むことに日々忙殺されるのでなおさらだ。それでも、この連中がちょくちょく学園に顔を出しているのは、ただ単にクリステル嬢目当てでしかない。少しは自重しろ。お陰で僕まで様子を見に顔を出さなければならないだろう。

まあともかく、クリステル男爵令嬢がビッチ――じゃなくて、普段ボッチなのは確かだ。

そのあたりを重ねて確認すると、三人のご令嬢のなかでひとり気丈な伯爵令嬢が、「は、はい、間違いなく」と肯定したことで確実となる。

「そうなると、普通に歩いていて足元が疎かになるなど、まして足の運び方にもマナーのある貴族令嬢ではまずあり得ないはず。そう、誰かに背中を押されたか……なにかが上からぶつかりでもしない限り――」

途端、三人が一斉に息を呑んで華奢な背中を戦慄《わなな》かせる。

その有様は、まさに秘匿していた罪を暴かれた罪人のそれであった。

「やはりな!!」

「やはりそうだったか!」

「貴族の風上にも置けぬ悪女めが!」

それ見たことかと笠にかかる、エドワード第一王子とその取巻き連中。

アドリエンヌ嬢もまさか、と驚愕の目で三人を振り返ってみる。

「――ち、違うのです。あのとき、一瞬ですが天井からなにか……黒い毛玉のような、なんだかわからない、ですが恐ろしいモノが落ちてきて、目の前にいた女子生徒に圧しかかり……それで、彼女が悲鳴を上げて転んだのを見て、助けようとは思ったのです。本当です！　で、ですが。途端にソレが黄色い目で、私たちのほうを振り返って笑って、それで恐ろしさのあまり……」

「……その場から逃げたというわけですわね」

「は、はい。私たちは、もう、なにがなんだか……なにか子供の頃に見た悪夢のような出来事に、とても現実のこととは思えず、お互いに忘れようと……」

切々と訴える伯爵令嬢と、それに追随して涙ながらに何度も何度も頷くほかのふたり。

「――ふん。今度はわけのわからん怪物の仕業ときたか。馬鹿馬鹿しい。そんな言い訳が通用するわけがあるまい！」

当然ながら言下に否定する第一王子たち。

「決まりだな。お前たちがクリステル嬢を階段から突き落とした！　しかるに、そのうえで罪を認めず見苦しい言い訳を繰り返す。なんたることかっ、清廉《せいれん》であるべき貴族学園の淑女の行いとはとうてい言いがたい。しかるべき処分を言い渡すゆえ覚悟しておくがよい！」

第一王子による最終通告を前に、三人のご令嬢方はついに「「「う～～ん……」」」と、白目を剥いて失神してしまい、気丈なアドリエンヌ嬢もさすがに形勢が悪いのを感じて、

「お待ちください！　それを決めるのは殿下ではなく学園の――」

必死に食い下がりながら、『なにしてんのよ、さっきの腹案とシナリオが違うじゃないの⁉』と、僕のほうへアイコンタクトというか、射殺さんばかりの視線を投げて寄越す。

「ふん。ならばこの場で証拠を出すことだな。化け物がいたという証拠をな。そんなものがあるならば……だが」

せせら笑う第一王子と、侮蔑の笑みを浮かべる取巻き連中。

そんなアウェーの洗礼を受けて、唇を噛んだアドリエンヌ嬢がついに感情を爆発させようとした、その刹那——


「——待ってください。証拠ならあります!!」


「げ、エディット……?!」

待ち望んでいたタイミングで凛とした声が轟き、悠然たる足取りでエディット嬢が下から階段を上がってきた。

そんな彼女を見て、さっき乱れた髪型を手櫛で整えていたドミニクは、あからさまに顔を引き攣らせる。

婚約者である彼へ軽く目礼をするエディット嬢だけれど、ドミニクの奴は迷惑そうに視線を逸らせるだけだった。

そんな、婚約者に対する貴族の令息とも思えない冷淡な対応に、軽く眉をひそめたアドリエンヌ嬢が一言ドミニクに対して注意しようとした——多分——その気配を察して、エディット嬢がそっと目配せをしながら、小さく首を振って押し止めた。

「…………」

さすがに当事者間のことにこれ以上、突っ込んだ真似はできない……と、常識をわきまえているアドリエンヌ嬢は開きかけた口を閉じて、懐から取り出した貴族のご令嬢のマストアイテムである扇を広げて口元を隠し、その代わりとばかり持てあました怒りの詰まった視線を僕に向けてくる。

『これは貴方の仕込みなの？　エディットまで巻き込んでどう落とし前をつけるつもりよ⁉』

『まあまあ落ち着いて。大丈夫ですから。ここからのターンはそちらのもの。鷹揚に構えて、都合のいいところで手打ちにしましょう』

一瞬のアイコンタクトで大まかにそんな意思の疎通を図り、軽く頭を下げたところで、どうにか気持ちに折り合いをつけてくれたらしいアドリエンヌ嬢は、

『ふん、検察官気取りかしら？　覚えてらっしゃい』

と、軽く鼻を鳴らしてから表情を外向きに変え、扇を畳んで、大輪の花が咲いたような満面の笑みでエディット嬢を迎え入れる。

「まあ、エディット！　来てくれたのね。貴女が伝言をくれたお陰で、こうしてこの場に馳せ参じることができたわ。ありがとう、貴女のお陰よっ」

その言葉に第一王子以下取巻きたちは、そもそもなぜこの場にアドリエンヌ嬢がいるのか、三人のご令嬢を守る立場で立ち塞がっている理由（朝、すれ違ったエディット嬢が注進した結果である）を察して、揃って渋い顔になったあと、一言婚約者に釘を刺さなかったドミニクに向かって非難するような視線を向けた。

恨みがましい視線で一斉に吊るし上げにされたドミニクは狼狽し、第一王子に取り成しをお願いするような……媚びるような表情を向けたけれど、その彼が一番立腹しているようで、苦々しい表情のままプイと顔を背けた。

（——ふっ……。殿下の不興を買うとは、馬鹿が）

（勝手に転落しやがった）

（これで奴は側近ナンバーⅡから脱落だな）

（ふん、もともと伯爵家程度の家柄の奴には荷が重かったのだよ）

と、その様子を眺めていたほかの取巻きたちは、一様にドミニクの無様さをせせら笑う。

仲間であっても所詮は貴族同士。力関係や浮き沈みには敏感であり、隙を見せるほうが悪いという認識なので、同情するようなアマちゃんはいないのであった。

昨日の友は今日の敵。おお怖い怖い……と、すでに精神的には別の陣地から高みの見物気分で他人事として見る僕。

「——御前、失礼いたします。エドワード殿下、ならびに皆様方。突然の無作法で申し訳ございません。ですが、私もある意味一方の当事者でございます。可能であれば発言をお許し願えないでしょうか？」

階段を上がり切ったエディット嬢はアドリエンヌ嬢の傍らへ着くや、スカートを摘んで恭しく第一王子に向かってカーテシーをする。

そうしながら、気圧《けお》されることなく真っ直ぐに前を見据える彼女の視界には、すでに無様な婚約者《ドミニク》の項垂《うなだ》れた姿は映っていないようだった。

（この調子なら、彼女には折を見て婚約破棄の陰謀を話したほうがいいかも知れないな……）

気の弱い令嬢ならショックで錯乱するかも知れないけれど、彼女ならなんとなく大丈夫そうだ。

「う、うむ。直答を許す……で、証拠とやらは本当にあるのだろうな？」

そんな彼女の気迫に押されてか、歯切れ悪く第一王子が首を縦に振った。

「はい。ここにその証拠がございます」

そう言って、彼女がスカートのポケットに手を突っ込む。

予想外のその動きに、第一王子の背後に控える取巻きたちが、

「ぬっ、無礼な⁈」

「なんだ……？」

「気を付けろ、武器ではないのか⁉」

「スカートってポケットがあるんだなぁ」

と、こぞって警戒をあらわにする（ひとり変なところに感心しているマクシミリアン《ピント外れの奴》がいたけれど）。

なので、自然な態度で僕が第一王子を護る形で一歩前に出た。

「——これです」

で、目の前に差し出されたのは、例の黒い毛と細かな鱗のようなものが詰まった硝子瓶である。

「これは……？」

と、いささか棒読みで疑問を発する僕。

「私が今朝方ここで採取したもの。――人を転ばせて喜ぶ魔物〈グレムリン〉の体毛と皮膚の鱗でございますわ、ロラン公子様」

傍目には警戒しつつ困惑の表情を浮かべる僕と、自信ありげにみすぼらしい毛と鱗が入った〝証拠〟を鼻息荒く提示するエディット嬢の構図。実際は事前に打ち合わせていた通りの猿芝居であり、角突き合わせながら、お互いに内心では親指を立てる僕たちだった。

「〈グレムリン〉の体毛だと？　なんだそれは？　聞いたこともない魔物だが」

僕の肩越しに硝子瓶を覗き込みながら、どうにも疑わしげな口調で第一王子が口を挟んだ。

まあそうだろうな、と思いながら僕はつい先刻――階段下での舞台裏の打ち合わせを回想する。


「なんとかドミニク様にお願いをして、エドワード殿下との仲立ちをしていただいて、誤解を解いていただくしかございませんっ」

決然とそう言い切るエディット嬢だけれど、その肝心の婚約者《ドミニク》の心は、すでに彼女にはないわけで、そうなると一方的にエディット嬢が傷を負うだけで、事態は進展どころか悪化するだけだ。

「……なんとかなりませんか、お義兄様？」

悲痛な表情のルネにお願いされた僕は、「う～～ん……」と考え込むことしかできない。

「煮え切らない返事ですねえ。上からは死角になって見えないんですから、いっそ事故を装って階段ごと若君が切り崩して、証拠隠滅を図ったらどうでしょうか？」

いちいち短絡的というか、攻撃的なのはエレナだ。

「そんなわけに……ん？　死角？　下から……いや、あの場合は上か？　それと……んん？　すまない、エディット嬢。先ほどの瓶に入ったモノをもう一度見せてもらえませんか？　ああ、そっちじゃなくて、毛と鱗のほうを」

ガチガチガチガチと頭の中でいくつもの歯車が回り、ひとつの形を取ろうとしていた。

先ほどから感じていた違和感の正体。

「……これがどうかされましたか、お義兄様？」

「見たことがない動物の毛と鱗ですね。あ、なんとなく、昨日の〈番魔犬《ケルベロス》〉の毛と尻尾の鱗に似ているような気もしますね。大きさは段違いですが」

「ええ、ご明察ですわ。多分ですが、これはなにがしかの魔物の痕跡だと思います」

小首を傾げるルネと、面白くもなさそうな顔で左手を押さえるエレナ。そして、したり顔で解説してくれるエディット嬢。

「――そうか！　違和感の正体は敵対的な魔物が近くにいるからか。それで本能的に警戒していたってわけか……」

合点がいった途端、バラバラに分解されていた欠片《ピース》がひとつの形に収斂《しゅうれん》した。ガチッ！　と噛み合った音が響いた。

「……そういうことか。エディット嬢、至急この魔物の正体を解明することはできますか？」

「は、はい。学園の図書館にある万国魔物百科事典で調べれば、おそらく」

「ならば大至急お願いします！　それとルネとエレナも急いでやってもらいたいことがある。それは……」


ということで、どうにか間に合ったらしい。

それにしても〈グレムリン〉ねえ。あれはもっと北方にいる魔物じゃなかったのかな？　生態系が変わったんだろうか？

「それが証拠だと？　示し合わせて言っているだけではないのか？　第一ここに、そんな聞いたこともない魔物が本当にいるのか？」

これまた当然ともいえる第一王子の疑念に対して、またもや聞き慣れたソプラノの声が割って入る。

「そのための証人を連れてきましたわ！」

聞こえてきた第三者の声に、一同が階段の下へと視線を巡らせれば、ルネがしずしずと階段を上ってきた。

その背後には五人ほどの小人——学園に勤務している〈家妖精《ブラウニー》〉たちが、かったるそうな足取りでついてきている。

「……まったく、朝からなんの騒ぎぞな、もし？」

「仕事の途中ぞな。迷惑千万ぞな」

「そういうな。エディット嬢ちゃんが困っているそうだからのぉ」

「……ならしょうがないか」

「ん？　あそこにいるのは女の尻を追いかけ回す馬鹿王子一行じゃぞ」

マイペースさと傲岸不遜さでは第一王子をも上回る〈家妖精《ブラウニー》〉の集団を前に、僕とエディット嬢、そして連れてきたルネ以外の全員が顔をひくつかせる。

side：野郎たちの挽歌（そういえばいたね）

貴族の屋敷や王宮には、必ずといっていいほど隠し部屋や非常時の脱出路が確保されている。

多くの貴人や要人が在籍するここオルヴィエール貴族学園もまたご他聞に漏れず……というか、他に類を見ない規模で、その手のギミックには事欠かない造りがなされていた。

なにしろあのジーノをもってすら、「これを隅々まで探索するのは無理ですな」と、言わしめた代物である。

噂によればこの学園の前身は、およそ七百年前に当代随一と謳われた《迷宮設計師《ラビリンス・メーカー》》ダイダラが設計した地下迷宮であり、その上に現在の学園の建物を増設した形でできているとか。

あまりにも複雑精緻な迷宮は、いまなお健在。噂では太古の邪神が地下最下層に封じ込められているとされ、無謀な侵入者には容赦のない死の裁きを下す。現在までにどうにか地下一階部分と二階の半分ほどは攻略できたものの、そこより先は不可侵領域として封鎖されている。下手に通路の奥に進んだ者は脱出不能。そもそも地下何階まで続いているのかも不明というわけで、その全体図を把握しているのは、当時の設計者であるダイダラ本人以外には存在しないだろうとさえいわれている。

ということで、比較的安全が確保されている地下一階部分にある地下室や地下通路の場所を把握しているのは、学園に長年勤務する一部の教職員と、例外的に万一に備えて避難場所とできるよう、王族とその関係者だけには伝えられている（それもごく一部）とのことである。

もっとも秘密というモノはどこからともなく漏れるものであり、公然の秘密である学園の深部を暴くため有象無象――うちを含めた各家の〈影〉や他国の工作員、そしてなにより、手付かずの『ダンジョン』を探索して、古代の遺物や財宝を手に入れようと、いまだに細々と命脈を保っている『冒険者』と呼ばれる、いわゆる山師《やまし》・墓泥棒・不徳漢・ペテン師の代名詞である不正規労働者たちが、鵜の目鷹の目で、今日も今日とて密かに攻略を進めているのだった。

そんなオルヴィエール貴族学園の地下通路の一角。

薄闇のなか、手持ちの角燈《ランタン》ひとつで照らされたそこに、十人ほどの身なりと人相の卑しい男たちが屯《たむろ》していた。

「……クソガキが。許さねえ、絶対にあのツラをボコボコにしてぶっ殺してやる。殺す殺す殺すころすコロス……」

使い込まれた中剣を手に、ブツブツと気が触れたような目つきで、しつこく繰り返しているのは、あの日〈ラスベル百貨店〉でロランに昏倒させられ捕縛されたはずの武装集団のひとり、イーゴリと呼ばれた若い男である。

身に着けているものは、薄汚れた麻の上下に時代遅れの革鎧という、前回と大して変わらない装備だが、二点だけ違うところがあった。

一点は被っていた帽子がないので、隠していた牛に似た短い角と耳があらわになっていること。

もう一点が、首元に赤い宝珠《オーブ》の付いた首輪を着けていることである。

よく見ればほかの襲撃者たちも似たようなもので、ある者は二の腕に鱗があり、またある者は猫のような耳と瞳孔を持っていたり、ある者は膝から下が山羊のような形状になっていた。

いわゆる『魔族』と総称される雑多な形状を持った亜人種であり、かつては人類の天敵と呼ばれて恐怖の代名詞となった『魔神』の眷属であり、いまとなっては大規模な集落は隣国の自治領だけとなった、斜陽種族の後裔である（ちなみに一応は人に準じる人権は保障されている）。

さらに見る者が見れば彼らの首にかかっているのが、五十年前に国際法で廃止された『隷属の首輪』（施術者の命令には絶対服従。一定時間ごとに施術者の魔力が補充されないと自動的に死ぬ）だと即座に看破したことだろう。

切っ先まで三メトロンほどもある自分の背丈よりも長い斧槍《ハルバード》を手に、どこか陰鬱な表情で壁際に座り込んでいた巌《いわお》のような大男で、熊の耳と、隠れて見えないが背中に鬣《たてがみ》、口には鋭い牙を持った魔族であるキリルは、そんなどこか常軌を逸した仲間の様子に、太い眉根を寄せてため息をついた。

（……馬鹿が。目先の復讐にはやって、自分らが捨て駒にされたのもわからんのか）

本来であれば縛り首にされて当然のところ、どんなお偉いさんの圧力がかかったのかは不明だが、秘密裏に牢から連れ出され、こうして挽回の機会を与えられている……ということになってはいるが、この首輪を嵌められた時点で道具にされ、使い潰される未来は確定したも同然である。

仮に首輪をどうにかしたとしても、人間世界ではお尋ね者であるし、穏健派である現魔王様の影響下にある魔族の町にも顔を出せないのは当然として、失敗して顔が割れた以上、強硬派（過激派ともいう）である大公の派閥にも居場所はないと考えるべきだ。

「なんすかキリルさん、浮かない顔をして？　いい塩梅にこの国の第一王子や高位貴族の餓鬼どもも、そしてあの〈勇者〉もなにも知らずに集まってきたんですよ。絶好の機会じゃないですか！　討ち取ったら俺らは魔族の英雄ですよ!!　小娘に怪我をさせて終わりのショボイ仕事かと思っていましたけど、こんな機会は二度とないですよ！」

禿頭で額のところに第三の目を持ち、希少な《魔物使い《テイマー》》の技能をいまに残す魔族の仲間の息巻く昂ぶった声に、ますますキリルの眉の間にある皺が深くなる。

（勝てるわけがなかろう！　この間の一件、まったくのお遊びだったアレにまったく手を触れることすらできなかったのだぞ!!）

一合でも打ち合えれば、ある程度相手の力量は読めるものだが、触れることすらできないとなれば、いまだまったく実力の底が読み切れない、隔絶した差があると見るべきだろう。

（そも〈神剣の勇者《やつ》〉はかつて前大公閣下を単身で斃《たお》した男なんだぞ！　あ、あの怪物のような大公閣下をだっ！）

一般的に魔族はその内包する魔力や力量《ちから》に応じて、外見が人間離れするものだ。現在の魔王陛下はその見かけ同様に《最も弱き魔王》として自他ともに認める存在だが、もしも時代があと百年早ければ、おそらくは前大公閣下こそが魔王となっていただろう。そう誰しもが認める畏怖すべき外見と実力を持った魔族であった。

キリルも若い頃に一度だけ拝謁賜ったものだが、彼の前では己が痩せた仔犬になった気がしたものである。

（それに勝った相手だぞ！　不意を打ったからといって、寄せ集めの素人集団が勝てるわけがない……）

だが、ほかの連中はわかっちゃいない。『魔族』の誇りだ。権威だ。雪辱を果たすべきだ――などとお題目を掲げておだてられているが、本物の〈魔族〉の凄さを、そしてそれに対抗できる〈勇者〉の出鱈目さを。所詮は伝聞やお伽噺としてしか知らないから、こうして能天気になれるのだ。

復讐の機会を虎視眈々と狙う部下たちを見据えながら、キリルはもはや、彼らをどう捨て駒にして自分が生き残るか……それしか頭になかった。

『ほかの連中はどうでもいいわ。それよりもアドリエンヌに――赤毛の女を始末なさい。最低でも顔に残る傷を付けるのよ。それくらいならできるでしょう？　そのためにあの方から賜ったこれを、お前たち下賤な魔族に渡しておくわ。一般的に出回っている薬効を薄めた粗悪品〝バング〟ではなく、正真正銘の〝ハッシュ〟よ』

以前の依頼の際に、一度だけ顔を隠してやってきたかなりの高位貴族らしい女が残していった言葉と、小ぶりの瓶に入った草色の抽出エキス。

その掌に乗るほどの素焼きの瓶を懐から取り出してしみじみと眺めながら、キリルはこの場をどう切り抜けるか。それだけを考えていた。

よほどあの娘に怨みつらみがあるらしい。女は怖いと思ったものだが、あるいはそれが突破口になるかも知れない。

（こいつらが一斉に勇者に向かっていき、前回同様に勇者が手加減したとしたら、確実に隙ができ

るはず。そのときに赤毛の娘をどうにかできれば、雇い主と交渉できるかも知れねえな）

いや、もはやそれしかないだろう。

そうキリルが方針を固めた瞬間、三つ目の男が顔を強張らせた。

「――ぬっ⁉　何者かに俺の〈使い魔《ファミリア》〉が捕まったようです。くそ、油断した！」

どうやら小細工と斥候代わりに階段付近に待機させていた〈グレムリン〉が、何者かに捕縛されたらしい。

こうなれば時間との勝負である。

「――よしっ。お前ら、これを飲んでおけ。ただし気を付けろよ。ひとり一口だ」

そう言うと全員の顔を見回して、まずはキリル自身が一口、口に含んで嚥下する真似をした。

「なんすか、これは？」

「気付け薬みたいなもんだ。ま、酒精を濃くしたようなもんだと思え」

臆面もなく嘘の情報を伝えるキリル。その言葉を信じて、イーゴリを筆頭に仲間たちが瓶を回し飲みして、一周してキリルの手元へと戻ってきたときには、ちょうど空っぽになっていた。

「うおおおおおおおおおおおおっ！　なんだか体の芯から力が湧いてがｐ＠おいあｓｄ；‼」

「うあｆぽうﾞｚｌうﾞぁｓｄ‼！」

「０ぷぇあｇっっｐ０あ０ｓ９あ⁉！」

「くぁｗせｄｒｆｔｇｙふじこｌｐ；＠‼‼」

効果は覿面であった。魔族といっても魔力も低く、人と比べて僅かな差異しかなかったはずの連中の魔力がいきなり数倍に跳ね上がり、さらには獣や蛇などの特徴を持った者たちの姿がさらに歪んで、異形の存在へと、ほんのひとときの間に変貌していくのだ。

それに合わせて精神性もより凶暴さを増したようで、いまはどうにか仲間同士という認識を持ってはいるようであったが、この様子ではそうした精神的なリミッターが外れるのも、そう遠くはないだろう。

そう判断したキリルは、

「ヨシッ、いくぞ野郎ども！　人間の貴族連中に目にモノ見せてやれ‼」

斧槍《ハルバード》を掴んで勢いよく立ち上がると、ありったけの魔力を注ぎ込んで『精神干渉』の魔術が籠もった胴間声を張り上げた。

その叫びに呼応して、ほかの仲間たちも一斉に武器を掴んで鬨《とき》の声を張り上げた。

目指すは上階、この通路の先にある階段を上れば、連中の足元に出られるはずである。

なにも知らずに平和でぬくぬくと暮らす貴族の餓鬼どもに地獄を魅せるべく、まさに地獄から這い出そうとする妖魔の如き男たちは理性を捨て、我先にと血に飢えた目つきでだらだらと涎《よだれ》を垂らしながら走り出すのだった。

第六章　〈神剣ベルグランデ〉光臨！（各方面には事後承諾で）

相手が王子と高位貴族の令息令嬢であろうとお構いなしに、そのままズカズカと、なにも考えないで第一王子のいる階段最上部の踊り場まで上がってきそうだった〈家妖精《ブラウニー》〉の集団を、慌てて手前の踊で押しとどめるルネと、身を翻してそれに加勢するエディット嬢。

本来、妖精種は公的には準平民であるので、貴族や、まして王族と直接言葉を交わせる身分ではないのだが、彼らに言わせれば、

「儂らの王様は〈妖精王《オベロン》〉と〈妖精女王《ティターニア》〉じゃからの。人間同士が決めた身分なんぞ関係ないぞい。文句があるなら出ていくだけぞな」

と公言して憚らず、実際に機嫌を損ねれば、たちまち〈家妖精《ブラウニー》〉という種族全体に悪評が広がって、その家には二度と雇われようとせず近寄らなくなるため、誰も強く言えないのが現状なのだった。

あと、自らの頂点を『王』『女王』と尊称を付けるわりに、『様』付けしたりしないで、横柄な口の利き方をするところも、人間とは違う妖精独自の価値観によるものである。

実際、十年前に突然、妖精郷へと招待されたときにも感じたことだけれど――

【証言その三】

妖精たちの楽園と呼ばれる常若の国《ティル・ナ・ノーグ》にて。名物のリンゴと食べても尽きない豚肉と湧いてくるエールをご馳走になりながら――

「いや、ほんと。〈妖精王《オベロン》〉なんて呼ばれても実態は便利屋扱いだよ。妖精なんて歌って踊ってナンボのもんだったものが、最近の妖精は資本主義とか社会主義とか、人間に毒されて、まずは損得勘定を覚えてさあ。夢がないんじゃないの⁉　つーか、うちの女房なんて最近は浮気したときの慰謝料とか、子供の養育費とかいちいち五千年前まで遡ってネチネチと……」

管を巻いた〈妖精王《オベロン》〉に三日三晩自棄酒《やけ》の相手をさせられた挙げ句（その数年後、同じように招待されたルネは『水底の島』で〈妖精女王《ティターニア》〉が若い頃にいかにモテたのか、そのノロケ話を三日三晩聞かされたらしい）、知らない間に『〈妖精王《オベロン》〉の祝福（あらゆる病気や呪術に対する耐性及びどのような火でも火傷をしない）』と『〈妖精女王《ティターニア》〉の加護（水では絶対に溺れない。生涯健康）』とやらを、それぞれお土産代わりに勝手に付けられた覚えがあった（ちなみに僕は両方、ルネは〈妖精女王《ティターニア》〉の加護のみ）。

なんにしても妖精というのは、トップからして自分勝手な種族である、というのが、僕の偽らざる見解だ。

そんなわけで、さすがに第一王子たちも彼らに対しては分が悪い。

それに第一、どんな家庭でも子供の頃から「〈家妖精《ブラウニー》〉には失礼な態度を取らないように」と躾けられているので、どうしたって苦手意識があるのだ。

ちなみに僕とルネの場合、直接〈妖精王《オベロン》〉と〈妖精女王《ティターニア》〉の覚えめでたい印しがあるとかで、「坊ちゃん」「嬢ちゃん」扱いで彼らも一目置いてくれている。

そうした背景もあって、苦手意識から腰が引けている第一王子らに代わって、立場上僕が確認するしかなかった。

「申し訳ございません、皆さん。お忙しいところ卒爾《そつじ》ながら少々お尋ねしたい儀がありまして、お越し願いました」

「おお。なんじゃい、坊？」

〈家妖精《ブラウニー》〉のなかでも一番年嵩《としかさ》の（ヒゲが白いからそうだろう）緑色の三角帽子《トリコーン》を被った親爺が、白い睫毛の奥の金壺眼《かなつぼまなこ》を光らせて僕を睥睨《へいげい》する。

「いまエディット伯爵令嬢が手にしている瓶の中身。あの黒い毛と鱗ですが、今朝、ここで彼女が採取した……その証言に誤りはありませんか？」

よく見えるようにエディット嬢は屈み込んで、彼らの目の前にコルクで閉じられた瓶を差し出して見せた。

一瞥した五人の〈家妖精《ブラウニー》〉たちは、あっさりと首肯する。

「なんじゃそんなことか。そうじゃよ、その通りじゃ」

「ああ間違いねえだ。今朝方、エディット嬢ちゃんがここで拾った毛と鱗だで」

「儂らが箒をかけた塵の中から選り分けたので確実だあ」

「んだんだ。見たことねえから覚えてるだよ」

「それがどうかしただか？」

「ま、待て！　どうもお前らとエディット伯爵令嬢とは以前から懇意だった口調ではないか。ならば口裏を合わせているだけではないのか⁉　そもそも片一方の話だけで決めつけるのはおかしいではないか！」

「そ、そう。その通りだ！」

「出来レースじゃないのか⁉」

「こんな証言は無効だろう。証拠だってそうだ！」

「そもそも亜人如きが、なんだその口の利き方はっ！」

不貞腐れた態度で必死に食い下がる第一王子と、数を頼みに口々に王子の擁護と〈家妖精《ブラウニー》〉たちの非難に回る取巻きたち。

（（（一方的って、どの口が言うか‼）））

そんな連中へ思わず呆れた眼差しを向ける僕たち（僕とアドリエンヌ嬢とルネとエディット嬢）。

この瞬間、僕たちの心はひとつになっていた……と思う。

そう思ってアドリエンヌ嬢の表情を窺ったのだけれど、ぷいと視線を外された。

「…………」

どうやらまだ彼女の中では、僕は周囲の阿呆連中とセットらしい。自業自得とはいえ、非常に不本意だ。

一方、偽証扱いされ逆切れした連中の罵詈雑言を浴びた〈家妖精《ブラウニー》〉たちは、当たり前だけど激怒した。

「なんじゃと。儂らが嘘をついとるっちゅーのか⁉」

「侮辱じゃ！　儂らに対する侮辱じゃぞ‼」

「おう、餓鬼ども。お前ら……王家のアホンタレ極道息子に、イルマシェ伯爵んところの賄賂大好き親父同様の強欲息子。レーネック伯爵んところの筋肉馬鹿でそのわりにイマイチな出来損ないに、バルバストル侯爵の家の餓鬼のときから虫やトカゲを解剖して喜んでいた冷酷蛇息子。それと、カルバンティエ子爵のところの脳タリン……ロランの坊主に何度も剣でコテンパンにされて、そのたびに大小便漏らした小僧と、シャミナード……確か子爵とかだったか？　そこの女大好き放蕩ボンクラ息子だな。よくわかったわい。今日を限りにお前らの屋敷からは〈家妖精《ブラウニー》〉は未来永劫消えてなくなると思えよっ」

「おう。頼まれても二度と雇われんわい！」

「儂らの一族の繋がりを甘く見るなよ、餓鬼ども！」

このいきなりの個人情報の暴露と最後通牒に青くなったのは、いま家名とともに名前が挙げられた、第一王子と僕以外の取巻きたちだ。

以前にも紹介した通り、〈家妖精《ブラウニー》〉は幸福の象徴であり、彼らが去るときはその家が没落するときと昔から言われているため、貴族の家に彼らがいるのは、豊かさと家門安堵のステータスと見られているのだ。

「ま、待て！　俺はこの国の次期国王だぞ。この俺の面子を潰すということは、つまりはこの国にお前らの居場所はなくなるということなんだぞ。わかっているのか⁉」

慌てたのは第一王子である。こんなわかりやすい形で己の失言・失態がバレたら、自身の面子と評価が丸潰れである。必死に止めにかかるのだけれど、この期に及んで真摯に謝罪するのではなく脅迫するとか、とことん最悪の選択をする男である。

〈家妖精《ブラウニー》〉の性格を考えれば逆効果でしかないだろうに……。

「「「…………（はあ）」」」

あまりの馬鹿さ加減に声もなくため息を漏らす僕たち（僕、ルネ、アドリエンヌ嬢、エディット嬢）。

「んなもん知らんわい」

で、案の定、まったく痛痒《つうよう》を感じない飄然とした口調で白髭の〈家妖精《ブラウニー》〉がソッポを向く。

「儂らは気に入った家で働くだけじゃわい。お前んところは気に食わんから働かん。それだけじゃ」

「「「「んだんだ」」」」

ほかの〈家妖精《ブラウニー》〉たちも当然という顔で頷く。

「…………」

どうやらここにきて、事態の深刻さをようやく理解したらしい。絶句した第一王子に代わって、事態の推移を眺めていたほかの連中が、慌てて階段を下りて〈家妖精《ブラウニー》〉に取り縋る。

「失礼した。少々、言葉が過ぎたようです」

「謝罪いたします。どうか今後も引き続き当家にとどまりますよう、是非お声がけを……」

「どうでしょう。私の裁量で給金を五倍にいたしますので」

必死に宥めすかし、懐柔しようとするが、ときすでに遅し。

「煩いのぉ！　儂らは嘘は嫌いじゃ。じゃから一度口にした以上、反故《ほご》になんぞせん！」

完全に臍を曲げた〈家妖精《ブラウニー》〉たちは取り付く島もなく、連中の手を振り払って踵を返し、この場から退去しようと短い足で階段を下りはじめた。

「『吐いた唾は飲めない』というところですわね」

ルネがその様子を眺めて、そう一言に集約した。

「いや、待ってくださいっ。いま挙げたなかにロランの――オリオール公爵家が入っていないのはおかしいじゃないですか。彼も私たちの仲間ですよ！」

あ、ドミニクの奴、僕まで道連れにしようとしてやがる。

「はァ？　なに言っちょるか。坊はいつでも徹頭徹尾、儂らに対する礼は忘れんぞ」

「だいたいあの坊と嬢ちゃんは〈妖精王《オベロン》〉と〈妖精女王《ティターニア》〉のお気に入りじゃし、オリオールの家の仲間たちは随分とよくしてもらっているっちゅう話じゃからのぉ」

「給料もいつもピカピカの銀貨だし、搾りたてのミルクも飲み放題らしいぞい」

「いいのぉ。お前らのところを辞めた仲間たちも、そっちに行くんじゃないかの」

「うむ。坊主は特別だで、お前らと一緒にするでないわ！」

けんもほろろにあしらわれたドミニクは、歯噛みして一瞬だけ僕を恨みがましい目で階段の下から振り返って見上げた。

『──お前だけが、いつも特別扱いされる。なんでお前だけがいつも恵まれた立場なんだ！』

声にならないドミニクの怨嗟の思いが聞こえたような気がする。

奴にしてみれば理不尽な理由なのだろうけれど、奴の立場（外務大臣の長男で伯爵家の嫡男）で他人と比較して、自分が不遇だと思うこと自体が、そもそも間違いだと思うんだけどなぁ。

〈家妖精《ブラウニー》〉たちの言う〝特別〟という言葉と、ドミニクが感じているだろう理不尽を思って、僕は密かに嘆息した。

特別っていうのも、これはこれで大変なんだけれどなぁ……。

ギシギシと歯車が逆回転をする幻聴とともに、

──お義兄様。お義兄様はそのお力で、いったいなにをお望みになるのですか？

ふと、六年前に養女として本家に迎えられた、遠縁の娘であり、同じ『オリオールの祝福』を持つルネと初めて会ったときに問いかけられた言葉を思い出した。

──私は剣ではなく針として若君のお傍におります。もしも……もしも若君がお望みならば、たとえ一撃で折れ砕けようとも、若君の心臓に針を刺してご覧に入れます。

同時に、八年前、九歳のときに五人の暗殺者《アサシン》を一方的に駆逐した……あまりにも呆気なく人を殺せる力を持った自分に恐怖して、自室で震えていた僕の傍らにいつの間にか忍び込んでいたエレナが、そう耳元で決然と誓いの言葉を口にして背中を抱いていてくれた、その言葉が鮮明に思い出される。

ああ、そうだ。権力にしても暴力にしても、行き過ぎた力は災厄でしかない。力を持つ者はその力に責任があり、責任を果たすには日々の努力と研鑽、なによりも正しい心のあり方を自覚しなければならない。けれど、物事の側面を自分に都合のいいようにしか解釈しないドミニクをはじめ、第一王子一派はこれまでの人生で、そのことを学ぶ機会も戒めてくれる相手もいなかったのだろう。

そう思えば、ある意味哀れではある……。

密かに慨嘆したところで、この踊り場に唯一僕以外残っていたエドワード第一王子が（あとはアドリエンヌ嬢と、半分魂が抜けている三人のご令嬢方）、

「……ふ……ふふふ」

俯いた姿勢のまま、不意に肩を震わせ出した――かと思うと、

「――ふははははは……はーっはっはっはっはっはっ!!」

やがて噴飯ものだとばかり、腹を抱えて狂ったかのように哄笑を放ち出した。

ついにおかしくなったか……?!

ぎょっとして、爆笑する第一王子を凝視する僕とアドリエンヌ嬢。そして、階段を半ばまで下りて、〈家妖精《ブラウニー》〉たちに未練がましく追い縋っていた取巻きも、足を止めて振り返った。

「はははははっ！　馬鹿馬鹿しい、だからどうしたというのだ！」

まるで憑き物でも落ちたかのような晴れ晴れとした笑顔で、そんな僕たちの呆然とする顔を見回す第一王子。

もともとの素材がいいだけに、屈託のない笑みを浮かべると、絵本に出てくる白馬の王子様にしか見えない（ちなみに持っている愛馬はごく普通の栗毛馬である）爽やかスマイルとなる彼は、

「だから俺は前々から父上に進言していたのだよ。時代遅れの〈家妖精《ブラウニー》〉をウロチョロさせるなど見苦しい、経費の無駄だと。そもそも〈家妖精《ブラウニー》〉に左右される程度の幸運など不要だ。だいたい屋敷内の雑事をさせる精霊なら、もっと見目麗しい〈白い貴婦人《シルキー》〉のほうが遥かに映えるし、実益なら〈宝の守護妖精《レプラコーン》〉や〈酒蔵の番人《クルーラコーン》〉という手もある。〈家妖精《ブラウニー》〉などいなくてもまったく問題などない。ちょうどいい厄介払いだ、皆の者、このような些事で狼狽《うろた》えるな、捨て置け！」

そう傲然と言い放った。

「「「「「おおおおおおおおおおおっ!!!!」」」」」

堂々たるその物言いと、まさに王者の余裕ともいえる姿勢に、僕を含めた取巻き全員の口から同時に賛嘆の声が紡がれる。

（エドワード第一王子には『懲《こ》りる』とか『反省する』とかいうメンタリティはないのか!?）

ほかの連中は第一王子の強弁に呑まれて、心から同意しているみたいだけれど、僕が驚愕したのはこの鋼のような……あるいは不死鳥のようなメンタルの強靭さに対してである。いつも間違っては怒られてばかりの僕にすれば、ある意味羨ましい限りだ。真似したいとは絶対に思わないけれど。

「――はん。ま、好きにするがいいだ」

で、当て付けにほかの妖精の名を挙げられた〈家妖精《ブラウニー》〉たちは、相手にするのも面倒臭いとばかり、振り返りもしないで階段を下りていった。

「……それで。そちらが納得されたのは重畳ですが、エディット様がこの場で見つけた〈グレムリン〉がいた痕跡と、そのなにがしかの男爵令嬢が被害に遭った因果関係。この三人が無関係なことはお認めになられるのでしょうね、殿下？」

なにやら一件落着風に収まりかけている場の雰囲気を察して、アドリエンヌ嬢が肝心な部分を第一王子に確認する。

「馬鹿を言え。仮にエディット伯爵令嬢がこの場でその汚らしい毛髪と鱗を採取したのが真実だとしても、それが真実〈グレムリン〉とやらのものと立証はできないではないか。動かぬ証拠でもあるならともかく」

気を取り直した第一王子が頑なに間違いを認めようとしないことに、アドリエンヌ嬢の柳眉がきりきりと吊り上がる。

と、そこへ階下から平坦な声が這い上がってきた。

「『動かぬ証拠』とやらをお持ちしました」

僕とルネには聞き慣れている涼やかな声の出所へと視線を巡らせれば、紐で雁字《がんじ》搦《がら》めにされた、狒々《ヒヒ》によく似た黄色い大きな眼をした魔物を片手にぶら下げたエレナが、音もなく階段を上ってくるところだった。

いったん階段を下りかけていた〈家妖精《ブラウニー》〉たちも、興味深そうに途中で引き返して、エレナ……というか、〈グレムリン〉を取り囲んで眺めている。

「こいつがグレムリンったらいう魔物か？」

「おお、確かに同じ毛じゃのぉ」

「猿とは違うんじゃの。地肌に鱗が生えちょるぞい」

「どっから入ってきたんじゃ？」

「う〜〜む。前の晩はやたら眠くて早々に寝付いたからのぉ。そんときかいのぉ？」

「ありがとうエレナ。――エドワード殿下、アドリエンヌ様、ロランお義兄様。わたくしの忠実なメイドであるエレナ・クヮリヤートが、見事にこの場に巣食っていた魔物を捕獲したようです」

ルネが堂々と胸を張ってそう言い切ると、〝クヮリヤート〟の姓《かばね》を前に、その場にいた全員は納得せざるを得なくなり、第一王子の渋面はひどくなった。

さすがに統一王国の王族と高位貴族の令息令嬢方。オリオール公爵家の〈影〉クヮリヤート一族の噂ぐらいは聞いたことがあるらしい。

「助かりました。ルネ様並びにエレナさん。――さて、これで証拠は出揃いました。今度こそこの事故の経過をお認めになってくださいますわよね、エドワード殿下？」

いい加減に、このあたりで手打ちにいたしましょう。

そう暗に要望するアドリエンヌ嬢だけれど、第一王子は悔しげに黙りこくって返事をしない。

「いや、待て！　その生き物が魔物だという証拠はないだろう。私は領都シャンボンで南方の生き物を何度も見たことがあるが、そいつは南方の猿に似ている。単に好事家が飼っていた珍しい猿が逃げ出しただけじゃないのか？」

往生際悪く、港湾都市シャンボンの領主であるシャミナード子爵家のマクシミリアンが、難癖をつけてきた。

おそらくは鑑定だなんだと時間稼ぎをして、その間に証拠を隠蔽するか偽造するつもりなのだろうけれど。

「ならばこの場で証明してみせますわっ」

そうは問屋とうちの義妹が卸さない。

「魔物であるか否か。そんなものはお義兄様がいれば即座にわかることです」

自信ありげに言い切るその台詞に、「あっ！」と声を上げたのは、公私ともに付き合いの長いエドワード第一王子だった。

その態度から察したルネは、数段下がった階段の下から恭しく膝を曲げて一礼をする。

「さすがはご聡明なエドワード殿下でございます。ええ、ご存じの通り義兄は〈神剣〉に選ばれた使い手。そして〈神剣〉はそこにあるだけで魔を祓う《神力《メギン》》を発しております。つまり、その毛なり鱗なりを〈神剣〉に当てて、その場で祓われたならば、それは魔物という確実な証拠となることでしょう」

「……うむ。そうだな」

ことここに至って嘘偽りを口にするわけにはいかない。第一王子は苦々しい表情でルネの説明に頷くしかなかった。

「……よろしいのですか、殿下？」

ま、一応僕もエドワード第一王子にお伺いを立てておく。第一王子の意思を尊重しているのだというアリバイ作りのためと、勝手に〈神剣〉を使うことに関しての責任逃れのためだけど。

「やむを得んだろう。——俺が許可する」

「わかりました」

こういうときの決断力は尊敬できるんだけどな、と思いながら恭しく一礼をする僕。

「――〈神剣〉を使って判定をする……って、いまロラン公子はなにも持っていないわよね？〈神剣〉って確か大神殿に奉納されてあるのではなくて？」

エディット嬢とともに踊り場へと戻ってきたルネへ、アドリエンヌ嬢が小声で尋ねる。

「はい、その通りですわ。ですが〈神剣ベルグランデ〉とお義兄様とは一心同体。その気になれば世界の果てでも呼び出すことができます」

我がことのように自慢げに答えるルナの言葉に、半信半疑という表情をするアドリエンヌ嬢と、

「凄い！　どんな仕組みなのか解剖して調べたいくらいです」

不穏なことを口走って目を輝かせるエディット嬢。

そんな外野の声を聞きながら、僕は久々になる〈神剣ベルグランデ〉との再会を果たすべく、気息を整えて姿勢を正した。

「――ああ、念のために〈家妖精《ブラウニー》〉の皆さんも階段の下まで退避をお願いします。妖精ならさほど害はないでしょうが、ベルグランデが垂れ流す《神力《メギン》》の影響で、体内の精霊力に変調を来たす恐れがありますので」

基本、邪悪な妖精や精霊でなければ問題はないのだけれど、人間よりもその手の力に過敏な妖精の場合、どんな影響が出るか不明なので注意喚起をしておく。

「――ふっ。所詮は化け物の類よな。眩《まばゆ》い〈神剣〉の傍にはいられないというわけだ」

第一王子が蔑みの目で彼らを見下ろす。

いや、そういうわけじゃなくて霊的に繊細過ぎて変調を来たす可能性があるというわけで、そういう意味では人間のほうが鈍感で獣に近いとすらいえるんだけどなあ。

「ああ、それと魔物の類は当然ひとたまりもないので、〈グレムリン〉のほうも階下……いや、できれば校舎の外まで離しておいたほうがいいだろうね」

なにしろ久々に召喚するからなぁ。ベルグランデの奴も張り切って《神力《メギン》》を放ちながら、この場に顕《あらわ》れる恐れがある……いや、絶対にここぞとばかり派手に顕れる。あいつはそんな奴だ。

「はっ。わかりました、若君」

「あっ、それと検証するために、毛を何本かと鱗を何枚かこの場で引っこ抜いて、置いといてくれないかな？」

一礼をしてこの場から〈グレムリン〉片手に退避しようとしていたエレナに声をかけると、エレナは無言のまま、ポケットからきちんと洗濯してアイロンがけしてある手縫いのハンカチを取り出して、それから〈グレムリン〉の醜悪な顔と清潔なハンカチを交互に見比べたところで、なぜか動きを止めて考え込んだ。

それから階段を下りていた〈家妖精《ブラウニー》〉となにやら話し込んでいたかと思うと、ひとりの〈家妖精《ブラウニー》〉がちょこちょこと走って階段の裏側へと回り、ほどなく草臥《くたび》れた雑巾を持ってきた。

その薄汚れて擦り切れた雑巾をありがたく受け取ったエレナは、ハンカチをエプロンのポケットにしまって、

『ギャアアアアアアアア!!』
と〈グレムリン〉が張り上げた絶叫もなんのその。無造作に肉ごと引き千切らん勢いで、毛と鱗をひとまとめに抜いて、ハンカチの代わりに広げた雑巾の上に置くのだった。その表情に慈悲はない。

「「「「――おぅ……」」」」

目の前で繰り広げられた美少女による残酷行為。案外平気な顔をしているご令嬢方とは違って、その猟奇的な光景に肝を潰して、怖気をふるう王子と取巻き連中。

エレナは当然という顔で階下に一番近い場所にいたアドルフ（単に体が大きいので目立っただけかも知れないけれど）へと近付いていって、雑巾とその上に乗っている〈グレムリン〉の毛と鱗の塊を有無を言わせず手渡した。

「では、確かにお渡ししました。あとのことはよしなに」

言いたいことだけ言ってさっさと踵を返し、玄関へと向かうエレナ。

毒気を抜かれた表情で手渡された雑巾を両手で抱えて、途方に暮れているアドルフと、汚らしいものを見る目で階段の上下へ散らばり、やや遠巻きに《エンガチョす》なる薄情なほかの取巻きたち。

「いま雑巾を取りにいって見たんだけど、なんか階段下の倉庫の奥が騒がしかったような気がするぞな」

「鼠でもおるんかいな？」

「あそこは奥に地下に続く通路があったからなぁ」

「鼠ならいいんだけんども、たまに盗掘目的の冒険者が野垂れ死んどるからのぉ」

「悪霊に取り憑かれて半腐れの化け物になっとったらことだぞ」

一方、階段の下の〈家妖精《ブラウニー》〉たちはなにか気がかりでもあるのか、真剣な表情で話し合いをしている。

ちょっと気になるけれど、とりあえず事が済んでからでいいかと思い、エレナが十分な距離まで離れたのを確認して、最後にもう一度第一王子にお伺いを立てた。

「それでは召喚をいたします。よろしいでしょうか？」

「……うむ」

第一王子がしぶしぶ頷いたのを確認して、僕は踊り場の中央、第一王子からもアドリエンヌ嬢からも等距離になる位置に進んで、周囲を見渡して十分な空間があるのを確認してから、その場で肩幅ほどに両足を広げて腰を落とし、両手を頭上へと差し出す。

少々無防備な体勢だけど、この格好でなければベルグランデを受け止められないのだから、しかたがない。

ひとつ深呼吸をしてから、心の中にベルグランデの姿を思い浮かべて呼びかける。

「〝神剣《つるぎ》よ〟！」

そう特別な儀式は必要ない。アレは僕と一心同体。もう一本の腕を振り回すのと同等なのだから。

「〝汝、神が鍛えし神剣《つるぎ》よっ。すべての魔を討ち滅ぼし光り輝く存在《もの》にして、創世《はじまり》と終末《おわり》を告げ、天と地を分けし偉大なる神剣《つるぎ》よ。目覚めの時だ。ロラン・ヴァレリー・オリオールの名において汝を召喚す！　いざ来たれ〈神剣ベルグランデ〉っ〟!!」

刹那、世界が震えた。

僕の呼びかけに応えて、一瞬の遅滞もなく眩い光が僕の掲げた両掌の上で乱舞して、ひとつに集まり、ほどなく一振りの剣へと結実して現界するのだった。

ガチャン――ガチャン――ガチャン――ガチャン――ガチャン――ガチャン……

歯車が回る回る!!　正しい形を組み上げるべく、頭の中で複雑な機構が入り組み、いくつもの部品《パーツ》が連結される様子が幻視される。


〝我は個にして全《ワンオブゼム》。全にして個《オールインワン》〟

〝我は始まり《アルファ》にして最期《オメガ》のもの〟

〝我が銘《な》はすなわち〈神剣ベルグランデ〉なり!!〟

〈神剣ベルグランデ〉が発する、僕にだけ聞こえる（ほかの人間には《神力《メギン》》の神光としか認識できない）口上が、それはもうもったいつけて盛大に放たれた。

――って、まずい！　ここ数カ月出番がなかったので無茶苦茶張り切って《神力《メギン》》を放出している。いや、コイツにしてみれば『ちょっと派手に登場してみました』レベルの演出なんだろうけれど、下手すると学園の敷地どころか王都第一区から十五区くらいまですっぽりと、一切合財浄化してしまう勢いだ。
僕はちらりと横目で、あまりの眩しさに呆然としている（目を焼くような光ではない）エディッ
ト嬢を見た。今朝、話した雑談の内容が甦る。
『学園の敷地内に住み着いている〈黒妖犬《ブラックドッグ》〉さんなど、すっかり打ち解けて――』
〈エルダー・ドラゴン〉クラスならともかく、低級の魔物や魔族なんて、この範囲内ではイチコロ
だよ！　特に人に交じって仕事をしている魔族の血を引いた一般人も、最近は王都の工場などで働
いているっていうのに！
必死に僕はベルグランデを宥めて、ギリギリ階段の縁くらいまで《神力《メギン》》の効果範囲を狭めるべ
く努力をする。
その甲斐あってか神光はそれ以上は広がらなかったが、ただし莫大な《神力《メギン》》は変わらないので、
代わりに上下へと逃がした。
「――この……っ！」
多分、離れた場所に霊視能力を持った者がいれば、貴族学園の屋根を突き破って、天高くなおか
つ地面深くまで延びた神光の柱が見えたことだろう。
「……こら凄いわ」
「――ん？　なんか階段の下の倉庫でガチャガチャ音がしねえだか？」
〈家妖精《ブラウニー》〉たちの賛嘆の声を耳にしながら、どうにかコントロールし切った僕の両手に、ずんっ！

と実体化した〈神剣ベルグランデ〉が降臨した。

「な……なん……なんですの、そ……それは!?!」

顕れたベルグランデを前に、初見であろうアドリエンヌ嬢が目を剥く。

「これが〈神剣ベルグランデ〉ですが?」

「剣……って、そんな馬鹿げたサイズの代物が本当に〈神剣〉なのですか!?」

まあ、そう言いたくなるのも当然だろう。

あまりの重量でギシギシと足元の大理石が軋む音に冷や汗を流しながら、僕は巨大な金属のオブジェとしか思えない、握りを含めない刃渡り三メトロン。一番太い部分で幅〇・九メトロン、重量はざっとピアノ一台分に相当する、巨大というのも馬鹿馬鹿しいサイズに、ゴテゴテと派手な形状をした粉砕剣《バスターソード》を両手で高々と掲げる。

あらゆるものを粉砕する、まさにこれこそが〈神剣ベルグランデ〉なのだった。

「――おーい、倉庫ん中を覗いてみたら、地下へ続く通路がぶち破れとって、十人分くらいの鎧やら剣やら……ん？　こりゃ斧槍《ハルバード》かいの？　が転がっておるぞい」

「ほ、こりゃ半世紀前にご法度になった『隷属の首輪』じゃぞ。ひい……ふう……ちょうど十人分か」

「つまりあれじゃな。五十年以上前におっ死んで、地下を彷徨っていた冒険者の〈生き死人《ゾンビ》〉だか〈動く白骨《スケルトン》〉だかが、ちょうど出てこようとしていたっちゅうこったな」

「んで浄化されたと。手間が省けたぞい」

「五十年以上前の持ち物にしては結構新しいような気もするが、気のせいじゃろうな」

あと《神力《メギン》》が収まったのを機に、階段下の倉庫を探っていた〈家妖精《ブラウニー》〉がなにやら騒々しい。

よくわからないけれど、特にこちらに関係することではなさそうなので放置して、僕は改めてベルグランデを片手で持って肩に担ぎ直した。

「――さて、結果が出たようですね」

そう促す視線の先は、エディット嬢が持つ瓶の中と、アドルフが胸の前に抱えている雑巾の上である。

さきほどのベルグランデが放った神光によって、魔に由来する両方とも綺麗さっぱり消えてなくなっていた。

真夏の太陽に照らされた朝露のようにあっさりと消滅した〈グレムリン〉の毛と鱗。

アドルフが持っていた雑巾の上のものなら、目を離した隙に隠したという言い訳も利くだろうけれど、さすがにコルクで栓をしていた硝子瓶の中にあったものが消えたのは、言い逃れができないだろう（手品の玄人なら可能かも知れないけど）。

「――消えましたわね。確かに〈神剣〉の光で消滅するところを私は確認いたしました。エドワード殿下はご覧になりまして？」

再び懐から扇子を取り出して広げながら、アドリエンヌ嬢が第一王子に鋭い口調と目線とで尋ねる。

また難癖つけるつもりじゃないかと警戒しているんだろう。

僕ももう一波乱、二波乱あるんじゃないかと思って、〈神剣ベルグランデ〉を肩に担いだ姿勢のまま第一王子の動向を窺う。

「……ああ、見た。間違いなく、先ほどの品は魔物に由来するものだろう」

予想外にあっさりと認めた彼の潔い態度に、アドリエンヌ嬢が意表を突かれた表情で瞬きを繰り返す。

「お認めになられるのですか？　では、この三人が悪意をもって某男爵令嬢を階段から突き落としたという嫌疑は？」

「魔物の仕業であったことがわかった以上、疑いは晴れた」

予想外の物分りのよさに、もしかしてベルグランデの神光を浴びて、王子の頭の中身に巣食っていた蜘蛛の巣も浄化された？　と、恐る恐る僕はルネと目配せをし合った。

「――だが！」

と、ここで殊勝な態度を一変させ、いつもの尊大な態度に戻る第一王子。

「疑わしい態度を取ったことで事態を混乱させたのは事実。そのことを十分に踏まえて反省せよ！」

再びの『お前が言うな』の物言いに、アドリエンヌ嬢が鼻白んだ表情を浮かべて反駁しかけた。

その気配を察して、すかさず僕が口を挟んだ。

「その通りですね。寛大にして聡明なエドワード殿下が、生徒会長というお立場をもって御自ら足を運ばれ、この事件の真相究明に奔走しなければ、引き続きこの学園に巣食っていた〈グレムリン〉によって、第二第三の同種の事件が起こっていたことでしょう。これほど早急に解決したのは殿下の英断と行動力があったからであり、それは学園の生徒全員が感謝すべきことですよ」

そう窘めるように言い聞かせると、アドリエンヌ嬢が白い目を向けてくる。

しかたがないじゃないか。発端はともかく、馬鹿が早々に引っ掻き回したお陰で、魔物を捕獲できたのは確かなのだから。それに多少強引なこじつけでも、第一王子派の面子を立てなければ、さらにウダウダ面倒臭いことを言い出すのが目に見えているんだから、ここら辺で妥協してもらわないと困るんだよ。

「……わかりましたわ」

もの凄～～～～く不本意そうに、不承不承頷くアドリエンヌ嬢。

「殿下の適切かつ早急なご対応のお陰で大事に至りませんでした。ジェラルディエール公爵家の娘として、貴族学園の生徒を代表してお礼を申し上げます。また、私の友人たちが不確実な証言をしたことで、殿下をはじめ皆様方のお手を煩わせたこと、心より謝罪いたします。彼女たちには私からきつく戒めの言葉をかけておきますので、どうぞ寛容な心をもってお許しくださいますよう、お願い申し上げます」

膝を曲げて深々と謝罪するアドリエンヌ嬢の項《うなじ》のあたりを、「――ふん」と面白くもなさそうな目で眺めていたエドワード第一王子だが、内心では大いに溜飲を下げたのか、口元のあたりが緩んでいた。

「――まあいいだろう。俺……私は寛容だからな。これに懲りたら己の所業を反省することだな」

……あー、まだアドリエンヌ嬢が黒幕でクリステル嬢が被害者だと思っているんだろうな。

俯いた姿勢のまま、アドリエンヌ嬢の背中がピクリと反応した。

あれ、顔は見えないけど、相当に怒り狂っているぞ。いまの顔を見るのが怖いわ。

「では、サロンへ戻るぞ。皆、ついてこい！」

アドリエンヌ嬢へ「もういい」とか「頭を上げろ」と言わずに、そのまま上機嫌に踵を返す第一王子。王子の専用サロンは別館三階にあるので、この踊り場からは直接行けない。いったん階段を下りて、別館へと行かなければならない構造だった。

「「「「――はっ。殿下！」」」」

階段の途中で待機していた取巻きたちが、一斉に姿勢を正して返事をする。

ちなみにアドルフは、そこで気が付いて忌々しげに雑巾を放り投げ、自前のハンカチで手を拭いた。

「――ん？　どうしたロラン、来ないのか？」

「ええ、まあ……さすがにベルグランデを剥き出しのまま歩くわけには参りませんからね。先に聖教徒大神殿に戻してから、そちらに顔を出させていただきます」

つーか、勝手に召喚したこと、とっくに神殿にはバレているだろうから、いまから行くと考えるだけで胃が痛くなってくる。

とはいえ、〈神剣〉を呼び寄せるのは可能でも、どこかに送還することは基本的にできないので、このまま担いで持っていくほかない。でもって、巨人族でもなければこれをひとりで運べるのって僕くらいしかいないから、僕が足を運ぶのが一番手っ取り早いんだよね。

あ、言っておくけど、〈神剣〉の持ち主だから重さを感じないとか疲れ知らずとか、そーいう加護は一切ない。重いものは重いので、さっさと大神殿に戻しておきたいというのが本音だ。

そう思った途端、チッチチッチッ……と、歯車の音が抗議するかのような鋭い音を立てる。

「ああ、そうか。そうだな……ならしかたがない。なるべく早く戻ってこいよ。そうそう、お前の話を聞いて思い付いたんだが『生徒会として怪我をした女子生徒にお見舞いを贈る』のは不自然ではないだろうからな。全員でクリステル嬢へ贈るものをなにか考えようかと思っているんだ」

名案だとばかり目を輝かせる第一王子。

――ゆらり……。

その途端、陽炎のように背後――俯いたままのアドリエンヌ嬢のほう――から、夜叉のような殺気が漏れてきた。

なんでこの場でそういうことを言うのかな、この阿呆は。おまけにその言い方だと、僕がトンチを授けたみたいじゃないか。

「そ、それは素晴らしいお考えですね。是非参加したいところですが、まあ、なにしろ勝手に〈神剣〉を使ったわけですので、大神官あたりから相当にお小言をいただく羽目になりそうですので、僕のことは気にせずに先に始めていてください」

「そうか。わかった」

しかたがないな、と肩をすくめてこの場をあとにする第一王子。

階段の途中で取巻きたちと合流して、簡単に状況を説明してから、連れ立って歩いていった。

入れ違いで、半分禿げて白目を剝いている〈グレムリン〉をぶら下げたエレナが戻ってきた。

「どうしたんですか、その〈グレムリン〉の状態は？」

エディット嬢が軽く目を瞠って、階段を上がってきたエレナに問いかけると、

「校舎の外まで退避していたのですが、神光の余波でご覧の有様です。ま、死んではいないようですが」

どうでもいい口調でエレナが答える。

その返答に「まあ……」と吐息を漏らしたエディット嬢だったけれど、次の瞬間、はっと目を見開いて口元へ手をやった。

「大変っ。もしかするとクロちゃんたちも、同じように怪我をしているかも！」

おそらく〝クロちゃん〟というのは、学園の敷地内で餌付けしている〈黒妖犬《ブラックドッグ》〉のことなのだろう。

「ロラン様、ルネ様、このお礼はのちほど改めてさせていただきます。――急用を思い出しましたので、申し訳ございませんがこの場は失礼させていただきます。では、皆様ご機嫌よう」

「ご機嫌よう」

慌しくこの場をあとにするエディット嬢へ、ルネが挨拶を返したのを確認して、僕もこの場から退散することにした。

「じゃあ、大神殿へベルグランデを戻しにいこうか。エレナ、悪いけど馬車を回すように手配してもらえないかな」

「承知いたしました。大神殿へは、すでに手の者が事の次第を伝えておりますので」

さすがはオリオール家の〈影〉、手際がいい。

「では――」

「……お待ちください」

どさくさ紛れに逃げようとした僕に待ったをかける、おどろおどろしい声があった。

いうまでもなく、この場にいて一部始終の当事者であり、最後は飲まなくてもいい煮え湯を飲まされたアドリエンヌ嬢である。

彼女はそれはそれは素敵な笑顔を浮かべ、畳んだ扇をその細腕で無造作にへし折りながら、僕を呼び止めた。

「ロラン公子様には本当にお世話になりました。この場で、しっかりとお礼を言いたいので、お手数ですがもう少々お待ちいただけますか？」

「………」

僕は助けを求めるため、思わずルネとエレナのほうを向いたのだけれど……。

「では、私は馬車の手配をして参ります」

「それでは、私は三人のご令嬢方を医務室へ運ぶ手配をして参りますわ」

ふたりともさっさと遁走した。

「裏切り者～～っ！」

思わず天を仰いでそう慨嘆する僕。

そうしてこのあと、三時間あまり。僕はアドリエンヌ嬢から無茶苦茶に嫌みを聞かされたのだった。

エピローグ　今後のことを考えよう（知らない間に大事に）

さて、アドリエンヌ嬢の苛烈な嫌みと愚痴を聞かされたそのあと。

当然サロンへ顔を出す時間も気力も体力もなくなり、ヘロヘロになって〈神剣〉を抱えて大神殿へと顔を出した僕。

で、待ち構えていた大神官以下の神官たちに追い討ちをかけられ（あの連中は僕を崇拝の対象にしているので、説教ではなく褒め殺しの連打となる）、今度こそ精も根もなくなり、その日は大神殿に泊まり込んで、翌日さらに〈神剣〉を神殿の聖域へと納める儀式を執り行わせられた。

さらには知らないうちに勝手に、

「神剣の勇者が神意に従い、またも悪を討ち滅ぼした！」

という大神官の公式声明がなされ、臨時のお祭り騒ぎとなり、新聞記者に囲まれたり、議会へと説明する答弁書を捏造したり、エレナを通じて関係者に口裏を合わせるように手配してもらったり、結局〈グレムリン〉は証拠として提出して、なぜか半分エドワード第一王子の手柄になったり、そのことに関してアドリエンヌ嬢から、それはそれは心温まるお礼の手紙を便箋五十枚くらいで受け取ったりと、なんやかんやで自宅に戻れたのは五日後だった。

「なにはともあれ、形としては第一王子の沽券《こけん》が保たれ、アドリエンヌ嬢の友人たちの潔白が証明されたので、めでたしめでたしってところかな……」

第一王子は虚に飛びついて、アドリエンヌ嬢は実を選んだってところだろう。

もっともそのシワ寄せが全部僕のところへ来るのが、頭が痛いところだけれど。

「そうですわね。まあアドリエンヌ様も三日後には機嫌を直されていましたし、第一王子派は例のクリステル嬢があの日の朝から体調を崩されたとかで、勝利の喜びもなにもないようですが」

「そうらしいね。とりあえず生徒会の連名でお見舞いに花束を贈ったけど、ほかの連中は個人的な見舞いをしたくてヤキモキしているんだろうね」

とりあえず戦場のような騒ぎが収まったその日、僕の自室へ集まったいつもの面子――僕、ルネ、エレナ、ジーノ――で、今回の顛末を話し合っていた。

学園に顔を出す暇もなかった僕の代わりに、第一王子派の動向を噂話として収集していたルネの言葉に、僕も頷いて同意する。

「――ああ、そうそう。そういえば、ドミニク様の領地であるイルマシェ伯爵領でついに領民の武装蜂起が起きたようですわね」

「らしいね」

僕もそれを聞いたのは今朝方だったけれど、随分と驚いたものだ。

「もともと重税で領民の不満が限界まで溜まっていたところ、どうも領主であるイルマシェ伯爵は私兵として魔族の武装集団を非公式に雇って、暴力や暗殺で抑えていたらしいのですが」

「魔族の武装集団？　もしかして〈ラスベル百貨店〉を襲撃したあの連中も、ドミニクが一枚噛んでいるのかな？」

おそらく噛んでいるだろうなと思いながらジーノの顔を窺えば、「さて？」といつもの感情の読めない笑みが返ってきた。

「そのことにつきまして。実は先日の〈ラスベル百貨店〉を襲撃した魔族十名なのですが、書類上『証拠不十分』ということで、すでに釈放となっております。どうやら外務省のあたりから圧力がかかったようでして」

いうまでもなく、現役の外務大臣はイルマシェ伯爵である。

「露骨だな。連中の足取りは？」

「それですが、釈放された翌日には煙のように消えていなくなっております」

「足取り不明か……。もしかすると逆恨みで僕やルネ、アドリエンヌ嬢を襲撃する恐れもあるな。後手に回らないよう、事前に警備を固めるように手配しておいたほうがいいだろうね」

そう用心を口に出した瞬間、なぜかジーノが笑いを堪えるような顔をした気がした。

「――？　どうかしたかい」

「いえ、承りました。確かに考えてみれば魔族の過激派は、五年前に若君が鎮圧した『ドーランスの反乱事件』の残党によって中核が構成されておりますので、首謀者であった魔族大公爵とその一派を討ち取った若君に遺恨があっても不思議ではございませんからな」

やっぱり気のせいだったのか、ジーノはいつもの折り目正しい態度で一礼をする。

「〝魔族大公爵〟ですか。エディット様がこの場にいらしたら、根掘り葉掘り聞き出そうとなさるでしょうね」

苦笑するルネに向かって、僕も苦笑を返す。

「そうだね。もっとも聞かれても答えられないんだけどね」

「国家機密ですからね」

うんうんと訳知り顔で同意するルネだけど、実はそうではないんだよね。

僕は決まり悪い思いで頬のあたりを掻きながら、反乱を鎮圧したあと、自治領で第百六十九代魔王ヤミ・オニャンコポンと謁見して、事の顛末を話したときのことを思い出していた。


「はああぁ!?　区別がつかんとはどういうことじゃ！」

「大公の最後はどうであった？」と聞かれたので、正直に「誰が大公だったかわからないので、ちょっと答えようがないですね」と、僕は答えた。

それに対する彼女の呆れたような怒ったような第一声がそれであった。

「いや、あのときは混戦だったたし。いちいち『俺が大公爵だ！』とか名乗りもなかったので、わかるわけはないでしょう」

「いやいや、それでも一際目立つ奴がおったじゃろう!?　ほれ、腹心の十二魔将とかなんとかを従えた、鋼のように鍛えられた獅子の上半身に強靭なドラゴンの下半身を持った、態度と体のばかでかい奴が!!」

「……覚えてないなぁ。アジトの奥に残っていたのは、だいたい揃いも揃って、全員が見上げる高さのでかい連中ばっかりだったし。僕も面倒なので一気に壁をぶち破って本陣に乗り込んだわけだけど、その途端、あの連中ときたら前口上もなく一斉に襲いかかってきたので、こっちもつい本気を出して、まとめて一掃せざるを得なかったんですよね。そんなわけだから、誰が誰だったのかさっぱり……あ、もしかして禿げてカイゼル髭を生やした白い奴？」

途端、魔王《ヤミ》が「違うわいっ！」と、一声叫んで頭を抱えた。

「――つーか、あの、歴代の力ある魔王にも匹敵する当代随一と謳われた実力者である大公爵を、そのほかの雑魚と十把一絡げで、その他大勢扱いかや……」

そのあと、しばし「う～」「ふお～っ」と、なにやら呻吟していた魔王《ヤミ》は、最終的に盛大なため息をついて、

「勇者よ。もしも……もしもじゃが、万が一前大公爵の所縁《ゆかり》の者や関係者が、とち狂っておぬしへの復讐に逸《はや》って現れたとしても、そのあたりの真実を赤裸々に答えぬほうがお互いのためじゃと思うぞ。世の中知らんほうが幸せなこともある」

「――は？」

「おっと、勘違いせんでくれよ。妾もそんな馬鹿が出ないように戒めるつもりではおる。おるが、どこの世界にも跳ね返り者はおるからのぉ。いや、無論そんな馬鹿に手心を加えろとは言わんよ。だが、残っている馬鹿どもの手綱を引き締めるため、鞭だけではなくときには人参も必要じゃ」

面倒臭い話じゃがな、と周囲を憚りながら続ける。

「いまだに昔ながらの魔族の価値観を忘れん時代錯誤の馬鹿も多くてな。で、そういう馬鹿どもに言い聞かせる必要がある。『前大公はなるほど音に聞こえた剛の者であった。それは勇者も認めておった。じゃが、力に溺れた者は最後に己の力に溺れ死ぬのじゃ』と、そう因果を含めておけば、余計な軋轢《あつれき》も多少は軽減するじゃろう。頼むっ。助けると思ってそういうことにしておいてくれ！」

なぜか真剣な表情で懇願されたので、「……あー、まあいいけど」ということになった。

そんなことを思い出しながら、「それで反乱の状況は？」と目下の懸念事項を三人に尋ねる。

「冒険者や傭兵、元兵士などを中心としたいくつかの反乱軍が一斉に領都を襲撃して、これを占拠したそうですわ。領主代行も各地の代官もすべて討たれたそうです」

ルネが淡々と答える。領主代行も代官も貴族身分の者のはずだけれど、同情の余地は一切ないという口調だ。

「全体では反乱軍はすでに二万から三万人規模に膨れ上がっているようで、そのあとも続々と農民が合流しているようですので、下手をすれば……というか、確実に他領へ飛び火する可能性がございますな。現在、これを鎮圧するために国軍の編成が急がれているところでございます」

ジーノの報告に、僕は思わずため息をつく。

「武装蜂起のタイミングと手際がいやに迅速だけど、どこかに支援者でもいるんじゃないのか？」

「まあ、いわゆる死の商人や傭兵ギルドが前々から動いていたのは確かですが、今回はそれが直接的な原因になったわけではなく、鬱積した領民たちの不満が限界を超えた自然発火と見るべきでしょうね」

と、これはエレナ。

「もっとも、噂によれば、領都と王都のイルマシェ伯爵邸から〈家妖精《ブラウニー》〉が一斉に逃げ出したとか。それを聞いた領民がいよいよ領主に愛想を尽かしたとか、不確実な噂は飛び回っていますけれど」

その言葉に、思わずひっくり返りそうになった。

そりゃ、〈家妖精《ブラウニー》〉が逃げ出したその話は事実だろうけれど、いくらなんでも真相が領内に知れ渡るのが早過ぎる。誰かが裏工作をしなければ無理だ。つまり――

「……ルネ。エレナ。やったのか？」

確信を持ってそう尋ねると、エレナはちらりとルネに視線を送り、ルネはころころと笑って、

「まあ、なんのことやら。ですがお義兄様、『火のないところに煙は立たない』と申しますし、実際に事実なのですから、なんの問題もないのではありませんか？　それに、これは起こるべくして起こった反乱ですわ。ならば大火になる前の小火《ぼや》のうちに、迅速な消火に励むべきでございましょう」

そう笑って韜晦するのだった。

なにげに怖い義妹である。

「幸いにして……と申しましょうか。今回の反乱を契機にして、イルマシェ伯爵の責任問題と不正、

背任、そのほか、いろいろと後ろ暗い事実が判明しましたので、結果、迅速にエディット様の婚約が解消されたことが、最も歓迎すべき事態ではございますが」

「えっ、ドミニクとの婚約が解消されたの⁉」

「ええ、先方のご希望通り。ただし法に従って粛々とですが」

「そうなると、もしかしてドミニクの奴も退学か？」

「そうかも知れませんが。先日のアレですでに王子の取巻きとしての立場は失墜していましたし、クリステル嬢のお加減のほうが心配で、ほかのことはどうでもいいというのが第一王子派の総意のようですわ」

「なんとまあ……そうなると、エディット嬢も立場上いろいろと大変だろうね。僕らに手伝えることがあればいいのだけれど」

そう本心から心配をして口に出すと、「さすがはお義兄様。お優しくいらっしゃる」と、ルネは満面の笑みを浮かべた。

「ですが、ご安心ください。もともと気ままに博物学を研究したかったエディット様にとって、気の進まない婚約であったそうですし。それも婚約者と思えばこそ多少はあった情も、先日の一件で尽き果てたそうでございますから。案外、ケロリとしています。ああ、ついでに密かに画策していた婚約破棄の計画もぶちまけ……内々に明かしましたので、もはや汚れた鼻紙一枚ほどの価値も感じないそうです」

ざまぁ、と言わんばかりのルネだけど、傷を広げるようなそれを、このタイミングでわざわざ明かす必要はなかったんじゃないのかな？　世の中には知らないほうがいいことだってあるし、と五年前の魔王《ヤミ》の台詞を思い出しながらそう指摘する。

「そうはおっしゃいますが、まだまだこれは序の口ですので、味方は多いほうがよろしいかと」

「序の口？　味方？」

なんのこと？　と、思わず首を傾げる僕に向かって、エレナが業務連絡という口調で付け加えてくれた。

「エディット様からのご伝言です。『ロラン様の国王就任の際には、私は三番目か五番目でもいいそうです。よかったです、きちんと私のことまで配慮していただけて」

「ちょっ、ちょっと待って!!」

まだ忘れてなかったのか、僕を国王にするなんていう正気とも思えない計画を!?

「僕にはその気はないよ！」

「お義兄様になくても、状況のほうが着々と整ってきておりますわ。思うに、好むと好まざるとにかかわらず、国家のほうがお義兄様へラブコールを送っているのではございませんか？」

「……冗談でもやめてくれ」

仔犬みたいに尻尾を振って擦り寄ってきているオルヴィエール統一王国を想像して、げんなりする僕だった。

side：その頃の弟王子（陰謀は闇の中で）

「噂では最近、国内の有力貴族や王家に雇われていた〈家妖精《ブラウニー》〉が、一斉に暇《いとま》を出したらしいな」

濃縮な闇が煮凝っているかのような、陰鬱な空気に包まれた塔の奥。

珍しく窓際に佇んでじっとしていたジェレミー第二王子がいた。

もっとも彼が見詰める先——窓には分厚い鎧戸が嵌められ、さらに樫の木でできた板によって厳重に封がされ、さらにその上には天鵞絨《ベルベット》の分厚いカーテンが執拗なまでに被せられているため、外の様子など一切見えないはずであるが。

すべてはこの痩せぎすの灰色の髪と目をした少年の意向によるものであるが、それにしても世界すべてを唾棄しているかのような彼が、気まぐれにでも外の世界を気にするような素振りを見せるのは、もしかするとこれが初めてかも知れない。

そんなことを考えながら、小一時間ほどぼんやりと少年の背中を眺めていた婚約者であるコンスタンス侯爵令嬢は、前置きもなしにいきなり切り出されたその話題を、危うく聞き逃すところであった。

「…………」

そうして、どうにか彼の口から紡がれた陰鬱な言葉の内容は理解したものの、今度は果たしていまの言葉が自分に同意を求める問いかけなのか、あるいは単なる独り言なのか、その判断がつかずに困惑するのであった。

それに、仮にそれが質問だったとしても、そんなことをコンスタンスには答えようがない。

彼女の実家であるヒスペルト侯爵家では、特にそうした問題が発生したという報告は聞いていないし、ましてや下賤な〈家妖精《ブラウニー》〉如きと口を利く機会もないので、確認のしようがないのだから。

（というか、この方はどこからそのような〝噂〟とやらを耳にしたというの⁉）

「…………」

じわり……と、得体の知れない悪寒がコンスタンスの背中を這い回る。

その沈黙をどう受け取ったものか、振り返ったジェレミー王子は無感動な視線を彼女の背後――その視線の動きで、いまのが自分に対する質問だったと咄嗟に判断した彼女が、慌てて答えを捻り出そうとする、その機先を制する形で――もうひとつ後ろへと飛ばした。

「――知っているか、貴様？　直答を許す。答えるがいい」

問われた人物――最初にコンスタンスからジェレミー王子に紹介されたきり、床に這いつくばるようにして平伏したまま、石になったかのように沈黙を守っていた魔術師のような深緑のローブを纏った、精悍な顔立ちをした隻眼の中年男は、「――は。しからば、それがしの掴んだ情報ですが……」と、前置きをしてから俯いたまま語り出す。

「現在、王宮にいる〈家妖精《ブラウニー》〉は、太后様の御座所である離宮を別にして、すべての場所から退去済みでございます。離宮にいる者は太后様と個人的な親交のある者ゆえ居残ったようでして、それ以外の場所にいたものは、なんの知らせもなく一夜にして消えたとか。同様の事例はバルバストル侯爵家、イルマシェ伯爵家、レーネック伯爵家、カルバンティエ子爵家、シャミナード子爵家においても発生しているようです。もっとも各家とも、そのような醜聞を認めるわけもありませんが」

挙げられた聞き覚えのある、いずれも有力者や名家の名前に、コンスタンスが驚いて振り返った。

「バルバストルにイルマシェ、レーネック――いずれもエドワード殿下の腹心たちの家門ではないですか⁉」

「……ほう？」

これまた珍しく興味深そうに双眸を細めて、続きを促すジェレミー王子。

「風聞によればそのエドワード殿下が、〈家妖精《ブラウニー》〉の機嫌を決定的に損ねたとか、そのトバッチリにより関係する家の〈家妖精《ブラウニー》〉も逃げ出した……と言われていますが、なにしろ当の〈家妖精《ブラウニー》〉は頑固に理由を明かしませんし、エドワード第一王子も、腹心中の腹心であるオリオール公爵家が、今回の異変に巻き込まれていないことを理由に、全面否定しているようです」

ふと、男が『オリオール』の名を口に出した瞬間、ジェレミー王子の全身から粘質の、昏《くら》い澱《おり》のような感情が滲み出たような気がして、コンスタンスは息を呑んで、続いて気付かなかった振りをして、男の話に聞き入っている……そうしたポーズを堅持するのだった。

「もっとも、否定したところで人の口に戸は立てられないの通り、疑惑は確信としてすでに一人歩きをしております。特に迷信深い地方では顕著ですな。そのせいで、例のイルマシェ伯爵領での反乱が起きたようなものですから」

「――ふん。第二、第八、第九軍の国軍一万三千が鎮圧に当たるらしいな」

「左様でございますな。反乱軍は現在四万三千と三倍以上の差がありますが、所詮は烏合の衆。しかも春先とあっては食料も十分に賄えず、すでに離脱する者もいるようですので、おそらくは国軍相手ではひとたまりもないでしょう」

対岸の火事とばかりの気軽な口調で、まるで見てきたかのように男が説明すると、ジェレミー王子はそれ以上に熱のない口調で、

「ふーん、そう。思ったほどの騒ぎにはなりそうになくてつまらないね」

興味が失せたとばかり、背中を向けて再び窓のあたりをじっと眺め出す。

「で、ですが確実にエドワード殿下の求心力は低下したはずですわ。そのうえ、イルマシェ伯爵領での反乱の契機にもなった。最善とは言いがたいですが、十分な成果なのではありませんか、殿下？」

おもねるようなコンスタンスの同意を求める声に、「失敗は失敗さ」と、すげない答えが返ってきた。

「そ、その通りでございます。当初の予定通り、貴族学園で騒ぎを起こせれば、エドワード殿下とその取巻きたち、そしてアドリエンヌをまとめて一気に失墜させることも可能であったでしょうに。……まったく、前回といい今度といい、つくづく魔族というものは役に立たない連中だこと！」

忌々しげに背後にいる隻眼の男を睨み付けるコンスタンス。

わざわざこの男をこの場へ連れてきたのは、失敗の責任を追及された際、責任逃れの生贄の羊《スケープゴート》とするつもりでいたらしい。

もっとも、男のほうもコンスタンスの意図は重々承知しているだろうに、どこまでも慇懃な姿勢

でありながらも、どこか余裕を感じさせる態度でそれに応える。

「申し訳ございません。魔族といっても、あの連中は人に交じってもさほど違和感を覚えられない程度の低位の者たちばかり。所詮は使い捨てにしても惜しくない連中でした。まして、まさか〈ラスベル百貨店〉でも貴族学園でもオリオールの勇者が絡むとは、まったくの計算外でございました」

「言い訳は聞き飽きたわ。だいたいにおいてエドワード殿下の傍らには、ロラン公子が付き従っているのは事前に判明していたこと。こうなることも予想できたはずよ！」

「確かに。ですが、まさかこうまで我らの動きを読むかのように立ち回るとは、さすがは〈神剣の勇者〉といったところですな」

「敵に対する賞賛は聞きたくないわ。それじゃあお前たちには、ロラン公子に対抗する手段はないということなのね？」

挑発的なコンスタンスの言葉を受けて、男の隻眼が好戦的に輝いた。

彼女は真に理解していないのだ。男が羊の皮を被った狼……どころか魔人である、その意味を。

「まさか。まさかでございます。我らが主《あるじ》は、かつてその勇者が不意を衝いて騙まし討ちしなければ斃せなかった前大公様の遺児にして、そのお力はお父上を凌ぐアウァールス大公殿下でございます。尋常な勝負であればまず勇者如きに勝ち目はなく、そのうえ、我らには秘策がございますれば、過去の遺物である〈神剣〉や、たとえ国軍全軍が相手でも、我らの勝ちは揺るがないものと確信しております。——もっとも、そうなれば相応の報酬もいただくことになりますが」

「報酬ならば金貨で千枚まで出せる準備があるわ」

胸を張ってそう声高に吹聴するコンスタンスを、軽く一瞥して一笑に付す隻眼の男。

「――話になりませんな。最低でも桁をふたつほどお間違えでは？」

「なっ……!?」

咄嗟に声にならずに絶句するコンスタンス。ちなみにオルヴィエール統一王国の国家予算が、おおよそ金貨十五万枚といったところである。

「我ら魔族の総力をもって神剣の勇者と対峙する。それはすなわち戦争に匹敵いたします。ならばそれだけの価値があるのも当然でございましょう？」

「だからといって、そんな法外な……！」

「くくくくっ。なにをいまさら。もとより我らは法の埒外《らちがい》にいる存在ですぞ？　ああ、それとお預かりした〝ハッシュ〟の薬効は確認できました。従来の〝バング〟とは比べものになりません。その意味では成功といえるかも知れませんな。最近は〝バング〟では物足りないという倶楽部員が増えまして……まこと、人の欲望とは限りないものですなぁ。ですので、是非あれも市場へ卸していただけるとありがたいところでございます」

背後のやり取りを適当に聞き流しながら、ジェレミーはかつて子供の頃、寝台の傍にあった窓から見えた中庭で遊んでいた、幼いエドワードとロランの姿を思い出していた。

あらゆる面で恵まれた光の寵児。世継ぎの王子である兄エドワードと並んでいても、まったく見劣りしない、神に選ばれた勇者ロラン。

血を分けた兄に対する賞賛と、どうせわからないだろうと高をくくって、出来損ないの愚弟と嘲笑う宮殿の者ども。

会うたびに後ろめたそうな、無意識に蔑みの視線を向ける国王である父と、母。

そんなある日――

『ねえ、君は一緒に遊ばないの？　もしかして具合が悪いのかな？　だったらボクの手を握るといいよ。ボクには病気にならない〈精霊王《オベロン》の祝福〉があるから、少しだけど傍にいる人間に、その影響を分け与えることができるんだよ』

誰もやってこないはずの塔の窓から、ある日、そう言って天真爛漫な笑みを浮かべて入ってきた天使。いや、何度か兄エドワードと一緒にいるところを遠くから眺めたことのある、神秘的な水色の髪に菫色の瞳をした、とても綺麗な女の子。

あとから冷静に考えれば、一人称が『ボク』で、なおかつ男物の服に半ズボンをはいていたのだから、性別を間違えるほうがどうかしている……とは思うのだが、当時のロランは（というか現在もそうだが）どこからどう見ても女の子、それもとてつもない美少女にしか見えなかった。

屈託なく笑う彼女の笑みに誘われるようにして、おずおずと手を伸ばしたジェレミー。お互いの白い指先が触れたその瞬間――

『ロランっ！　なにをやっている、そこは立ち入り禁止だぞ。さっさと降りてこい‼』

塔の外から凄まじい剣幕のエドワードの怒号が耳を打ち、慌てて身を翻した彼女は、

『ごめん。なんかエドワードがお冠なんで、ちょっと謝ってくるよ』

そう一言告げて風のように窓から跳び去った。

人間――まして、子供が飛び降りられるような高さではない。やはりいまのは天使か、熱で浮かされて見た幻影だったのではないか？

そう一瞬考えたジェレミーであったが、耳を澄ませばエドワードが生まれつき大きな声で、がみがみと小言を言っている声が聞こえてくる。

『いいか、二度とアイツのところへなど行くんじゃないぞ！』

『お前は俺の右腕として、将来の統一王国を支える柱なんだからな』

『その能力は俺のためだけに使えばいいんだっ』

少女《ロラン》のほうも食い下がってはいたようだが、結局のところエドワードの命令には逆らいがたかったらしい。二度とこの窓から顔を出そうとはしなかった。

それでも最初は期待していた。

あんな陽だまりのような、眩しい世界に自分も行くことができるのかも知れないと。

暗闇の中からあの小さな手が、自分を引っ張り出してくれるのではないかと。

だが希望は絶望へと変わり、絶望は憎悪を醸し出した。

兄エドワード。勇者ロラン。いずれもが自分とは違う。生まれたときからすべてを持っている、約束された人種。

（……ああ、いいとも。連中を地獄に堕とすためなら、たとえこの国を売っても惜しくはないとも）

堅く閉じられた窓を眺めながら、静かにそして深く、ジェレミー王子の憎しみは増大するのだった。

side：三匹の公爵（オヤジたちは目論む）

臨時に開催された貴族院議会は、紛糾に紛糾を重ねた。

イルマシェ伯爵領で沸き起こった武装蜂起と、事実上の領都制圧。

それを収めるべき立場のイルマシェ伯爵の不正の発覚と、下手をすれば外患誘致とも取られかねない、隣国ドーランス魔族自治領に所属する武装魔族の大量誘致（自治領主である魔王は、あくまで一部過激派の独断として、迅速に公式の使者と親書を送ってきた）。

さらには、国内有力貴族や王宮から〈家妖精《ブラウニー》〉が大量に暇乞いをした（逃げ出した）ことによる、世情の不安。

次々と詳《つまび》らかになる領主貴族の不手際に法衣貴族の議員が噛み付き、領主貴族は領主貴族でお互いに責任のなすり付け合いを繰り返し、会議も三日目になったというのに、ろくな結論も出せない状況であった。

国王陛下が立ち会っての御前会議でなければ、さぞかし壮絶な罵り合いか、下手をすれば刃傷沙汰になっていたことだろう。

『会議は踊る、されど進まず』を地で行く状況を前に、いい加減虚しくなったのと、また会場に充満する葉巻の煙に辟易したのもあって、ロランの実父にして現オリオール公爵家当主、アルマン・ギャスパル・オリオール（三十八歳）はいったん会場をあとにして、議員用カフェで一服することにした。

傍らには控え室に待機していた執事《バトラー》のジーノ・クヮリヤートが、当然のように音もなく現れて控えている。

「——ふう。予想はしていたけれど、法衣貴族の領主貴族に対する対抗意識は年々高まっているようだね。感情的になってまともな論議にならないときた。貴族院だけで国政を回すのはそろそろ限界だね。議会をふたつに割って、法衣貴族は法衣貴族で個別に議会を設けるときがきたのかも知れないね」

給仕に持ってこさせた香りの高い珈琲《コーヒー》を口にしながら、そうぼやくアルマン。

あのロランの実父なのだからさぞかし素晴らしい美男子なのだろう、と思って社交界で期待に胸を膨らませ挨拶をする若いご令嬢方も数多いるのだが、そのほとんどが（表には出さないけれど）肩透かしを食らったような思いを抱くだろう。

なぜなら彼自身は、そこそこ顔立ちが整った造作ながら、髪もブルネットに瞳も碧眼という、なぜかパッとしない、どこにでもいるようなごく平凡な容姿の男であるからだ。

「左様でございますな」

アルマンの傍らに立ったまま、必要最小限の相槌を打つジーノ。

それから軽く目配せをしたあと、流れるような仕草で一歩アルマンの背後に下がって、恭しくやってきた人物ふたりに一礼をした。

「ようっ、お前さんも休憩かい？」

伝法な口調でそう挨拶をしながら、気軽に近付いてきた初老の男性。

オルヴィエール統一王国の五公爵家の一角であるオリオール公爵家の当主に向かって、対等に話しかけられる人物は限られている。まして、こうまで気軽に声をかけてくる者など、五本の指に収まるだろう。

一声かけられた瞬間、その相手を看破したアルマンは、失礼にならない程度に急ぎ腰を上げた。

「――これは総長閣下。閣下もご休憩ですか？」

問われた彼こそは、ジェラルディエール公爵家前当主にして貴族院名誉総長、さらに付け加えるのなら現王位継承権第四位であるオルヴィエール統一王国屈指の重要人物中の重要人物、ラモン・ベンセスラス・ジェラルディエール（五十九歳）その人である。

孫娘とよく似た（いや、孫が似ているのか）派手な顔立ちに白いものが交じった赤毛がトレードマークの伊達男は、快活な口調で大口を開けて答えた。

「ああ、俺も一服だ。ま、あんなかったるい会議なんぞ、俺ぁ二日目から座ったまま寝て過ごしていたけどな」

貴族院名誉総長とも思えない歯に衣着せぬ言いように、アルマンは相変わらずだなと思いながら、さらにその背後へと視線を送って、これまた恭しく一礼をした。

「ご無沙汰しております、フランシス大公閣下。ご壮健そうでなによりでございます」

視線の先には、側頭部に僅かに白髪を残した赤ら顔の巨漢の老人が、ステッキ片手に聳え立っている。

フランシスクス・トリニダード・ベイエルスベルヘン公爵（六十八歳）。

彼こそ先々代国王の弟に当たり、現王位継承権第一位を保持する、最重要人物といっても決して過言ではない、オルヴィエール統一王国の大王とも目される人物であった。

ちなみに比較的短命で食の細い代々の王族のなかにあって（その血筋は現第二王子であるジェレミー王子に顕著に表れている）例外的に頑強な肉体を持っており、なおかつ食道楽にして大食漢を自認しているだけあって、この年齢にあっても会うたびに横に成長している恐るべき人物でもある。

なお、この国には『大公』という身分はないため、この呼び名はあくまで彼個人に対する尊称という意味合い以上のものはなかった。

「うむ、久しぶりだな。公とはかれこれ一年ぶりか？　ラモン同様に相変わらずろくなものを食っておらんと見える。それとも節制を心がけておるのか？　やめておけ、やめておけ。生き物の本分は食うことだ。無理に抑えると、儂の兄（先々代国王）や甥（先代国王）のように、四十、五十でポックリ逝くぞ。悔いのないように上手いものをたらふく食わねばならん」

ステッキを振り回して力説しながら、待機していた給仕に紅茶とサンドイッチの盛り合わせ、アップルパイ、ウェルシュラビット（チーズトースト）を注文するフランシスクス大公。

この方も相変わらずだなぁと思いながら、このタイミングでこのふたりが揃って来るということは、どう考えても自分に用事があるのだろう……と察したアルマンは、丁寧にふたりに同席を促した。

「んじゃ、そうするか。ああ、俺はレモンティーにチーズとジャム、あとスコーンを頼むわ」

「そんなものでは腹の足しにもならんじゃろうに……ああ、ではお言葉に甘えて相席させてもらおう」

心得たもので、ふたりとも自分たちの侍従にステッキや手袋を預けて席に着く。

なにはともあれ、オルヴィエール統一王国の貴族を仕切る五公家の、さらにトップであるジェラルディエール、ベイエルスベルヘン、オリオールの事実上の最高決定権を持つ三人が同じテーブルに着いた。

その意味を察したほかの貴族や議員はそそくさとその場をあとにし、ジーノたち各家の執事《バトラー》や秘書、侍従たちは（当然、訓練された護衛を兼ねている）、阿吽の呼吸で周囲に第三者が近付かないよう、自然かつ完璧な布陣を敷くのだった。

「ところで、反乱軍の処遇はどうなりますか？」

しばし雑談をしたところで、アルマンがなにげない口調でラモン公に尋ねると、

「ま、首謀者は全員断頭台にかけて、参加した農民の責任者に当たる者は財産を没収して国籍剥奪のうえ、国外追放といったところだろうな」

現在、それを議論している……というか、まだ反乱軍と国軍が衝突もしていない状況なのだが、すでに規定路線という口調で答えが返ってきた。

「……やはりそうなりますか」

「ああ、連中は初動を間違えたな。領主代行や代官を殺さずに人質として、イルマシェの悪政を声高に糾弾していれば、こちらとしても、もうちょっと穏便な手を使えたんだが」

お陰でイルマシェ伯爵はある意味被害者という形になってしまったので、管理責任はあるものの、心情的には多くの貴族の同情を買っている現状である。

「ま、叩けば埃はなんぼでも出てきそうなので、そっちのほうで野郎をどうにかするつもりではいるがね」

にやりと獰猛な笑みを浮かべるラモン公。やるといったらやるだろう。それだけの修羅場を潜り抜けてきた者のみが持つ、凄みを感じさせる笑みであった。

「しかし、一部の首謀者といっても数百から千人規模の国外追放となるだろう？　さすがに無責任だとして他国から非難が殺到するのは必定。まさか昔のように奴隷貿易でもするつもりか？　いまどき人身売買なんぞ、右から左へできるものではないぞ」

ナプキンで口元を拭いながら、フランシス大公が値踏みするような目でラモン公を見据える。

「ああ、それについては、一応当てがあります。――なあ、アルマン公」

「ええ、まあ。先日の親書とは別に、魔王ヤミ陛下から打診がありまして。開拓民として可能な限り引き受けたいとのことです」

魔族の造反者が隣国で犯罪行為に手を染めたことに対する、彼女なりの謝罪なのかも知れない。

なるほどと頷くフランシス大公。

「ふむ……確かに魔族の自治領であるドーランス地方は、面積だけなら我が国にも匹敵する広大なものだからな。人手はいくらあっても足りないか」

もっとも、そのほとんどが不毛の荒野か永久凍土の森ではあるので、入植した人間には地獄のような苦労が襲いかかるだろう。

「――しかし、どちらにしても、見せしめとして今回の反乱に加担した者には厳正な処分を下さねばならぬ。まあ妥当な判断だろうな」

為政者としては、農民の減少は国力の低下に繋がるので避けたいところではあるが、貴族の代表としては、貴族に反旗を翻した者を無罪放免とするわけにはいかない。痛し痒しといったところだ。

「ひとりを罰して大勢に警告する……一罰百戒というやつですな。どうも最近、国の屋台骨が緩んできている気がするので、多少はこれで喝が入ってくれればいいんですがね」

「「…………」」

冗談めかして肩をすくめるラモン公の台詞をあえて聞かなかったフリをして、珈琲とパイを口に運ぶふたりの公爵。

その反応に、どうやらふたりも同じ憂慮を抱いていると判断したラモン公。

そして、共通認識として危機感を共有できたことを確信して、この顔合わせの成功に満足するのだった。

となれば、この場で話すことはもはやない。この場に拘泥する必要はないと判断して、にやりと人の悪い笑みを浮かべたラモン公は、「ところで」と、さも重大な用件のように、アルマンへ向かって身を乗り出した。

「アルマン公。うちの孫娘――アドリエンヌを、改めて公のご嫡男と縁組みさせることはできないものかねえ？」

「――ぐっ……⁉」

飲んでいた珈琲を危うく吹き出しそうになるアルマン。

「なにを言っておられる⁉　アドリエンヌ嬢はエドワード殿下のご婚約者として、国王陛下もお認めになられているではありませんかっ⁉」

慌てて周囲を窺いながら、そう声を潜めて声高に叫ぶという、器用な真似をするアルマン。

「俺ァ認めとらん」

だからどうした、とばかりの憮然たる態度で、残っていたカップの中身を飲み干すラモン公。

「なにが悲しくて、あんな阿呆に大事な孫娘を嫁に出さなきゃならんのだ」

歯に衣着せぬどころではない、公然たる王族批判。それも目の前に実の大叔父に当たるフランシス大公がいてのこの言い様に、さすがにアルマンも開いた口が塞がらない。

そのフランシス大公は、三口でウェルシュラビットを咀嚼しながら、

「ああ、あの甚六《エドワード》のことじゃな？　あの戯《たわ》け者が、事もあろうに〈家妖精《ブラウニー》〉の機嫌を損ねる真似をしておいて、いけしゃあしゃあとしておるらしいな。周りが気付かんと思うてしらばっくれておるし、戒めるべき宮廷も見て見ぬフリのようじゃし、ありゃ駄目じゃな」

あっけらかんと同意するのだった。

「……まったく。だからやめとけと厳命しておいたものを、息子の奴は陛下に押し切られてこの様だ。息子《あいつ》は……まあ能力も人柄も如才ないのだが、博打を打つときにここぞという勘所《かんどころ》を嗅ぎ分ける才能がねえし、理解ができねえんだよなァ。いや、平時ならそれでもいいんだが、この時期では

致命的だな。まったく……。つくづく公の息子が羨ましくてしかたがねえもんだ。今回も随分と要所要所で締めて回っていたらしいじゃねえか？」

心底羨ましそうなラモン公の言葉に、アルマンは微妙な表情で曖昧に笑って流した。

今回の……というか、貴族学園での動きはかなりの部分を掴んでいるし、ジーノからも報告を受けているが、それにしても予想外の出来事や外部に対しての波及効果は、当初の予想を遥かに上回っている。

我が息子ながらつくづく『英雄』というものは、好むと好まざるとにかかわらず嵐の中心にならずにはいられないらしい。

親としても、この国の貴族の代表としても頭が痛いところだった。

「――さて。それでは、儂はそろそろ失礼させてもらう。そろそろ帰らないと夕飯にありつけんからな」

このうえ、まだ食う気でいるのかと思いながら、フランシス大公を見送るために立ち上がったアルマンとラモン公。

「ああ、見送りは結構だ。――ところで今晩の献立《こんだて》はなんだったか覚えておるか？」

近くにいた自身の侍従に尋ねながら、ステッキや帽子、手袋を身に着けるフランシス大公。

「前菜にケール鹿のアスピック。続きまして牡蠣のタルタル。エーデルス地方の野菜と野鳥獣を盛り合わせたオーベルジュ・エスポワール、キジバトとパプリカのティアンペリグーソース、ヤマバトのトゥルトを予定しております」

パーティでも開催するつもりかと思われる献立の数々。

「……まあそんなものか」

納得した風で支度を終えたフランシス大公に、ラモン公がふと尋ねた。

「まだ会議は延長しそうな按配《あんばい》ですが、大公閣下は――」

「見るべきことは見たし、聞くべきことは聞いた。年寄りの出番は終わりだ。あとはお前さんら若者が苦労する番さな」

そう言って背中を向けられたラモン公は、やれやれ、俺まで若僧扱いかと思いながら恭しく一礼をした。

合わせて一礼をするアルマンのほうを、ふと思い出した顔で肩越しに振り返ったフランシス大公は、

「そういえば、ミネラ産の紫トリュフに毒があったのが発見され、食えなくなったらしい。残念なことだが、しかたがないな」

「紫トリュフに毒ですか？　初耳ですが……」

「なんでも、食ってもすぐに影響が出ない、半年から一年かけて症状が出る毒だったらしい。こういうのを東洋では『埋伏《まいふく》の毒』というらしいが、気を付けたほうがいい。年が若ければ若いほど毒の影響が強いらしいからな。間違ってもご子息には食わせないことだ」

はて？　唐突になぜ紫トリュフの話題など……内心で首を傾げたアルマンだが、刹那、突如脳裏に閃くものがあった。

「――はっ。ご忠告しかと受け取りました」

「うむ」

満足そうなフランシス大公を見送ったアルマンは、背後に控えていたジーノを振り返る。

「ジーノ。お前たちがいま調べている例の令嬢の足取りとミネラ公国との関係を探れ。内容はロランにも知らせて構わん」

「――はっ。承知いたしました」

そのやり取りを眺めていたラモン公は、渋い顔で頭を掻いた。

「ミネラ公国か。あそこは公王が代替わりしてから、エライ規模で軍の強化をしているんだったよなぁ」

「そのようですね。『機械化部隊』ですか」

「ああ、示威行為のために国内にいた〈コモン・ドラゴン〉を皆殺しにしたらしい。謳い文句は『英雄の時代は終わった。これからは鉄の時代だ』だったかね。気を付けるこった。なにしろこっちには本物の『勇者』様がいるわけだからな」

まさかそんな理由で戦争をふっかけてくるとは思えないが、それでも警戒しておいたほうがいいだろう。

そんなことを考えながら、小休止のはずが余計に疲れた足取りで、アルマンはラモン公と連れ立って、会議室へと戻るのだった。

side：偽りの男爵令嬢は世界を憂う（超ヤヴァイ）

寝起きはいつも速やかである。

朝が来たのを飾り気のない木綿のカーテン越しに感じたクリステルは、ぱちりと赤褐色の瞳を開くと同時に、シーツに包まったまま軽く伸びをしてみた。

「……うん。昨日よりもダルさが薄らいでいる」

ほっと安堵の吐息を漏らしながら、彼女はいったん寝台《ベッド》の縁へ腰かける体勢で身を起こし、寝巻き代わりの粗末なワンピース姿のまま、手を伸ばして枕元のカーテンを開けた。

途端、眩しい朝日が女子寮に隣接されている木立に遮られて柔らかくこぼれ、同時に小鳥の囀りが清々しく耳に届いてくる。

彼女のいいまの名前は〝クリステル・リータ・チェスティ〟。

一応は貴族の末端ということになっている。もっとも、男爵令嬢の庶子という立場では、こうして学園に隣接する女子寮の一室を借りるのがせいぜいの苦学生であるが。

寮の窓にはごわごわの木綿《コットン》のカーテンが備え付けられているのだが、聞いたところでは子爵や伯爵といった本物の貴族のご令嬢の部屋にしつらえられているものは、草花や風景といった模様を織り込んだ豪華な織物《ブロケード》をふんだんに用いた亜麻布《リネン》らしいし、同じく肌着も最高級の亜麻布《リネン》、下着は絹《シルク》という、まさに別世界の話である。

「はあ……」

（もっとも、いま現在はその別世界に曲がりなりにも所属しているわけだけれど、いまだにどうにも場違い感が拭えないし。おまけにここは二重の意味で別世界であるわけだけどね……）

ぼさぼさの銀髪を掻きながら、ため息をつくクリステル。

まあ彼女も一応は女の子。貴族学校へ特待生として編入が決まった……目標としてそれを狙っていたのは確かであり、そのための努力も惜しまなかったけれど、それでも不安が先立つなか、多少は期待していたのだ。

見目麗しい王子様や貴族の御曹司の実物を、実際に物陰から鑑賞することができる特権を。目の保養を！

でもって、同じような立場の下級貴族と一喜一憂して、腐った……もとい気の合う友人を作って呑気な学生生活を謳歌するささやかな目標。そんなことを夢見ていたというのにっ。

「――なんで王子を筆頭に学園の《虹色の七貴人》があたしの周りに群がるわけよ⁉」

ちなみに《虹色の七貴人》というのは、密かに学園の腐……婦女子が命名した渾名《あだな》で、どいつもこいつも派手な色合いの、エドワード王子とその取巻きをひっくるめてのものであった。

もっともつい最近、《虹色の七貴人》の一角である、ドミニク伯爵令息様が親の失脚のあおりを受けて学園を去るという噂があるので、そのうち名称も《イケメン六光星《ヘキサグラム》》とかに変わる可能性が高いともっぱらの評判であった――が、そんなことは彼女の予定にはなかった。少なくとも原作では、最後までそんな展開にはならなかったはずである。

とにかくも理不尽であった。

「いや、この世界がゲームじゃないのはわかっているよ。けど、現実なら現実でおかしいじゃん！　こっちはたかだか男爵家の娘だよ⁉　それも素性も知れないような身分卑しい庶子だっつーのに、なんであいつらが絡んでくるわけ⁉　だいたい王子とか公子とか天上人っしょ⁉　あいつらって下々の者にとっちゃ観賞用じゃん！　生で隣にいるとか包囲するとか、蛇に取り囲まれた蛙状態だよ。あたしをストレスで殺す気かってーの‼　いっそ殺せ、馬鹿ヤローッ‼」

猛るクリステル。

ふと、脳裏にこの世界での実母の口癖が甦った。

『いい、クリステル。人は誰しも足りないものを探して漂泊を続ける運命《さだめ》のもとに生まれているのよ。それはものであったり、形のないモノであったりするわ。焦らないで。妬まないで。それが自然なのだから……』

「ですがお母ちゃんっ。あたしの周りには必要ないものが山ほど増える状況なんですけど！」

天上人は天上人同士で付き合ったり惚れた腫れたをしていればいいものを、連中が四六時中クリステルの傍にいるせいで、ほかの生徒は男女問わずに腫れ物に触る体で距離を置く――お陰で本来はふたり部屋のはずの寮も、同居人《ルームメイト》が嫌がって病気のときでもひとり侘しく横になっていなきゃならない。

そんでもって諸悪の元凶である第一王子率いる《虹色の七貴人》は、クリステルになにか変な幻想を抱いているらしく、下手な口は利けない――普通に喋ったらボロが出そうだし、そもそも共通の話題がない――状態なので、文字通りの孤立無援なのであった。

と、病み上がりに興奮し過ぎたのか、胸の奥に鈍痛を覚えたクリステルは軽く咳き込んでから、傍らのナイトテーブルに置いてあった（寮母《サラ》さんが準備してくれた）水差しの水を飲んだ。

貴族の令嬢ならコップに移して飲むものだろうが、誰が見ているわけでもないので、豪快な直飲みである。

一応、医者から粉薬ももらってはいるけれど、気休め以上の効果がないことを知っているので、机の引き出しに入れっぱなしであった。

ちなみに、引き出しにほかに入っているものはといえばヘアブラシくらいで、化粧品のひとつもない状況である。なお、その理由は、

「……十代からコスメとかもったいないじゃん。せっかくこの世界では美少女のヒロイン枠なんだから、この瑞々しい肌をありがたがって堪能しなきゃ嘘だよ！」

という、非常にオヤジ臭いものであった。

ともあれ、医者は単なる疲れによる風邪と診察したようだが、当の本人にはもっと明確な理由がわかっていた。

「ロラン公子……あの時間に校舎内で〈神剣〉を使って魔物を祓ったそうだもんね」

まず間違いなく、その余波を受けての悪影響だろう。

体の芯が傷付いたかのようなダルさと悪寒。まだしも多少の距離があったお陰でこの程度で済んだけれど、逆に言えばそれでもここまで弱るということは、直接に神光を浴びたらどうなっていた

ことか……。

いまさらながらこの身に流れる忌むべき血を自覚して、クリステルはため息をつきながら再び寝台《ベッド》に横になった。

幼い頃、母と放浪の旅をしていた当時、周りの人たちは皆親切だった。

親身になって母子の面倒を見てくれて、ときには自分たちの分の食べ物を削ってでも行きずりの旅人であるふたりに分け与えてくれることもあった。さらには野盗や地廻りの親分から命がけで助けてくれることすらあったのだ。

世界は美しく等しく善意に満ちている……そう無邪気に思っていた。

だけど違った。なぜ母が一カ所に定住しなかったのか、なぜ男性たちが無償の愛を捧げてくれるのか。その意味を知ったとき、彼女にとっての世界の形は歪んでしまった。

〈愛の妖精・妖精の恋人《リアノーンシー》〉

好むと好まざるとにかかわらず、男を魅了しその人間の才能を開花させるが、引き換えに男の命を奪う妖精。あるいは吸血鬼。

実際のところ彼女たち（なぜか娘しか生まれない）の力は微々たるものである。その姿で、香りで、仕草で男の庇護を乞い、どうにか生き長らえてきた弱妖《じゃくよう》にしか過ぎない。

男たちが深くのめり込まないように（彼女たちには加減というものができず、辛うじて入浴を繰り返すことで体臭を薄めて魅力を緩和させる程度である）、目立たないようにとそれぞれが離れて暮らし、旅から旅へと流離《さすら》う運命を背負った者たち。

（……だというのに、どうしてこうなったのだろう？）

横になったまま改めて自問する。

（そもそもクリステル《あたし》が妖精族だったとか、そんなぶっ飛んだ設定はゲームにはなかったはずなのに！）

そう密かにやさぐれる彼女には、妖精族であるという以前にもっと大きな秘密があった。いわゆる前世の記憶があるのだ。それも明らかに、この世界ではない記憶が。

その記憶のなかでは、彼女はアラサーの喪女であった。特に秀でたところも熱中するものもなく、間もなく三十路になろうというのに男と付き合ったこともない、リアル魔女に片足を突っ込んでいた腐女子でもあった。

そんな彼女の楽しみといえばゲームと薄い本くらいなもので、特に記憶が途切れる――多分、死んだのだろう――寸前までプレイしていたお気に入りのゲームが、ファンタジー世界の王国を舞台に（といっても、ファンタジーは添え物でほとんど意味をなしていなかったけれど）ヒロインが七人の貴公子に求婚される『虹色☆ロマネスク』というタイトルのゲームであり、この世界が、そのゲームの世界に酷似していることに気付いたのは、物心がついて間もなくの頃。

いまの自分によく似た綺麗な母親を眺めるたびに、どこかで……なにかで見たような……と、もやっとするものを感じていたのだが、ある日、自分の生まれた国の名前が『オルヴィエール統一王国』であり、いつも〝クリス〟と愛称で呼ばれていた自分の名前が〝クリステル・リータ・チェスティ〟であると知った瞬間に、爆発したかのようにかつての記憶が甦って、その日から三日間知恵熱で寝込んだものである。

五歳か六歳の子供に三十近い喪女の記憶が上書きされたわけであり、状況を理解してしばらくは混乱していたけれど、その混乱が収まったあとに、

「やった、ヒロインだっ。これで勝つる！」

と、人生の勝ち組だと歓喜したのも束の間、

「いやいやっ、無理無理っ。大国の王妃様とか国母とか！　あたしみたいな生粋の小市民には無理っ！　おまけに学園に通ったら周りがアウェーの状況で、絶大な権力を持つ大貴族の悪役令嬢にいびられるわけでしょう⁉　死ぬ。ストレスで死ぬわ‼」

冷静になって将来のリスクの重さに身悶えした。

だから決めたのだ。徹底的にオルヴィエール統一王国には近寄らないようにしよう。絶対に貴族学園には編入しないようにしよう。まして、王子とその取巻き連中とは接点を持たないようにしようと。

ところが、運命というか……まるで世界がシナリオを踏襲しようと働きかけているかのように、本人の意向を無視して外堀がどんどんと埋められていき、さらにはひた隠しにしていた自分たちの正体を知るあの者たち（多分、軍人か貴族）に命じられ、この国にいた実父（実感はないが）に接触をして、貴族学園へと編入せざるを得なくなったのだ。

あれからもう二年。そのあとはまったく指示は出ていないが、出ていないということは、いまのところへマはしていないということだろう。

あの連中は慎重だ。頻繁に連絡を寄越すような危険な綱渡りはしない。

だが、さすがに半年後に卒業を控え、いよいよゲームの舞台が佳境に入ったこの時期に、なにもリアクションを起こさないということはないだろう。次はなにをしろというのか……。

「ううううう……」

どう考えても最後の最後、卒業パーティでヒロインのために七人の貴公子の誰か――いや、恐ろしいことにハーレムルートであれば全員――が、各々の婚約者に婚約破棄を突き付けるエンディングに近付いている状況であった。

必死にそうならないように、ここ一年所定のフラグを踏襲しないように裏をかいて動いていたはずが、ことごとく裏目に出る無駄な抵抗に終わり。さらには〈妖精の恋人《リアノーンシー》〉としての能力が無自覚に発揮された結果、いまやエドワードを筆頭にした七人の貴公子は、彼女にぞっこんという状況である。

「……せめてアドリエンヌ様が嫌みな悪役令嬢だったらマシだったのに」

枕に顔を埋めて嘆息するクリステル。

実際に顔を合わせた――いや、一方的にこちらが知っているだけだけど――アドリエンヌは、ゲームの印象とは違って非常に公正で高貴な貴婦人であり、それ以上に有能な努力家だった。

エドワード殿下のお妃になるために、血の滲むような努力を重ね――それもどうやら国益のためと割り切ってのことらしい――殿下に煙たがられ、公然と浮気をしているというのに浮気相手であるクリステルを咎め立てすることなく、沈黙を守っている。

もの凄くできた女性である。真似しようとしても真似できるわけもなく、そもそも彼女の後釜で王妃様になるとか、ハードルが高すぎてできるわけがない。

そんな彼女をエドワード殿下は一方的に嫌って、理不尽な理由で婚約破棄をしようとしている。おまけにその元凶は自分《クリステル》である。

恥ずかしくて申し訳なくていたたまれなくて、死んでしまいそうなほどの罪悪感に身悶えするクリステル。

けれど動き出した運命に抗することはできない。それに、それを行ったら実のところ生きて人質になっている母親の命が……。

情けなさと不安とで何度も寝返りを打った拍子に、机の上の花瓶に生けられている色取り取りの豪奢な花束が彼女の目に飛び込んできた。

あの第一王子を筆頭とする《虹色の七貴人》が『生徒会からのお見舞い』の名目で贈ってきた代物で、寮母《サラ》さんの話では相当に高価で金貨二枚くらいの価値があるらしい。

アホか、食えるわけでもないのに！　と思ったものの、枯らすのも惜しいので飾ってもらった。

そういえば連名ということは、ロラン公子もこれに賛同して贈ってくれた……ということだろう。

「……どうなんだろうな……」

まったくの勘だけれど、どうも最近ロラン公子が自分を観察するような目で見ている気がするのだ。

　以前はほかの男と同じく、彼女の信奉者という態度で賛美を送ってくれていた彼だが、ふとした拍子に仮面の奥からじっとその一挙一動をつぶさに記録しているような、そんな冷徹な視線を感じるようになった。

　そんなことは、いままでになかったことだ。

　もしかしたら、すべてがバレているのではないだろうか。あの〈神剣の勇者〉にして物語のもう一方の主役である〈真ヒロイン〉に‼

　……ちなみに〈真ヒロイン〉というのは、ゲームのファンに付けられたロランの別名である。作中で一度だけ女装イベントがあったのだが、その一枚だけ公開されたスチルの破壊力――あまりの可愛らしさに、「ロランちゃんこそ真のヒロインだ‼」という声に推されて、そのあと、ロラン（女装）を主役にしたファンディスクが発売されるという流れがあったのだ。

（いまのところこの世界は『虹色☆ロマネスク』本編の流れに準じて動いているみたいだけれど、もしも別分岐世界の設定であるファンディスクの影響もあるなら、もしかしてロラン公子もあたしと同じなんじゃ……？）

　その可能性に思い至り、ぶるりと震えたクリステルは、花束に背を向けて頭からすっぽりと、シーツに包まるようにして横になった。


（第一巻　了）

特別掲載

キャラクターデザイン公開！

吉田依世先生によるキャラデザを特別にご紹介！

神剣ベルグランデ

謎に包まれた最強最大の神剣。神剣とは、魔を打ち滅ぼすために神が地上へ顕現させる奇跡の産物とされている。

ロラン・ヴァレリー・オリオール

王家に匹敵する五公家と呼ばれる公爵家のひとつ、オリオール公爵家の宗家嫡男。17歳。

王子の幼馴染みで、取巻きA。

「オリオールの祝福」と呼ばれる、水色の髪と菫色の瞳を持つ、美少女と見紛うばかりの美少年。

〈神剣ベルグランデ〉の使い手で、神殿から「勇者」認定されている。

アドリエンヌ・セリア・ジェラルディエール

枢密院議長の娘で、五公家筆頭の公爵家の令嬢。17歳。

緋色に輝く髪とルビーのように煌めく赤い瞳、ナイスなバディを持つ美人。

ロランとは幼い頃に出会っている。

エドワード第一王子の婚約者だが、王子の策略により汚名を着せられて、婚約破棄される予定（？）。

キャラクターデザイン　吉田依世

ルネ・フランセット・オリオール

ロランの従兄妹で義妹。もうすぐ14歳。

ロランと同じ、艶やかな水色の髪と菫色の瞳を持つ、愛らしい見た目の聡明で闊達な少女。

様子がおかしい義兄を心配していた。

エレナ・クヮリヤート

代々オリオール家に奉公するクヮリヤート騎士爵家の娘。16歳。

黒髪で、黒に近い赤い瞳。

よく気が付く万能メイド。ただし性格が変。

好きなものは、ロラン・肉・ケーキ。

メイド服の下に忍び装束を着込んでいる。

クリステル・
リータ・チェスティ

男爵令嬢。16歳。

銀髪で、潤んだような赤褐色の瞳を持つ少女。

1年前、オルヴィエール貴族学園に転校してきた。エドワード王子や取巻きたちによる逆ハーレム状態が、ちょっぴり迷惑（いや、かなり）。

ある秘密を抱えている。

エドワード・ハーヴェイ・クェンティン

オルヴィエール統一王国の王子。18歳。

金髪碧眼で甘い顔立ちの、絵本から抜け出してきたようなハンサムだが、よく見るとどこか大事なネジが何本か外れている感じがする。アドリエンヌという、王家にとって大事な婚約者がいながら、クリステルに一目惚れ。

王子の取巻きたち

アドルフ・ライナー・カルバンティエ

王子の取巻きE。

子爵家の嫡男。18歳。

白に近い灰色の髪、黄色の瞳。

剣の腕ではロランには及ばないものの若手ではトップレベル。別名『白炎の剣士』。朴訥でやや垢抜けないところがある。婚約者はオデット。

ドミニク・エアハルト・イルマシェ

王子の取巻きB。

外務大臣にして伯爵家の嫡男。17歳。

栗色の髪、アイスブルーの瞳。

いかにも切れ者風な青年で、別名『氷の貴公子』。よくも悪くも野心家で策略家。婚約者はエディット。

フィルマン・グレゴワール・レーネック

王子の取巻きC。

軍務長官の長男（側室の子）。18歳。

黒髪と暗褐色の瞳。

鍛えられた長身の偉丈夫で剣の名手。別名『黒若獅子』。生真面目だが、若干勢いが空回り。婚約者はベルナデット。

マクシミリアン・フェルミン・シャミナード

王子の取巻きF。

子爵家の直孫。17歳。

深緑色の髪、エメラルドグリーンの瞳。

悪戯小僧がそのまま大きくなったような、取巻きたちのムードメーカー。気楽な立ち位置に甘えた軽薄な言動も多い。婚約者はナディア。

エストル・ルイ・バルバストル

王子の取巻きD。
侯爵家の長男。17歳。
赤茶けた髪、暗赤色の瞳。
典型的な貴族趣味の青年で
別名『鬼畜眼鏡』。いつも
を小ばかにしたような薄ら
いを浮かべている。婚約者
ルシール。

あとがき

はじめまして、佐崎一路です。

もしかすると、ほかの作品でお見知りおきいただいている読者様もいらっしゃるかも知れませんが、今回はまったくの新作ということで、心機一転初心に戻ったつもりでご挨拶させていただきます。

ちなみに書籍化された作品では、今回が記念すべき十冊目。ついに夢の二ケタ台へと突入しました‼　感謝感激雨あられ！　これも応援してくださった皆様と、気長にお付き合いしてくださった出版各位の皆様のご尽力の賜物です。本当にありがとうございました‼

さて、本作品は最近の小説系ＷＥＢサイトで盛り上がりをみせている、いわゆる『悪役令嬢モノ』に分類されると思いますが、自分でいうのもなんですがいろいろとズレています。普通なら、正統派の恋愛をメインにするか、悪役令嬢が成り上がる系が多いのですが、ヒネクレモノである私はちょっと目先を変えて、『ボンクラ王子の取巻きの男』という、斜めの方向から書いてみたいなー、と思ったものですから、そりゃズレますよね。これが二〇一七年の八月のこと。

軽い気持ちで書いたのが思いがけずに好評を博しまして、このたびこうして書籍化という望外の喜びを得られました。まことにありがとうございます。

そのようなわけで、この作品はＷＥＢ版に加筆修正を加え、さらには吉田依世様の素敵イラストが付いていて超お得！　イラスト目当てに買うだけでも損ではありませんよっ！

ということで、いつの間にやら二ページしかないあとがきを半分使い切ってしまいましたので、関係各位の皆様に御礼申し上げます。

デビュー以来お世話になっている担当様。先のシリーズと合わせて今回から新シリーズということでご迷惑をおかけしております。本当にありがとうございました。

イラストを手がけられた吉田依世様。ご多忙の中、拙い内容の本書を美麗なイラストで飾っていただき、本当にありがとうございます。毎回、神速で上がってくるラフや修正画の数々を前にして、「あ……ありのままに起こったことを話すぜ。三カ月後に刊行予定の原稿の推敲をしていたと思ったら、それより先にカラーの表紙と口絵ができあがっていた。チェックした修正箇所が、カラーで翌日には全部直されていた。な……なにを言っているのか、わからねーと思うが、俺もなにをされたのかわからなかった……。超スピードとか職人技とか、そんなちゃちなモンじゃねえっ！　最も恐ろしいものの片鱗を味わったぜ‼」

ほとんどポルナレフ状態で、毎回毎回驚愕を禁じ得ませんでした。あと、今回はあんまし女の子の露出シーンがなかったのが心残りですので、今後は頑張りたいと思います！

さらに、この作品が本になるまでご尽力くださった出版社の皆様、製本に携わってくださった皆様、店頭へ置いてくださった全国の書店員様、心より感謝申し上げます。

そしてWEB版を応援してくださった皆様、引き続き本書を手に取ってくださった皆様、この本を初めて手に取ってくださった皆様なくして本書は成り立ちません。

少しでも『面白い』『楽しい』と思っていただけるのが、私にとって作品を書くなによりの原動力となりますので、どうぞよろしくお願いいたします。

佐崎一路

イゴーロナクとの死闘の末に消えた、ジル、セラヴィ、コッペリアの行方は？　手がかりを探そうと必死になるルークたちだが——。新たな展開が待ち受けるシリーズ第６巻、ただいま鋭意制作中！
第6巻は2018年夏頃発売予定！
リビティウム皇国の
ブタクサ姫6
佐崎一路／イラスト：潮里潤（キャラクター原案：まりも）／新紀元社
シリーズ好評発売中！
リビティウム皇国のブタクサ姫５
リビティウム皇国のブタクサ姫４
リビティウム皇国のブタクサ姫３
リビティウム皇国のブタクサ姫２
リビティウム皇国のブタクサ姫１

王子の取巻きAは
悪役令嬢の味方です 1

2018年7月2日 初版発行

【著　　者】佐崎一路

【イラスト】吉田依世
【編　　集】株式会社 桜雲社／新紀元社編集部／堀 良江
【デザイン・DTP】株式会社 明昌堂

【発行者】宮田一登志
【発行所】株式会社新紀元社
〒101-0054　東京都千代田区神田錦町1-7　錦町一丁目ビル2F
TEL 03-3219-0921 ／ FAX 03-3219-0922
http://www.shinkigensha.co.jp/
郵便振替　00110-4-27618

【印刷・製本】株式会社リーブルテック

ISBN978-4-7753-1605-4

※本書は、「小説家になろう」(http://syosetu.com/)に掲載されていたものを、
改稿のうえ書籍化したものです。